L'hiver du Dr Stella

*

Coup de foudre à Stockholm

ALLIE KINCHELOE

L'hiver du Dr Stella

Traduction française de
CHRYSTELLE POULAIN

BLANCHE

HARLEQUIN

Collection : Blanche

Titre original :
WINTER NIGHTS WITH THE SINGLE DAD

HARPERCOLLINS FRANCE
83-85, boulevard Vincent-Auriol, 75646 PARIS CEDEX 13
Service Lectrices — Tél. : 01 45 82 47 47 - www.harlequin.fr
ISBN 978-2-2804-7384-2 — ISSN 0223-5056

Composé et édité par HarperCollins France.
Imprimé en novembre 2022 par CPI Black Print (Barcelone)
en utilisant 100% d'électricité renouvelable.
Dépôt légal : décembre 2022.

FSC
www.fsc.org
MIXTE
Papier issu de sources responsables
FSC® C159065

Pour limiter l'empreinte environnementale de ses livres, HarperCollins France s'engage à n'utiliser que du papier fabriqué à partir de bois provenant de forêts gérées durablement et de manière responsable.

1.

Stella eut un instant d'hésitation avant d'entrer dans le bureau du directeur. Au Royal Kensington Hospital, personne n'aimait être appelé par le grand patron. Elle était pourtant sûre de n'avoir commis aucune faute !

Elle poussa la porte et s'avança dans la pièce. Chris Taylor la pria de s'asseoir, puis se rejeta en arrière sur sa chaise.

— Docteur Allen, vous avez dû entendre les rumeurs. Il y a du changement dans l'air. Vous vous demandez peut-être en quoi cela vous concerne.

Prudente, Stella murmura un vague « oui ». D'après les bruits de couloir, un chirurgien orthopédiste – sa spécialité – était sur le départ, et un autre allait bientôt arriver.

Vérification faite, les ressources humaines avaient bien publié un avis de recrutement. Stella l'avait appris une heure plus tôt, juste avant cette convocation inattendue. Elle se sentait donc un peu mal à l'aise.

Allait-elle être renvoyée ? Son année d'essai touchait à sa fin. Peut-être, malgré ses efforts, n'avait-elle pas été à la hauteur ?

Elle inspira à fond et croisa les mains sur les genoux. Chris Taylor avait l'habitude de se perdre dans les explications quel que soit le sujet. Personnellement, elle préférait les gens qui, comme elle, allaient droit au but.

— Notre fonctionnement est parfois un peu obscur pour les nouveaux, commença-t-il en se frottant le menton.

— Hum… Oui, répéta-t-elle, perplexe.

— Avez-vous entendu parler du Projet Kensington ?

— Le Dr Lewis m'a expliqué de quoi il s'agissait, mais

sans entrer dans les détails. Personne n'était concerné dans le service.

— Exact, mais les choses vont changer. Comme Lewis vous l'a peut-être dit, le principe est simple. Il s'agit d'un échange international. Tous les ans, quatre de nos médecins, exerçant dans diverses spécialités, partent à l'étranger pour présenter nos avancées et nos progrès. Cette année, vous avez été retenue.

— Qui… moi ?

Elle déglutit, sidérée. Quel honneur ! Les médecins du Kensington étaient tous des cracks, mais c'était elle qu'on distinguait ?

Chris Taylor lui tendit un dossier en souriant.

— Absolument. Si l'idée vous convient, nous aimerions vous poster à l'hôpital St. Matthew de Toronto jusqu'à Noël.

Elle ne put retenir un petit cri d'excitation. C'était trop beau pour être vrai…

— Je ne suis jamais allée au Canada !

Se reprenant, elle feuilleta le dossier posé sur ses genoux. Y figuraient les détails de la mission, ainsi que la date du voyage… qui aurait lieu quelques jours plus tard.

— Oh. J'ai peu de temps pour me retourner.

— J'en suis conscient, mais au niveau de l'hôpital, nous avons tout prévu pour pallier votre absence. Quant à vous… Cela pose-t-il un problème personnel ?

— Non, du tout, répondit-elle fermement.

Si elle manquait d'enthousiasme, Chris Taylor risquait de changer d'avis. Or, elle ne voulait pas rater une si belle occasion.

— Je dois préciser quelque chose, ajouta-t-il d'un ton solennel.

Elle retint son souffle. Elle savait depuis longtemps que toute médaille avait un revers. Cette proposition en or n'était peut-être pas si géniale, après tout…

— Vous allez pouvoir réaliser votre fameux documentaire là-bas. Le tournage n'a pas pu se faire ici, à Londres, pour des raisons administratives, mais nos amis canadiens ont donné leur feu vert.

Stella fixa son patron, bouche bée. Se pouvait-il que le revers soit plus beau que la médaille ?

— Voulez-vous dire que j'ai obtenu l'autorisation de tourner à St. Matthew ?

— Absolument. Votre producteur dépêchera une équipe sur place dans les plus brefs délais. Bien sûr, il faudra tenir compte de la législation canadienne, mais avec votre expérience audiovisuelle, vous êtes la mieux placée pour gérer ces détails. Quoi qu'il en soit, votre référent sur place sera le Dr Aiden Cook. Vous trouverez ses coordonnées dans le dossier.

Pour avoir grandi sous le feu des projecteurs, Stella connaissait bien l'impact des images. Elle rêvait depuis longtemps de montrer l'envers du décor afin que le public comprenne les sacrifices consentis par le personnel hospitalier. Médecins, infirmières, assistants… Quel meilleur hommage pourrait-elle leur rendre, à l'approche de Noël, que de filmer leur travail ?

Son producteur avait approuvé avec enthousiasme mais, hélas, la direction de l'hôpital avait bloqué le projet. Pourquoi lui donnait-on carte blanche au Canada ? Les choses étaient-elles plus simples de l'autre côté de l'Atlantique ?

— Êtes-vous partante, docteur Allen ?

Elle sentit le rouge lui monter aux joues et toussota. Perdue dans ses pensées, elle avait lâché le fil de la conversation.

— Je… Oui, avec plaisir. Merci d'avoir pensé à moi.

Après quelques échanges supplémentaires, Chris Taylor l'orienta vers les ressources humaines pour l'organisation du voyage. Tout avait été pensé, réfléchi dans les moindres détails. Elle aurait été stupide de refuser.

Elle quitta le bureau directorial et marcha vers l'ascenseur tout en réfléchissant. Elle avait beau chercher, elle ne voyait pour l'instant que des avantages à cette proposition.

D'abord, il s'agissait d'une ouverture professionnelle unique. Elle allait pouvoir montrer ses techniques innovantes, les faire connaître et en discuter avec de nouveaux collègues. Ces rencontres lui ouvriraient sans doute des portes, et comme elle privilégiait sa carrière, toute opportunité était bonne à prendre.

Le deuxième avantage – et non des moindres – résidait dans l'éloignement. Elle allait pouvoir tenir sa mère à distance. Cette dernière, qui s'était rêvée actrice sans y parvenir, avait reporté tous ses espoirs sur elle. Elle l'avait poussée devant les caméras dès sa tendre enfance et avait fait en sorte qu'elle y reste.

Stella s'était souvent demandé si sa mère l'aimait pour elle-même ou pour sa relative « célébrité ». Ces deux mois lui permettraient peut-être de trouver la réponse à cette question. En tout cas, elle aurait la paix !

Cerise sur le gâteau, il y avait le film documentaire. Elle avait placé beaucoup d'espoirs dans ce projet qui allait enfin se concrétiser. Aurait-elle pu imaginer meilleur scénario ?

Pour la première fois depuis longtemps, elle n'allait plus appréhender les fêtes. Avec un peu de chance, ce serait même le plus beau Noël de sa vie. Ni plus ni moins.

Aiden ouvrit sa boîte mail et poussa un grognement exaspéré. Le Dr Stella Allen, la chirurgienne britannique qu'il devait chaperonner, lui avait encore écrit. N'avait-elle rien de mieux à faire ?

Être à la fois urgentiste et père célibataire présentait son lot de difficultés. Aiden, qui ne comptait pas ses heures, sollicitait souvent ses parents pour garder son fils. Il avait donc vite accepté la proposition alléchante de sa directrice, qui lui demandait deux choses : surveiller le tournage d'un documentaire et organiser la fête de Noël. En échange, il ne travaillerait ni les soirs ni les week-ends de novembre et décembre. Une telle aubaine ne se refusait pas.

Néanmoins, l'avalanche de mails en provenance de Londres commençait à l'agacer sérieusement. Le Dr Allen en avait envoyé douze, à propos de tout et n'importe quoi. Il ne connaissait pas cette femme, mais elle lui tapait déjà sur les nerfs avec ses questions.

Il parcourut le dernier courriel et se rembrunit. Le Dr Allen souhaitait explorer l'hôpital pour dénicher des zones suffisamment éclairées et propices au tournage. Jusque-là, tout était normal. La phrase « cela ne prendra pas longtemps car j'ai l'habitude », en revanche, n'augurait rien de bon.

De quoi avait-elle l'habitude au juste ? Il pensait qu'elle réalisait ce film à titre exceptionnel pour montrer le dur labeur des soignants. S'était-il trompé ? Comme d'autres médecins, passait-elle plus de temps sur les plateaux télé qu'avec les malades ? Cela devenait une mode, après tout…

Curieux, il pianota « Stella Allen » dans la barre de recherche de son portable. Une cinquantaine de résultats apparurent et il cliqua sur un lien après l'autre, agacé. Cette collègue était une star au Royaume-Uni, rien moins.

Après avoir débuté gamine dans « L'Angleterre a un incroyable talent », on lui avait confié sa propre émission lorsqu'elle était adolescente. Elle avait continué pendant ses études de médecine en présentant un show baptisé « En forme avec Stella ». En forme de quoi, au juste ?

Personne ne ferait croire à Aiden qu'elle comptait parmi les meilleurs chirurgiens de Londres avec un tel pedigree. On avait dû l'envoyer au Canada parce qu'elle était mignonne et ferait une bonne publicité au Royal Kensington. Tout était dans le paraître, aujourd'hui…

— Oh ! qu'elle est jolie ! C'est l'Anglaise que tu vas accueillir ?

— Je dois hélas faire un peu plus que ça, maman.

Sa mère avait scruté le téléphone par-dessus son épaule sans qu'il s'en aperçoive. Elle s'écarta, puis vint se poster face à lui.

— Elle est vraiment très belle. Est-elle mariée ?

— Je n'en sais rien et à vrai dire, je m'en moque.

— Aiden, tu ne pourras pas rester seul éternellement. Si tu rencontrais quelqu'un, tu te sentirais mieux. Tu serais moins tendu, moins fatigué…

— Le bien-être de Jamie passe avant ma vie sentimentale. Tu le sais parfaitement.

Il résista à l'envie de lever les yeux au plafond. Où aurait-il trouvé le temps de s'investir dans une relation ? Avec tout ce qu'il avait à faire, c'était le cadet de ses soucis.

— Ne ferme aucune porte trop vite, mon cœur… Et va donc te coucher, tu as l'air épuisé. Bonne nuit !

Sa mère partie, Aiden exhala un profond soupir. Il aurait dû chercher un appartement, mais pour l'heure, vivre chez ses parents était la solution idéale. Jamie avait été assez perturbé comme cela. La présence de ses grands-parents était indispensable à son bien-être.

Il pesta entre ses dents lorsque le témoin de batterie faible s'alluma. Il venait de perdre une heure à se documenter sur une actrice qui jouait les chirurgiennes.

Force était d'admettre que cette femme ne manquait pas d'attraits pour qui aimait les brunes aux yeux verts. Son regard captivant, lumineux, pétillait d'intelligence. Elle avait une présence incroyable et, même avec la barrière de la vidéo, il s'était senti attiré par elle comme par un aimant.

Il éteignit le téléphone et se leva. Qu'était-il en train de faire ? Son expérience aurait dû lui servir de leçon. Dans le genre starlette égocentrique, il avait donné. Son fils de deux ans et demi était là pour lui rafraîchir la mémoire…

Jamais il ne saurait comment Jamie avait vécu ses deux premières années. Il pouvait juste se battre pour que son bout de chou ait à présent la meilleure vie possible. Se découvrir papa avait certes bousculé son univers, mais c'était aussi, de loin, la meilleure chose qui lui soit arrivée.

Ces neuf derniers mois, il avait dû chambouler son quotidien. Il était revenu habiter chez ses parents. Il avait mené un combat titanesque pour obtenir la garde de Jamie. Il avait trouvé un bon pédopsychiatre et, d'une manière générale, il mettait un point d'honneur à conduire son fils à tous ses rendez-vous médicaux. En somme, il assumait son rôle à deux cents pour cent.

S'il avait accepté de chaperonner Stella Allen, c'était pour se dégager du temps, rien d'autre.

Il serait bien inspiré de s'en souvenir.

2.

Stella jeta un coup d'œil nerveux sur sa montre. Le Dr Cook avait une heure de retard. Avait-il oublié de venir la chercher ?

Elle prit son portable dans son sac et se hâta d'envoyer un mail, craignant que la batterie ne s'éteigne. Si seulement elle avait demandé son numéro de téléphone à son collègue ! Elle se montrait beaucoup plus organisée d'habitude, mais, avec ce départ précipité, elle était excusable.

Sa mère n'avait pas été ravie d'apprendre la nouvelle, loin de là. Néanmoins, elle n'avait rien osé dire car elle avait dû comprendre qu'une telle occasion ne se présenterait pas deux fois. En revanche, si elle avait vu sa fille seule et abandonnée à l'aéroport de Toronto, elle aurait fait un tel scandale que la notoriété aurait, une fois de plus, été au rendez-vous !

Stella regarda les comptoirs alignés le long du terminal 1, espérant voir un bureau de change. Elle n'avait pas non plus pensé à se munir de dollars canadiens. Pourtant, elle en aurait besoin si elle voulait emprunter un taxi jusqu'à St. Matthew, solution qui allait finir par s'imposer.

— Docteur Allen ?

La voix masculine, sur sa gauche, la fit sursauter. Pivotant, elle avisa un homme de haute taille qui portait un petit garçon. Il la regardait fixement, mais il ne pouvait pas être celui qu'elle attendait. Dommage car il était plutôt agréable à regarder…

Elle se détourna pour essayer de voir qui l'avait interpellée. Mais bientôt une carrure athlétique bloqua son champ de vision. Le jeune père s'était posté devant elle, l'air déterminé. On aurait dit qu'il venait de passer la main dans sa chevelure châtaine, mais, loin de le desservir, ces mèches folles accentuaient son charme. Et, quand leurs regards se croisèrent, le rythme cardiaque de Stella s'affola de manière inexplicable.

— Docteur Allen ? répéta-t-il.

— Oui, c'est bien moi, répondit-elle, surprise.

Elle sourit à l'inconnu. Le Dr Cook avait sans doute eu un empêchement. Il lui avait envoyé un collègue ou un ami.

— À qui ai-je l'honneur ? demanda-t-elle gentiment.

— Dr Aiden Cook. On s'est contactés par mail ces derniers jours.

Il avait répliqué d'un ton sec, et le sourire de Stella, au départ sincère, se métamorphosa. En une fraction de seconde, elle avait pris l'air formel qu'elle travaillait depuis des lustres pour les caméras de télévision.

Redressant le menton, elle toisa son interlocuteur.

— Pardon de ne pas avoir compris, mais vu l'heure et la présence d'un enfant en bas âge, j'ai cru que vous m'aviez envoyé quelqu'un d'autre.

Sa remarque fit mouche : elle vit un muscle tressauter dans la mâchoire de son collègue.

— J'ai eu… J'étais presque arrivé quand la directrice de la crèche m'a appelé. Jamie était inconsolable, il a fallu que j'aille le chercher. Je suis désolé d'être aussi en retard.

Ces excuses sonnaient faux. La lueur inflexible dans le regard brun du Dr Cook prouvait qu'en réalité il se souciait d'elle comme d'une guigne. Il devait faire passer le bien-être de son fils avant tout. Qui aurait pu le lui reprocher ?

Au fond, elle le comprenait. Ses propres parents n'avaient jamais eu la même prévenance à son égard, et elle en avait toujours souffert…

— Vous auriez au moins pu m'avertir, objecta-t-elle pour la forme.

— Je l'aurais fait si j'avais eu votre numéro de portable. Bien… Êtes-vous prête à partir ?

— Oui. J'ai eu largement le temps de récupérer mes affaires, répliqua-t-elle, désignant les bagages abandonnés contre un pilier, un peu plus loin.

— Ma parole, vous avez pris toute votre garde-robe ! Vous êtes ici pour deux mois, pas pour la vie…

Stella sentit la moutarde lui monter au nez.

— Je n'ai apporté que le strict nécessaire, riposta-t-elle, glaciale. Cela ne vous regarde pas, mais pour votre information, la troisième valise contient du matériel de vidéaste. Ordinateur, micro… Bref, l'essentiel.

Il haussa les sourcils, réaction qui l'énerva encore plus. Elle rêvait de ce documentaire depuis sa première année d'internat. Maintenant qu'elle touchait au but, elle ne laisserait pas un urgentiste grognon lui gâcher le plaisir.

— Cela vous gêne-t-il que je montre le quotidien des soignants ? Que je réalise un film à la gloire de ces métiers difficiles, y compris le nôtre ? J'ai obtenu l'aval de vos supérieurs hiérarchiques, rassurez-vous.

Elle avait pris un air hautain qui ne lui était pas familier, mais ce malotru l'exaspérait. Pour qui se prenait-il ?

— Tenez vos caméras à distance quand je serai dans les parages, grommela-t-il. Je ne souhaite pas être filmé.

— Aucun problème.

Cette demande – formulée comme un ordre – l'arrangeait. Moins elle passerait de temps avec lui, mieux cela vaudrait. Dire qu'on lui avait vanté le sens de l'accueil des Canadiens ! Question chaleur humaine, on avait vu mieux.

— Où est votre équipe ? demanda-t-il d'un ton rogue.

— Ils vont arriver plus tard. Il n'y a que moi aujourd'hui.

— Dans ce cas, ils devront rejoindre leur hôtel par leurs propres moyens. Je ne suis pas chauffeur de taxi.

— Tant mieux pour vous. Les internautes vous donneraient sûrement de mauvaises notes.

Quel cauchemar, ce type ! Stella n'aspirait plus qu'à deux choses à présent : une douche et une bonne nuit de sommeil. À supposer qu'elle puisse dormir, ce qui n'avait rien d'évident avec le décalage horaire.

Résolument, elle se dirigea vers ses bagages.

— Pourrions-nous y aller, s'il vous plaît ? J'ai eu une longue journée.

Elle se pencha pour prendre une valise… au moment précis où Aiden Cook refermait la main sur la poignée. Une violente décharge électrique la parcourut, et elle recula comme si la foudre l'avait frappée. Ils avaient dû produire assez d'étincelles pour éclairer toute la ville de Toronto !

Mais, étincelles ou pas, il ne se passerait rien. D'abord, parce que le Dr Cook avait une famille. Ensuite, parce qu'elle n'excellait pas dans les relations amoureuses. La dernière en date s'était finie de manière brutale après qu'elle eut dit à Oliver, son petit ami, qu'elle ne voulait pas d'enfant.

Cette expérience désastreuse lui avait servi de leçon. Elle n'était d'ailleurs pas venue à Toronto pour batifoler, mais pour le travail.

Aiden Cook avait beau être séduisant, il n'était pas pour elle. Même si elle avait voulu prendre du bon temps au Canada – ce qui n'était pas le cas –, elle ne serait jamais sortie avec un collègue. Elle ne pouvait pas faire n'importe quoi au risque d'entacher sa réputation ou celle du Royal Kensington, son employeur.

— Quelle valise voulez-vous que je porte ? marmonna-t-il.

— La rouge, s'il vous plaît.

Ce contact électrisant l'avait-il ému autant qu'elle ? Son expression était indéchiffrable, et pourtant, la petite lueur au fond de son regard brun laissait penser qu'il était moins indifférent qu'il n'en avait l'air.

Décidément, cette aventure commençait très fort. Elle devrait rester sur ses gardes, et plutôt deux fois qu'une.

Aiden cala Jamie sur sa hanche droite et gagna la sortie, traînant de la main gauche l'énorme valise du Dr Allen.

Ils rejoignirent le parking souterrain dans un silence quasi total. Ils avaient vraiment pris un mauvais départ, mais il n'avait aucune envie de s'aplatir devant cette femme pour corriger le tir. Il détestait le star-system et la lumière des projecteurs. La discrétion était son maître mot, au point qu'il avait même du mal à se laisser photographier.

Le Dr Allen incarnait un monde qu'il n'aimait pas. Et pourtant… Il avait regardé toutes les vidéos, ou presque, qu'il avait trouvées sur Internet. Les dernières en date – Stella Allen tenait une chronique régulière dans un journal télévisé – l'avaient captivé. Il s'était laissé conquérir par sa voix un peu rauque, teintée d'un délicieux accent britannique. Et puis, même si elle n'était pas son genre, force était d'admettre qu'elle était ravissante.

Il jeta un coup d'œil sur les cheveux clairs de Jamie. La mère de son fils avait été son « genre », elle. Il avait toujours apprécié les grandes blondes, style mannequin aux jambes interminables et aux yeux bleus. Il entretenait avec elles des relations éphémères qui convenaient à tout le monde. Jamais il n'aurait imaginé devenir père après une seule et unique nuit d'amour.

Stella Allen, elle, était différente. Elle avait des courbes généreuses, un visage doux, une fossette au coin de la joue droite… Il devait forcément la trouver à son goût puisqu'il avait beaucoup de mal à détourner le regard !

S'ils avaient été seuls, il aurait volontiers poussé le bouchon jusqu'à la guerre nucléaire pour vérifier si leur antagonisme ne débouchait pas sur « autre chose ». Car il était clair qu'ils s'attiraient autant qu'ils s'énervaient mutuellement.

— J'ai cru comprendre que je logerais à côté de St. Matthew ?

— Hum… Oui, tout à fait. L'hôpital possède quelques appartements pour héberger les médecins ou les conférenciers de passage. Il y a un centre commercial et un supermarché deux rues plus loin. Vous n'aurez même pas besoin de louer une voiture.

Il se réjouit qu'elle ait abordé un sujet pratique et neutre. Il ne souhaitait absolument pas s'appesantir sur des questions personnelles, encore moins sur ses souvenirs. Britney avait privilégié sa carrière cinématographique et fait le choix d'abandonner Jamie. Il avait maintenant la garde exclusive de son fils, mais il devait rester prudent. Qui sait ce qui pouvait encore passer par la tête d'une femme aussi égocentrique et instable ?

Il se dépêcha de rejoindre son 4x4 et le déverrouilla. Puis, après avoir installé Jamie à l'arrière dans son siège auto, il rangea les valises du Dr Allen dans le coffre. Quand elle se dirigea vers la portière gauche, il la regarda faire sans rien dire jusqu'à ce qu'elle réalise son erreur.

— Ah oui, c'est vrai. Vous roulez à droite ici, marmonna-t-elle, revenant en arrière.

— Exact.

Amusé, il lui ouvrit sa portière.

— Arrêtez de vous moquer de moi ! protesta-t-elle.

Il s'esclaffa.

— Reconnaissez que c'est drôle…

Elle croisa les bras sur la poitrine pour le toiser du haut de son mètre soixante. Son beau regard vert lançait des flammes, mais, loin de la desservir, cette posture la rendait encore plus belle. Sans la présence de Jamie, il l'aurait sans doute invitée à boire un verre. Il l'aurait ensuite raccompagnée chez elle pour éprouver la douceur de ses jolies courbes entre ses bras…

Allons, il s'égarait. Il devait au contraire garder ses distances.

— Vous êtes un goujat.

— Je suis désolé. Je ne voulais pas vous froisser.

Ses excuses sonnaient faux, mais il n'y pouvait rien. Elle l'amusait. Encore un peu et il verrait la fumée lui sortir des oreilles !

Résistant à l'envie de la provoquer, il lui fit signe de s'installer, puis il contourna le 4x4 et se mit au volant.

— Comme il se fait tard, j'imagine que vous préférez remettre la visite de l'hôpital à demain matin ?

— Ce serait mieux, oui. D'autant que ce n'est pas l'endroit idéal pour un petit garçon.

— Tout à fait d'accord.

Il démarra, quitta le parking et s'engagea dans le flot de la circulation. Un silence pesant était tombé, aussi s'obligea-t-il à faire la conversation même s'il détestait cela.

— Êtes-vous déjà venue à Toronto ?

— Non, jamais.

— La ville est plus agréable en été si on a le choix.

À sa grande surprise, elle laissa échapper un soupir.

— Sans doute, mais on ne m'a pas demandé mon avis. Dire qu'une de mes collègues est partie en Jamaïque ! Elle a de la chance. Quoique… J'aurais eu du mal à empêcher mes parents de me rejoindre pour les vacances de Noël. Au moins, ils ne viendront pas ici.

— Vous n'êtes pas proche de votre famille ?

Il avait vu les Allen dans les extraits d'émissions tournées par Stella enfant. Ils avaient paru sympathiques, même si sa mère semblait un peu envahissante…

— On ne se connaît pas assez pour que je vous raconte ma vie.

— Dites plutôt qu'on ne se connaît pas du tout.

Elle soupira de nouveau.

— J'ai grandi devant les caméras. Vous comprendrez donc que je tienne à mon jardin secret.

— J'ai… lu que vous aviez fait de la télé, oui.

Il n'allait sûrement pas lui avouer qu'il avait regardé une quinzaine de vidéos d'elle. Et d'ailleurs, ce qu'il avait découvert aurait dû lui servir de garde-fou.

Échaudé par sa mésaventure avec Britney, il s'était promis de ne plus jamais fréquenter les actrices. Il fuyait comme la peste les femmes qui évoluaient dans le milieu du show-business ou des médias télévisés. Jamie et lui avaient trop souffert pour qu'il prenne le moindre risque.

— Ah, vous avez tapé mon nom sur Google, s'exclama-t-elle d'un ton gai.

Il faillit répliquer sèchement, mais se retint. Certains sujets se passaient de commentaires. Mieux valait d'ailleurs qu'il se concentre sur la route car avec le gel la chaussée était devenue glissante.

Le comble serait de valser dans le décor en étant distrait par le joli minois de sa collègue.

3.

Aiden Cook semblait occuper tout l'espace du 4x4. Sa carrure et sa prestance donnaient à Stella l'impression de manquer d'air. Il en imposait, qu'elle le veuille ou non.

Elle se focalisa sur le paysage pour éviter de le regarder. « Paysage » était d'ailleurs un bien grand mot car la nuit était tombée. Elle ne distinguait que la forme de gratte-ciel plus ou moins illuminés.

— Toronto est une belle ville. Vous aurez vite l'occasion de le découvrir, dit-il d'un ton froid.

— J'aurais pu me faire une première idée ce soir si vous aviez été à l'heure.

La fatigue et l'énervement lui faisaient oublier sa courtoisie légendaire. Cela ne lui ressemblait pas, mais, pour une raison inexplicable, elle avait envie d'en découdre avec ce malotru.

Elle n'avait guère apprécié qu'il se moque d'elle. Pire, comment aurait-elle pu imaginer qu'il débarquerait à l'aéroport avec un enfant ? Certes, la maternité ne l'intéressait pas, mais ce petit gars silencieux dans son siège auto – comment s'appelait-il, déjà ? – l'intriguait. Elle avait un peu pitié de lui. Il aurait été mieux au chaud à la maison.

— Votre femme n'aurait-elle pas pu aller chercher votre… fils ?

— Il s'appelle Jamie. Et je ne suis pas marié.

L'intonation rageuse d'Aiden la stupéfia. Elle vit qu'il avait crispé les mains sur le volant. Il fixait la route, les mâchoires serrées, l'air ombrageux.

— Eh bien, sa… maman, alors.

— Non. Absolument pas.

À sa manière de répondre, elle comprit qu'il valait mieux laisser tomber. Elle avait dû aborder un sujet sensible sans le vouloir. Tout, dans la posture d'Aiden, trahissait une colère intense. Que s'était-il passé avec la mère de Jamie ?

Elle repassa mentalement les informations du dossier Kensington. En les lisant, elle n'avait pas appris grand-chose, hormis que son futur guide était urgentiste à St. Matthew. Elle n'aurait jamais cru qu'il serait un jeune papa très sexy.

Non, non, non.

Elle ne fréquentait pas les pères de famille en Angleterre. Il était hors de question qu'elle déroge à cette règle au Canada. Elle s'intéressait déjà trop à cet homme qu'elle connaissait depuis seulement une heure.

— J'imagine que votre départ a contrarié votre petit ami ?

Perdue dans ses pensées, elle sursauta et se demanda si elle avait bien entendu. Aiden avait dû sentir ces curieuses vibrations entre eux pour l'interroger sur sa vie personnelle…

— Je n'ai pas de petit ami, répondit-elle d'un ton calme.

— Vous m'étonnez ! Avec votre manie de poser des questions indiscrètes, vous devez les faire fuir.

— Pardon ? s'écria-t-elle, outrée.

Cet homme était décidément le pire malotru de la planète. Comment osait-il ? Elle sentit un début de migraine monter en flèche. La contrariété lui occasionnait toujours des maux de tête. Cela lui arrivait souvent après avoir vu sa mère. Dire qu'elle avait cru échapper à cette tension !

— On arrive, dit Aiden avant qu'elle n'ait pu répliquer vertement. Je vais monter vos bagages. Je reviendrai vous chercher demain matin pour vous conduire à l'hôpital.

Il engagea le 4x4 dans un parking souterrain, puis ajouta :

— Je vous crois très capable de vous débrouiller seule, mais hélas, j'ai certaines obligations à votre égard.

— Croyez-moi, je m'en passerais bien. Cet arrangement me déplaît autant qu'à vous.

Il pinça les lèvres et se gara près d'un ascenseur. Quand il déverrouilla le coffre, Stella frissonna en sentant un courant d'air froid pénétrer dans l'habitacle.

Elle descendit rapidement, contourna le 4x4 et se posta devant le hayon. Mais, une nouvelle fois, la main d'Aiden couvrit la sienne quand elle voulut empoigner une valise.

— Pardon. Décidément..., maugréa-t-elle.

— Faites donc un peu attention, contra-t-il en sortant le bagage le plus volumineux.

Ce n'était pas un conseil mais un ordre, et elle eut l'intuition qu'il ne parlait pas que des valises. Pour qui se prenait-il ? Elle n'allait sûrement pas s'en laisser conter par un urgentiste grincheux et autoritaire.

Elle se planta devant lui, les poings sur les hanches.

— *Vous*, faites attention ! C'est la deuxième fois que *vous* mettez la main sur la mienne.

Il émit une sorte de grondement furieux et la toisa de toute sa hauteur.

— Docteur Allen, écoutez-moi bien...

— Non, c'est *vous* qui allez m'écouter. Votre attitude de macho fonctionne peut-être avec certaines femmes, mais pas avec moi. Si ma présence vous pose problème – pour une raison qui m'échappe –, on peut en discuter calmement et avec courtoisie. Et si vous n'avez rien à dire, gardez votre colère pour vous. Je suis venue ici pour travailler. L'intimidation ne marchera pas. J'en ai vu d'autres.

Contre toute attente, il s'avança d'un pas. Elle sentit le souffle se bloquer dans sa gorge quand il leva une main vers son visage, mais elle soutint son regard sans ciller.

Lentement, il lui effleura la joue. Le contact de ses doigts tièdes sur sa peau lui déclencha une multitude de petits frissons. Bouleversée, elle prit appui sur la voiture pour garder l'équilibre. Quel choc !

La douceur du regard d'Aiden prouvait, s'il en était besoin, qu'elle ne courait aucun danger physique. Sur le plan émotionnel, en revanche, c'était une autre histoire...

— J'ai compris, dit-il dans un souffle, avant de s'écarter.

Que cachait-il sous ses dehors rugueux ? Avait-elle vraiment envie de percer le mystère ?

Elle était fatiguée, énervée. Ce n'était pas le moment de songer à tout cela. Mieux vaudrait d'ailleurs pour sa tranquillité d'esprit qu'elle se tienne à l'écart de cet homme aussi étrange que séduisant.

Aiden pesta en silence. Il avait failli embrasser sa collègue alors qu'elle le mettait en rage. À quoi songeait-il ?

Il sortit les bagages du coffre avec une énergie superflue, galvanisé par la colère. Puis, plus posément, il ouvrit la portière arrière et détacha Jamie de son siège auto.

— Coucou, chéri. On va aider le Dr Allen à trouver son appartement, d'accord ?

Son fils opina d'un air solennel, et il le prit dans ses bras, ému. Les actes de Jamie étaient toujours empreints d'une certaine gravité. Il ne parlait pas, sauf quand on s'adressait à lui, et encore. Même ses jeux étaient anormalement calmes.

À deux ans et demi, il avait déjà élevé une barrière protectrice autour de son petit cœur. Nul ne saurait jamais ce qu'il avait vécu, mais la solitude et le sentiment d'abandon avaient laissé des traces profondes.

Il comprendrait un jour que son papa, lui, ne le laisserait jamais tomber. Peut-être alors pourrait-il enfin sourire et même rire aux éclats comme tous les gamins de son âge ? C'était le vœu le plus cher d'Aiden.

Contrairement à lui autrefois, Jamie ne connaîtrait jamais l'épreuve du foyer d'accueil. Il n'attendrait pas cinq ans avant d'être adopté. Il avait de bonnes chances d'être traumatisé moins longtemps…

— Moi marcher ? demanda Jamie d'une voix à peine audible.

— Bien sûr, mon chéri. Je te pose. Donne-moi la main.

Le bout de chou opina de nouveau tout en lui tendant sa menotte gantée. Stella Allen, qui avait visiblement suivi cet échange avec intérêt, les gratifia d'un sourire.

— Est-il toujours aussi bien élevé ?

— Oui.

Il avait répondu d'un ton bref pour prévenir d'autres questions. Jamie détestait qu'on parle de lui. Quand cela arrivait, il se renfermait encore plus dans sa coquille.

Sa collègue parut comprendre le message car elle ouvrit la bouche, puis la referma.

— Votre logement est au quatrième étage. Voulez-vous que je prenne la grosse valise ? ajouta-t-il, sans bouger cette fois.

— Oui, s'il vous plaît. Merci.

Il s'empara du bagage, puis se dirigea lentement vers l'ascenseur pour s'adapter au rythme de Jamie. Il s'efforçait de lui rendre la vie agréable en toutes circonstances, ce qui n'avait rien d'évident. Jamie ne disait pas grand-chose et ne se plaignait jamais. Ce silence, cette résignation lui fendaient le cœur, mais il n'y pouvait rien…

À sa grande surprise, Stella s'agenouilla quand ils arrivèrent devant l'ascenseur.

— Veux-tu appuyer sur le bouton, Jamie ? proposa-t-elle. J'aimais beaucoup faire ça quand j'avais ton âge.

Jamie se cacha dans les jambes d'Aiden pour mieux observer l'inconnue qui lui parlait.

— Non, tu ne veux pas ? insista-t-elle en souriant.

Aiden vit son fils le regarder d'un air interrogateur.

— Tu as le droit, dit-il. Vas-y.

Jamie s'avança prudemment, mais il était trop loin pour atteindre son but. Voyant cela, Aiden se décala et finalement, sans le lâcher, Jamie pressa le bouton.

Quand le voyant s'alluma, il poussa un cri presque inaudible. Aiden en eut les larmes aux yeux : c'était la première fois que son fils manifestait une émotion positive. Il aurait voulu remercier Stella pour ce moment exceptionnel, sauf qu'il était un peu jaloux. C'était elle qui avait rendu Jamie heureux. Il aurait préféré que ce soit lui…

— Bravo ! s'exclama-t-elle, enthousiaste.

Intimidé, Jamie se blottit contre lui. Il le souleva aussitôt et le cala contre son épaule. Puis il l'embrassa tendrement sur le front, comme il le faisait souvent depuis neuf mois.

Qui aurait dit qu'il aimerait la paternité à ce point ? Il n'avait jamais envisagé de fonder une famille, mais à présent, il n'imaginait plus la vie sans son fils. Jamie lui était devenu aussi indispensable que l'air qu'il respirait.

Quand les portes de l'ascenseur s'ouvrirent, ils y poussèrent les bagages puis s'engouffrèrent dans la cabine en silence. Stella avait dû sentir le changement chez Jamie car elle ne fit plus aucune tentative pour communiquer avec lui.

— Numéro 402, sur la gauche, indiqua Aiden lorsqu'ils atteignirent le quatrième étage.

Devant l'appartement, il explora sa poche, en sortit un trousseau et le tendit à Stella. Il avait encore des progrès à faire pour ouvrir une porte avec un enfant dans les bras !

Stella tira ses valises à l'intérieur. Il la suivit et constata que le logement semblait lui plaire. Très bien agencé malgré sa petite taille, il était parfait pour une personne seule.

— Ne connaissant pas vos goûts, j'ai fait quelques provisions basiques, dit-il. De la soupe en brique, des pâtes, des œufs… J'espère que cela vous suffira pour commencer.

— Je ne suis pas difficile, donc cela ira très bien. Merci beaucoup, c'est gentil d'y avoir pensé.

— De rien. C'est normal.

— Docteur Cook, je…

— Appelez-moi Aiden, s'il vous plaît.

— Hum, très bien. Aiden, je… souhaitais m'excuser pour tout à l'heure. Je suis navrée que nous ayons pris un mauvais départ. Nous allons devoir travailler ensemble. J'aimerais mieux que nous ne soyons pas en mauvais termes.

Il opina.

— Nous étions sur les nerfs tous les deux. Pour vous, c'était la fatigue du voyage, pour moi, une fin de journée chaotique. Je ne suis pas comme ça d'habitude et j'imagine que vous non plus. Donc, je m'excuse aussi. Cela ne se reproduira pas.

Stella tendit la main. Il lisait toujours une certaine méfiance dans son regard, mais elle souriait.

— On recommence à zéro ? suggéra-t-elle.

— Volontiers.

Il aurait préféré éviter ce contact, mais il lui serra la main pour ne pas paraître impoli. La sensation fut immédiate : ce fut comme s'il touchait des flammes. Il s'écarta rapidement, puis il fléchit les doigts pour contrer cette réaction inopportune.

Moins il l'approcherait à l'avenir, mieux cela vaudrait. Il n'y avait pas de place pour une femme dans sa vie.

— Bonne nuit, dit-il d'un ton sec. À demain.

C'est à peine s'il entendit la réponse : il avait presque couru vers la porte.

4.

Pour son premier jour de travail, Stella avait choisi sa tenue avec soin.

En tailleur gris, chemisier blanc et ballerines, elle était sûre de ne commettre aucune faute de goût. Or, elle voulait absolument faire bonne impression après ses débuts chaotiques de la veille avec Aiden Cook.

Elle opta pour un maquillage minimal en insistant sur l'anticernes, décalage horaire oblige. Puis elle lissa sobrement son carré mi-long pour paraître à la fois professionnelle et abordable. Habituée des médias, elle savait que l'allure des interviewers comptait beaucoup pour rassurer les gens. Il fallait se fondre dans le paysage, avoir l'air sérieux, mais accessible. C'était tout un art.

Quant à Aiden… Inutile de le nier, elle voulait être à son avantage devant lui. Son cœur battait plus vite à l'idée de le revoir, et elle se traita d'idiote. Elle devait absolument se calmer !

Cet homme était peut-être le plus séduisant qu'elle ait jamais rencontré, mais ce n'était pas une raison. Même si cela faisait des étincelles entre eux, elle devait passer son chemin pour des raisons évidentes. D'abord, il ne débordait pas d'enthousiasme à l'idée de travailler avec elle. Ensuite, il était père de famille, un « détail » complètement rédhibitoire.

L'exemple de sa mère ne lui avait pas donné très envie de fonder une famille. Cette dernière l'avait peut-être encensée, mais seulement parce que avoir une fille belle et intelligente – elle lui avait fait passer un test de QI quasiment au berceau – servait ses ambitions. Était-ce cela, l'amour maternel ?

Personne n'avait demandé à Stella si cette vie devant les caméras lui plaisait. Elle n'avait jamais connu la « normalité » d'une enfance banale et choyée. Ses premiers émois sentimentaux avaient fait la couverture des magazines people. Pourquoi était-elle restée dans la boucle quand, à l'âge adulte, elle aurait pu mettre un terme à tout cela ? Elle s'interrogeait de plus en plus souvent, ces temps-ci…

Quelques coups brefs frappés à sa porte interrompirent ces réflexions désagréables. Elle s'obligea à ne pas courir pour aller ouvrir.

Calme-toi, Stella.

Elle inspira à fond et marcha lentement vers la porte, qu'elle déverrouilla en arborant un sourire très professionnel.

— Bonjour, docteur Allen. Êtes-vous prête ?

Les rayons du soleil matinal jetaient des reflets dorés dans la chevelure d'Aiden. Planté sur le seuil, il paraissait toujours aussi imposant – et séduisant – que la veille.

— Bonjour. Appelez-moi Stella, je vous en prie.

Elle se détourna, prit son manteau accroché à la patère murale et l'enfila. Mais, si Aiden continuait à la dévisager ainsi, elle n'allait pas en avoir besoin longtemps !

Comment un simple regard pouvait-il lui donner si chaud ? Elle n'avait rien connu de tel avec Oliver, son dernier petit ami. Leur relation lui avait toujours semblé tiède et même fade. Les deux histoires qu'elle avait vécues précédemment ne lui avaient pas non plus laissé un souvenir impérissable. Elle pensait maintenant que l'amour était surfait et que les gens se mettaient dans tous leurs états pour pas grand-chose…

— D'accord, Stella.

Cet acquiescement lui provoqua un délicieux frisson. Elle avait toujours détesté son prénom. Elle le trouvait démodé et un peu guindé, mais dans la bouche d'Aiden il prenait des inflexions beaucoup plus agréables.

— J'espère que vous avez bien dormi ? ajouta-t-il d'un ton gai.

Son trouble ne lui avait pas échappé et il s'en amusait. La voir rougir devait flatter son ego.

Elle redressa le menton, agacée.

— Très bien, merci. Je dormirai encore mieux sans le contrecoup du décalage horaire. C'est l'affaire de quelques jours.

Il jeta un coup d'œil dans l'entrée, où elle avait déposé son matériel vidéo sur une étagère.

— Avez-vous besoin de tout ça aujourd'hui ?

— Non. Je dois rencontrer la directrice et la consultante en orthopédie. Je dois aussi passer par l'administration car on m'a dit que j'aurais besoin d'un badge.

— Absolument.

Elle sortit, verrouilla sa porte et se dirigea vers l'ascenseur.

— Qui plus est, je n'ai pas envie de débarquer avec une caméra le premier jour. Il vaut mieux y aller en douceur, se présenter, mettre les gens en confiance… D'ailleurs, ce n'est pas moi qui réaliserai le tournage. Je vais juste recueillir des conversations sur le vif et faire des interviews en mode décontracté.

— N'oubliez pas d'éviter mon chemin, surtout.

Aiden affichait le même air bourru que la veille, et elle lui jeta un coup d'œil oblique. Avait-il peur des caméras à ce point ? Ou alors détestait-il les médias pour quelque obscure raison ? Quoi qu'il en soit, elle aurait du mal à faire sans lui puisqu'il était son correspondant.

Elle le précéda dans l'ascenseur, pressa le bouton du rez-de-chaussée et mit les mains sur les hanches.

— Est-ce un refus catégorique ou peut-on en discuter ?

— C'est non négociable, riposta-t-il sèchement.

— Vous feriez pourtant un malheur auprès des téléspectatrices.

Une petite flatterie n'avait jamais nui à personne. Mais, si son intuition était correcte, cela ne marcherait pas avec Aiden.

— C'est inutile, merci.

Voilà, elle avait tapé dans le mille ! Il avait un problème, mais lequel ? Craignait-il pour sa tranquillité personnelle et familiale s'il devenait trop « célèbre » ? On était pourtant loin du show-business dans un documentaire hospitalier…

— Je finirai bien par trouver ce qui vous gêne, déclara-t-elle d'un ton provocateur. Il doit y avoir un secret là-dessous.

— Qu'en savez-vous, à la fin ? Vous ne me connaissez pas !

Elle haussa les épaules et prit l'air mystérieux. Du moins espérait-elle être crédible…

— Si vous détestiez simplement être photographié ou filmé, vous me l'auriez déjà dit. Je sais par expérience que vous devez avoir une raison plus sérieuse. Mais, effectivement, vous me le direz peut-être quand on se connaîtra mieux.

Elle devrait gagner la confiance d'Aiden pour en apprendre davantage, or, ce n'était pas gagné. Quelle mauvaise expérience l'avait rendu méfiant à ce point ? Cela avait-il un rapport avec la mère de Jamie ?

Elle brûlait de le savoir, mais n'avait pas d'autre choix que de se montrer patiente.

— Votre documentaire ne m'intéresse ni de près ni de loin. Je me passe de cette publicité.

— Cela ne vous amuserait donc pas d'avoir la cote auprès des dames ?

Aiden pesta intérieurement. Stella l'avait titillé dans l'ascenseur, puis sur le parking, et là, elle insistait encore. Il dut recourir à tout son self-control pour ne pas lâcher le volant.

— En quelle langue faudra-t-il vous le dire ? Je ne cherche pas ce genre de popularité.

— Je vous trouve bien catégorique. Vous êtes un peu jeune pour le célibat…

— Et moi, je vous trouve bien curieuse. D'ailleurs, puisqu'on aborde les sujets personnels, dois-je conclure que vous avez déjà rencontré l'âme sœur ? L'homme que vous épouserez et avec qui vous aurez beaucoup d'enfants, comme dans les téléfilms de votre chère télévision ?

— On ne parlait pas de moi, là, tout de suite.

Il lui jeta un coup d'œil à la dérobée. Elle était encore plus belle lorsqu'elle rougissait…

— Dans ce cas, ne parlons pas de moi non plus. Je ne cherche *rien*. Ma vie est déjà assez compliquée.

Pourquoi avait-il lâché ce commentaire ? D'habitude, il se montrait beaucoup plus réservé avec les inconnus.

— Votre ex a dû vous mener la vie dure, Aiden.

C'était une affirmation, pas une question. Il crispa les mains sur le volant.

— Et si vous me racontiez vos histoires de cœur, Stella ?

— Sans façons, merci.

— Alors je vous suggère d'arrêter cet interrogatoire.

Penser à Britney le mettait hors de lui. Oh ! cette femme ne l'avait pas blessé directement, mais elle avait fait bien pire. Elle lui avait caché l'existence de leur fils. Et, surtout, elle avait négligé le pauvre Jamie qui en était traumatisé.

Comment pourrait-il aborder le sujet avec une pseudo-collègue qui s'intéressait davantage à la télé qu'à la médecine ? C'était impossible.

Un silence pesant tomba, heureusement vite interrompu par leur arrivée à l'hôpital.

— L'entrée des piétons se trouve ici, marmonna-t-il en désignant une grande barrière blanche.

— Merci pour l'info.

Il tourna le coin de la rue, rejoignit le parking du personnel et se gara sur sa place réservée.

— Où devez-vous aller d'abord ? demanda-t-il.

— Je suis censée voir Mme Stone. Ensuite, je ne sais pas.

Elle semblait un peu nerveuse, détail qui l'amusa. Ses grands airs de professionnelle des médias n'étaient donc qu'une façade ?

— Vous avez le trac du premier jour ? demanda-t-il d'un ton gai.

— Non, ça va. Pas de souci.

Quand elle lui sourit, il eut l'impression de recevoir une violente décharge électrique. Il descendit lui ouvrir sa portière, puis il l'escorta vers les bâtiments administratifs en veillant à maintenir ses distances.

Dès qu'il l'effleurait, il commençait à vouloir l'impossible. Mais elle était, et resterait, hors d'atteinte. Il n'y avait pas à revenir là-dessus.

5.

Qu'on soit novice ou expérimenté, prendre un nouveau poste n'était jamais évident.

Stella avait passé sa première journée avec le Dr Stone, une femme directe, un peu revêche mais très efficace. Et, quand cette dernière lui avait exposé sa mission à Toronto, elle avait vite compris qu'elle ne s'ennuierait pas.

En plus de son travail, elle devrait donner plusieurs conférences, y compris par vidéo. Elle opérerait d'ailleurs en priorité les patients susceptibles de bénéficier de ses techniques innovantes. Ces interventions seraient, sauf exception, ouvertes aux observateurs.

Cette partie-là, la plus simple, avait été vite expédiée. En revanche, le Dr Stone s'était longuement attardée sur le documentaire. Elle voulait que « son » hôpital apparaisse sous son meilleur jour et avait des idées bien arrêtées sur la question. Stella avait dû la rassurer, expliquer qu'elle mettrait tout en œuvre pour préserver l'excellente réputation de St. Matthew. Elle y était parvenue, mais quelle énergie avait-il fallu déployer !

L'heure avait tourné, si bien qu'elle n'avait rien pu faire d'autre. Le Dr Stone avait donc remis au lendemain la visite des locaux, sans oublier la fameuse accréditation réglementaire. Et maintenant, au jour 3, Stella se trouvait affublée du badge le plus laid de la Terre. Elle avait eu beau quémander une nouvelle photo au préposé, l'homme avait pris un malin plaisir à refuser sous prétexte qu'il n'avait pas le temps…

Quels débuts calamiteux ! Elle se promenait à présent avec une horrible photo d'elle épinglée sur sa veste. Elle n'avait toujours pas rencontré ses collègues d'orthopédie. Et, pour couronner le tout, elle venait de se perdre dans un dédale de couloirs.

De guerre lasse, elle s'arrêta devant un comptoir d'information.

— Pardon, mais…

— Vous êtes perdue, je pense, dit le guichetier en souriant. Je vous ai vue passer il y a cinq minutes.

— Effectivement. Je dois aller en chirurgie orthopédique.

L'homme fronça les sourcils d'un air perplexe.

— Il va falloir que je regarde le plan. Je suis nouveau, vous comprenez. D'habitude, on me demande les urgences.

— Indiquez-moi les urgences alors. Ça ira très bien.

À supposer qu'il travaille, Aiden pourrait prendre cinq minutes pour lui servir de guide, non ?

L'idée de le revoir fit battre son cœur plus vite. Quelle idiote ! Elle en pinçait pour un type qui n'était même pas agréable.

Au fond, ce n'était guère étonnant. Dans les films, elle avait toujours préféré les héros solitaires et grincheux. Non seulement elle en avait rencontré un dans la « vraie vie », mais, question charisme, Aiden n'avait rien à envier aux acteurs de Hollywood.

Heureusement, son attitude méfiante l'aiderait à garder la tête froide. Il semblait détester l'univers médiatique et ne ferait sans doute rien pour se rapprocher d'elle. Ils ne s'étaient d'ailleurs pas croisés ces trois derniers jours. En tant que correspondant, il aurait pourtant dû faciliter son installation.

Elle soupira. Voilà pourquoi ses histoires de cœur ne marchaient pas. Elle s'intéressait à des hommes qui n'étaient pas faits pour elle.

Balayant ces pensées négatives, elle se concentra sur les indications du guichetier pour ne pas se perdre à nouveau. Lorsqu'elle atteignit enfin les urgences, elle se dirigea droit vers la réception, soulagée.

— Bonjour. Je cherche le Dr Cook.

L'hôtesse la toisa de toute sa hauteur.

— Donnez-moi votre nom, s'il vous plaît. Je vais l'appeler.

Vous pourrez attendre là-bas, précisa-t-elle en montrant la zone d'accueil.

Stella leva son badge de manière réflexe.

— Indiquez-moi juste le chemin, je vais me débrouiller. Je suis le Dr Stella Allen, du Projet Kensington. Le Dr Cook est mon correspondant à Toronto. Je viens d'arriver et je suis un peu perdue.

— Je vais l'appeler, répéta l'autre d'un ton pincé.

Sans cesser de sourire, Stella la regarda droit dans les yeux. Elle ne voulait heurter personne, mais n'entendait pas non plus se laisser dicter sa conduite.

— Je vais attendre ici, dans ce cas.

— Allez plutôt vous asseoir. Je ne sais pas pour combien de temps…

— J'irai m'asseoir dès que vous l'aurez appelé.

La réceptionniste considérait visiblement Aiden comme sa chasse gardée. Il avait beau prétendre qu'il ne s'intéressait pas aux femmes, le message n'avait pas dû être assez clair. Mais Stella s'en moquait. Elle voulait qu'il la rejoigne, coûte que coûte.

L'air furieux de son interlocutrice en aurait fait reculer plus d'une. Cependant, il en fallait davantage pour l'impressionner. Elle avait été élevée par la championne du monde des regards assassins !

Elle s'accouda au comptoir sans bouger d'un centimètre. Et finalement l'autre décrocha le téléphone avec un grognement exaspéré.

— On demande le Dr Aiden Cook à l'accueil. Je répète, le Dr Aiden Cook est attendu à l'accueil des urgences…

La réceptionniste reposa violemment le combiné et toisa Stella.

— Voilà, vous êtes contente ?

— Très contente. Je vous remercie pour votre gentillesse.

Elle sourit de nouveau et s'éloigna sans attendre la réponse. Pourvu que l'hôtesse ne lui tienne pas trop rigueur de cette petite scène ! Elle allait passer deux mois à Toronto et préférait ne pas se créer d'ennemis dès les premiers jours.

Sagement, elle gagna la zone d'attente et se livra aussitôt à son loisir favori : regarder les gens. Petite déjà, elle aimait observer la manière dont les personnes interagissaient. Elle avait même failli devenir psychiatre, mais sa passion pour l'orthopédie l'avait emporté.

Alors qu'un couple en blouse blanche arrivait, se tenant par la taille, elle sortit son téléphone pour rédiger une note. Stress et relations personnelles faisaient rarement bon ménage à l'hôpital. Cet angle serait peut-être intéressant à exploiter pour le documentaire…

Elle était en train de pianoter quand elle sentit les poils de ses bras se hérisser. Elle n'eut pas besoin de lever le nez pour savoir qui arrivait, mais se redressa néanmoins. Son intuition ne l'avait pas trompée. Aiden se rapprochait du comptoir à grands pas, sourcils froncés.

Ignorant les regards énamourés de l'hôtesse, il jeta un coup d'œil circulaire dans la salle. Stella se dirigea vers lui, tout sourire, mais elle finit par se crisper devant son air ombrageux.

— Vous m'avez fait appeler ? demanda-t-il sèchement.

— Je n'ai pas eu le choix. Cette… dame n'a pas voulu me dire où vous étiez exactement.

Elle avait répondu d'un ton ferme, agacée. Elle n'y était pour rien si la réceptionniste avait fait du zèle.

— Pardon de vous déranger, mais j'ai du mal à trouver mon chemin dans ce dédale de couloirs. Il faut absolument que j'aille en orthopédie. Et comme vous aviez oublié de me donner votre numéro…

Un curieux grognement se fit entendre derrière le comptoir. Stella se rapprocha d'Aiden, puis, hardiment, posa la main sur son avant-bras découvert par la chemise de bloc qu'il portait.

— Je n'ai pas pensé à vous le demander, l'autre soir, quand vous m'avez déposée chez moi, ajouta-t-elle avec un sourire en coin.

— À quoi jouez-vous ? maugréa-t-il à voix basse.

Son beau regard brun trahissait une impatience évidente, mais, loin de se troubler, elle pencha le buste vers lui.

— J'essaye de vérifier quelque chose.

Même si cette « expérience » lui mettait le corps en feu, elle n'allait pas s'arrêter maintenant. Elle voulait prouver qu'elle avait raison !

Un claquement soudain sur le bureau fit sursauter Aiden qui, dans le mouvement, se retrouva presque collé à elle.

— La réceptionniste en pince pour vous, chuchota-t-elle.

Elle promena lentement les doigts sur son bras nu. Elle aurait pu le lâcher puisqu'elle avait confirmé son hypothèse, sauf qu'elle n'en avait pas envie.

— Si cette demoiselle vous plaît, vous devriez lui donner un signal…

— Qui, Rita ? Aucun danger. Je ne sortirai jamais avec une collègue ou une employée de l'hôpital.

— Ah… C'est dommage.

Pourquoi avait-elle dit cela ? Elle-même avait toujours respecté cette règle jusqu'à présent… mais elle aurait volontiers fait une exception.

Aiden pencha la tête vers elle. Il n'avait plus l'air fâché, au contraire. Une petite lueur sensuelle, dangereuse, éclairait ses prunelles assombries.

— Seriez-vous en train de flirter avec moi, docteur Allen ?

Aiden trouvait encore Stella encore plus belle avec les joues rosies.

Sa question l'avait peut-être déstabilisée, mais elle n'avait pas libéré son bras. Elle promenait toujours les doigts sur sa peau, l'air de rien, presque distraitement. Si elle continuait, accueil des urgences ou pas, il allait la plaquer contre lui pour l'embrasser !

Il avait toujours mis un point d'honneur à ne jamais fréquenter ses collègues. Il avait compris très tôt les ravages qu'une querelle ou pire, une rupture, pouvaient causer dans une équipe. Les états d'âme n'avaient pas leur place en milieu hospitalier. Les gens devaient rester soudés, mais la cohésion devenait difficile quand les histoires personnelles prenaient l'ascendant.

Puisque cela faisait des étincelles avec Stella, il avait choisi de l'éviter au maximum. Comment aurait-il pu prévoir que le Projet Kensington allait envoyer à Toronto la femme la plus pénible, mais aussi la plus sexy de la planète ? C'était bien sa chance !

Malgré ses bonnes résolutions, il ne put s'empêcher de la provoquer :

— Vous n'avez pas répondu à ma question. Vous m'avez tout l'air de chercher les ennuis, Stella…

Il lui captura le menton pour l'obliger à soutenir son regard. Elle se dégagea vivement, les joues cramoisies.

— Je m'excuse, je…

Comment allait-elle se justifier ? Ayant compris que Rita s'intéressait à lui, elle aurait dû lâcher l'affaire, mais non. Elle continuait. Cela prouvait une chose : *elle* était attirée par lui.

— Si cela vous intéresse, je suis libre et sans attache, déclara-t-il.

Quel idiot. Il se serait giflé. Pour un gars qui voulait maintenir ses distances, il faisait très fort.

— Ah, super ! Gardez la pose, s'il vous plaît. Ma carte mémoire est pleine, il faut que je la change.

La voix masculine dans son dos le fit sursauter. Il se retourna vivement et tomba nez à nez avec un jeune homme qui s'était planté derrière eux, caméra à l'épaule.

— Où est-elle, cette coquine ? marmonna le nouveau venu, en fourrageant dans la sacoche qu'il portait en bandoulière.

— Je refuse d'être filmé ! s'écria Aiden.

Le cameraman eut l'air surpris.

— Ah bon ? Pourtant, vous allez super bien ensemble tous les deux. On voit qu'il se passe quelque chose entre vous. Les producteurs vont a-do-rer.

— Ils ne vont rien adorer du tout, puisque je vous interdis de me filmer.

Pivotant vers Stella, il ajouta :

— Je croyais que votre équipe était censée venir plus tard ?

— J'ai fini mon précédent contrat une journée plus tôt, expliqua le cameraman.

Ce type semblait si content de lui qu'Aiden eut envie de taper du pied sur le carrelage. Une journée pouvait-elle commencer plus mal ?

— Le Dr Cook est attendu en trauma 1 ! On demande le Dr Cook en trauma 1 !

La voix nasillarde dans le haut-parleur l'agaça encore plus. Gérer une urgence maintenant, énervé comme il l'était, ne l'enchantait guère. Enfin, ce n'était pas comme s'il avait le choix.

— Affaire à suivre ? lança Stella, l'air plein d'espoir.

Il se retint de lui crier dessus. Pourquoi les gens de la télé affichaient-ils toujours un sourire étincelant ? On aurait pu croire qu'ils étaient perpétuellement de bonne humeur.

— Il n'y a rien à suivre, riposta-t-il d'un ton sec. Comme je vous l'ai déjà dit, je ne suis pas intéressé.

Il avait employé cet adjectif volontairement, dans l'espoir qu'elle comprendrait le sous-entendu : *elle* ne l'intéressait pas plus que son film !

Elle opina, sourit de nouveau et montra le couloir des urgences.

— Cela vous ennuierait-il que je vous accompagne quand même ? J'aimerais voir comment vous travaillez, histoire de m'acclimater un peu.

Cette fois, il ne trouva rien à redire. Il se contenta de hausser les épaules, et elle lui emboîta le pas. Le jeune reporter fit de même, en gardant toutefois sa caméra baissée.

— J'aimerais vous parler de mes techniques chirurgicales quand vous aurez un moment, dit Stella. Je suis censée les mettre en pratique ici, dès qu'un patient arrivera avec une fracture du bassin. Or, aux urgences, vous êtes les premiers à accueillir les traumas. J'aimerais être appelée si quelqu'un correspond aux critères. Je pense montrer des vidéos de mon travail aux collègues, mais il vaudrait mieux qu'ils observent directement, non ?

— Je suis d'accord avec vous. D'ailleurs, j'ai hâte de découvrir ces méthodes. Elles sont sûrement révolutionnaires pour qu'on vous envoie les présenter au bout du monde.

— Révolutionnaires est un bien grand mot, répondit-elle d'un ton modeste. J'ai juste réussi à gagner une heure d'anesthésie, en moyenne. Et comme la technique est moins invasive, l'immobilisation et la convalescence sont plus courtes. De ce fait, les risques d'atrophie musculaire diminuent.

La passion que Stella mettait dans son travail était évidente, et Aiden comprit qu'il l'avait mal jugée. Médecin urgentiste, il possédait les connaissances de base en orthopédie, mais la voir à l'œuvre serait sans doute un grand moment.

Elle avait son métier chevillé au corps. De quel droit avait-il pu en douter ?

— Je ne suis pas spécialiste, mais pour le tri des patients, je vous aiderai avec plaisir, affirma-t-il, sincère.

Sa bonne résolution de l'éviter avait fondu comme neige au soleil. Il voulait participer au projet. Il voulait en apprendre davantage sur elle, même s'il s'en défendait.

Tout en parlant, ils étaient arrivés devant la salle de traumatologie 1. Il jeta un coup d'œil menaçant en arrière pour s'assurer que le cameraman faisait profil bas. Puis, rassuré sur ce point, il pénétra dans le box, où une dame âgée était allongée sur la table d'examen.

— Qu'est-ce qu'on a ? demanda-t-il à l'interne.

— Chute avec commotion cérébrale. Possible fracture du bassin.

Le destin avait frappé à la porte de l'hôpital ce matin-là. La vieille dame qui s'était fracturé le bassin serait une « cliente » parfaite pour Stella !

Consciente que son rôle n'était pas d'assurer les urgences,

elle se mit en retrait pendant qu'Aiden stabilisait Mme Upton, la patiente. Elle aurait bien voulu que Henry, son nouveau cameraman, puisse filmer la scène mais, après le refus catégorique d'Aiden, elle préférait ne pas insister. Il y aurait d'autres occasions. Du moins l'espérait-elle.

Le style d'Aiden, en tout cas, ne manquait pas de l'étonner. Il se montrait doux et agréable avec la patiente. Son air abrupt avait disparu, et il était même tout à fait… charmant. Pourquoi, se montrait-il si renfrogné à l'extérieur ?

Est-ce moi, le problème ?

— Docteur Allen, voulez-vous prescrire des examens complémentaires ?

Elle sursauta et prit la liste qu'il lui tendait en s'efforçant de ne pas rougir. Il s'était montré particulièrement exhaustif. Il n'y avait rien à ajouter.

— Non, merci… C'est parfait, balbutia-t-elle.

Les résultats du scanner leur parvinrent en un temps record. Penchés sur les images, ils purent alors confirmer le diagnostic de fracture pelvienne.

— Vous voyez la cassure, à cet endroit ? demanda Stella. Normalement, on y mettrait plusieurs vis, en prenant garde de ne pas abîmer un os déjà fragilisé.

— C'est la technique qu'on m'a montrée en cours d'orthopédie, déclara Aiden.

— Moi, je préfère en mettre moins et passer par là…

Elle commença à expliquer son travail, ravie de trouver en Aiden un auditeur attentif. Elle manquait peut-être de confiance en elle dans la vie, mais à l'hôpital c'était différent. Là, au moins, elle était en terrain conquis.

— Comment savez-vous si votre méthode conviendra à tel ou tel patient ? À Mme Upton, par exemple ?

Elle détailla ses critères de choix, en veillant à rester claire puisqu'elle ne s'adressait pas un spécialiste. Mais il s'avéra qu'Aiden en connaissait long sur le sujet, ce qui ne l'étonna guère. En urgentiste consciencieux, il devait passer beaucoup de temps à se documenter.

Après avoir installé Mme Upton dans une chambre particulière, ils redescendirent aux urgences. Quand Aiden lui prit le bras pour l'attirer à l'écart, Stella eut l'impression que son corps tout entier se mettait à vibrer.

— Normalement, mon rôle s'arrête là, dit-il. Mais cette fois, j'aimerais suivre le dossier et, si possible, assister à l'opération en tant qu'observateur. Qu'en pensez-vous ?

— Mais bien sûr, venez ! Je planifierai l'intervention dès que Mme Upton sera remise de sa commotion cérébrale. Je vous ferai prévenir.

— Vous avez assuré ce matin. Bravo !

Encouragée par son sourire, elle le poussa du coude.

— N'ayez donc pas l'air si surpris. Vous pensiez que j'étais venue faire de la figuration ?

Un silence gêné tomba. L'absence de réponse d'Aiden était le pire des aveux. Elle savait maintenant tout le « bien » qu'il pensait d'elle.

Elle recula comme s'il l'avait giflée.

— Apparemment oui, reprit-elle, glaciale.

Ce n'était pas la première fois qu'un confrère avait des préjugés sur elle, mais elle avait cru qu'il serait différent. Après tout, ils étaient attirés l'un par l'autre… Cela prouvait à quel point elle était capable de se bercer d'illusions !

— Voilà pourquoi vous m'avez si mal accueillie à l'aéroport. Vous étiez furieux de vous retrouver avec une Anglaise incompétente sur les bras.

— Stella, je… J'ai pu avoir quelques doutes sur votre capacité à gérer les cas difficiles, mais…

Elle eut l'impression de recevoir un seau d'eau froide au visage. Folle de colère, elle se redressa de toute sa hauteur.

— Pas de souci, je comprends. Je vous prouverai que je suis ici grâce à mes compétences et pas pour mon côté télégénique, quoi que vous puissiez croire.

Elle avait l'habitude : elle passait sa vie à se justifier. On la prenait toujours pour ce qu'elle n'était pas. Ses collègues se forgeaient souvent une image négative, ne croyant pas qu'elle puisse mener de front deux carrières à succès.

— Stella…

— Je vous le répète, il n'y a aucun souci, docteur Cook.

Elle plissa les paupières et soutint son regard sans ciller. Elle n'avait pas le loisir de se compliquer la vie pour ce genre d'individu. Elle avait trop de choses à faire à Toronto, en seulement sept semaines et demie. Aiden ne méritait pas qu'elle perde son temps avec lui.

— Je suis redevenu le « Dr Cook », maintenant ? Écoutez-moi bien, docteur Allen…

Aiden croisa les bras sur la poitrine et la toisa de toute sa hauteur. Mais, s'il croyait l'impressionner, il rêvait.

— Bonjour, qui va là ? Je vois que l'entente cordiale entre l'Angleterre et le Canada est au beau fixe !

Le Dr Stone venait de faire irruption dans le couloir des urgences, interrompant Aiden.

— Tout baigne, oui, marmonna-t-il.

— Ah oui, vraiment ? Ce n'est pas ce qu'on m'a dit. J'ai déjà eu des plaintes parce que vous refusez de laisser travailler l'équipe de tournage. On vous a également surpris en train de rabrouer le Dr Allen en public. Bien que, toujours d'après la rumeur, vous ne sachiez pas s'il faut l'étrangler ou l'embrasser…

— Vous aurez ma démission avant de m'avoir vu l'embrasser, croyez-moi. Et je refuse d'être filmé !

Aiden avait l'air si agacé que Stella recula d'un pas. L'idée de l'embrasser l'effrayait-elle à ce point ?

— J'en prends note. Donc, ce que j'ai prévu pour ce week-end devrait vous convenir, déclara le Dr Stone.

— Que…

— Cela ne vous ennuiera sûrement pas de faire visiter la ville au Dr Allen ?

— Pardon ?

En d'autres circonstances, Stella aurait trouvé la scène comique. Mais, étant concernée, elle avait moins envie de rire.

— Vous avez bien entendu, martela la directrice. Mais, au

cas où, je vais être plus explicite. Je vous demande de servir de guide, par courtoisie, à notre collègue anglaise.

— Je ne crois pas que ce soit une bonne idée.

Le Dr Stone leva les sourcils.

— On avait passé un accord, à ce qu'il me semble.

Aiden parut sur le point de protester, puis il opina.

— En effet. Vous pouvez compter sur moi.

Stella baissa le nez sur ses chaussures. Elle ignorait tout de l'« accord » en question, mais apparemment Aiden n'avait pas le choix. Sinon, il aurait tenu tête à la directrice. Elle en était sûre.

— Tant que je vous ai sous la main, où en êtes-vous des préparatifs de la fête de Noël ?

Silence. Le Dr Stone secoua la tête.

— Je vois. Cela vous ferait du bien à tous les deux de travailler sur le sujet. Là au moins, vous ne risquez pas de vous chamailler. Organisez cette fête ensemble. Après tout, il y aura des images dans votre documentaire, docteur Allen. Vous avez intérêt à ce que la soirée soit réussie.

— D'accord, mais… pourquoi demandez-vous au Dr Cook de me consacrer du temps alors qu'il a une si mauvaise opinion de moi ? C'est peine perdue, non ?

— Je n'ai jamais dit que j'avais une mauvaise opinion de vous, gronda Aiden.

Sa voix basse et rauque la fit vibrer de la tête aux pieds. Elle le dévisagea sans un mot.

— Alors, qu'en dites-vous ? Aimeriez-vous qu'on passe la journée de samedi ensemble ? Je pourrais venir vous chercher à 9 heures…

Le cœur de Stella se mit à battre la chamade. La proximité d'Aiden, autant que cette invitation inattendue, la perturbaient au plus haut point. Elle n'était pas venue à Toronto pour batifoler, mais elle n'avait rien contre l'idée de passer la journée avec un homme séduisant, même si l'invitation avait été soufflée par une tierce personne.

D'ailleurs, comment aurait-elle pu refuser sans se mettre à dos sa supérieure ?

— Je… D'accord, avec plaisir, bafouilla-t-elle.

— Parfait. À samedi.

Ayant dit cela, il tourna les talons et disparut dans le couloir. Restée seule avec le Dr Stone, Stella le regarda s'éloigner en se demandant si elle ne rêvait pas.

— Ne vous fiez pas aux apparences. Il gagne à être connu, vous savez, commenta la directrice.

L'estime de Stella pour le Dr Stone monta d'un cran. Cette femme avait l'art et la manière de manipuler les autres dans l'intérêt de St. Matthew. Elle devrait rester sur ses gardes en sa présence.

Néanmoins, personne ne l'empêcherait jamais d'exprimer le fond de sa pensée.

— Pour l'instant, le Dr Cook ne m'a rien montré de très sympathique.

La directrice eut un sourire en coin.

— Vous savez ce qu'on dit. Les cactus les plus piquants donnent les plus belles fleurs, à condition d'être gentil avec eux.

6.

Stella ignorait quel genre d'activités Aiden avait prévues pour ce samedi. Elle regrettait de ne pas avoir apporté davantage de vêtements, car elle avait surtout pris des tailleurs, des tenues de yoga et des T-shirts. Elle n'avait donc pas le choix : son seul jean noir devrait faire l'affaire, accompagné d'un sweater prune en cachemire.

Elle s'inspecta dans le miroir d'un œil critique. Au moins le tissu foncé mettait-il ses hanches rondes en valeur. C'était déjà quelque chose. Devait-elle choisir un autre pull ? Une forme plus près du corps, peut-être ?

Trois coups frappés à la porte mirent un terme à ses hésitations. Elle lissa son carré d'une main nerveuse et s'obligea à marcher vers la porte plutôt que de courir. Jamais elle n'avait été aussi tendue avant une sortie. Mais après tout il ne s'agissait pas d'un rendez-vous amoureux.

Elle en eut confirmation lorsqu'elle vit apparaître Aiden avec Jamie dans les bras. Il était venu avec son fils ! Elle n'avait aucune expérience sur ce point, mais n'était-ce pas prématuré de sortir à trois ? Même s'il était petit, Jamie risquait de se faire des idées…

Se reprenant, elle sourit au bambin.

— Coucou, Jamie. Je ne pensais pas te voir aujourd'hui.

Aiden passa une main dans les cheveux de son fils en grimaçant.

— J'ai pensé… qu'on pourrait aller au marché de Noël. Cela nous donnerait peut-être des idées pour la fête de l'hôpital. Et puis, les enfants aiment bien cet endroit. Mais si cela vous pose un problème d'y aller à trois…

Il s'était rembruni au fur et à mesure qu'il parlait. Il était vraiment à prendre avec des pincettes dès lors que cela concernait son fils. Elle devait rectifier le tir, faute de quoi son séjour à Toronto risquait d'être compliqué.

Elle allongea le bras et lui effleura la main.

— Ce n'est absolument pas un problème, assura-t-elle. Je suis désolée si j'ai pu vous donner cette impression. J'ai été surprise, voilà tout. Si… vous êtes toujours partant, allons-y.

Elle glissa son portefeuille dans sa poche intérieure de manteau, s'habilla, puis verrouilla sa porte. Ils se dirigèrent vers l'ascenseur avec Jamie toujours dans les bras de son père.

— Parlez-moi de ce marché, dit-elle.

— Il a lieu tous les ans en novembre et décembre. Il a ouvert cette semaine. On y trouve un tas de choses pour les fêtes et j'ai pensé qu'on pourrait s'en inspirer.

— Vous avez eu raison.

De chez elle, le trajet en voiture était court. Elle regarda le paysage tandis qu'Aiden se concentrait sur la circulation, étonnée de ne pas entendre Jamie. Les enfants de cet âge étaient en général, très – et même trop – bruyants. Pourquoi ce petit bout ne disait-il jamais rien ? Elle aurait voulu questionner Aiden, mais le moment aurait été mal choisi.

Quelques minutes plus tard, lorsqu'ils atteignirent le marché, elle comprit qu'elle avait sous-estimé la taille de l'événement. Cette manifestation de grande ampleur occupait plusieurs rues piétonnes et une immense place bordée d'arbres joliment décorés pour l'occasion.

— Waouh, commenta-t-elle, émerveillée.

Jamie, lui, montrait du doigt des maisons en pain d'épice grandeur nature. Étaient-elles vraiment réalisées en biscuit ou en carton ? Stella se promit de découvrir la vérité avant la fin de la journée.

— Si elles vous plaisent, on pourrait en prévoir quelques-unes pour notre fête ? suggéra Aiden.

— Hum… Oui.

— C'est un « oui » qui veut dire « non ». Je vois.

— Je les aime beaucoup, mais j'ai peur que cela ne soit un peu enfantin, ou pas assez stylé, expliqua-t-elle.

Pour être filmable, le décor devrait être à la fois élégant, original et coloré. Peut-être mettait-elle la barre trop haut, néanmoins ?

Alors qu'elle cherchait comment donner son point de vue sans froisser Aiden, de délicieux effluves lui chatouillèrent les narines.

— Mmm, je sens la bonne odeur du vin chaud !

Ravie, elle prit Aiden par le bras. Il se raidit, mais ne se dégagea pas, et elle se traita d'idiote. Elle ne contribuait pas à maintenir la distance professionnelle souhaitable entre collègues…

— Personnellement, je préfère la bière artisanale, répondit-il. Mais bien sûr, si vous aimez le vin chaud, je vous en offrirai un tout à l'heure. Profitez-en aujourd'hui car la fête de l'hôpital sera sans doute non alcoolisée. Il y aura les enfants du personnel…

— Bien sûr, c'est normal.

Quand Aiden baissa les yeux sur Jamie, une infinie tendresse imprégna son regard. Son amour pour son fils rendait son visage particulièrement expressif.

— On pourra peut-être prévoir du chocolat chaud, dit-il. Tu aimes ça, pas vrai, mon cœur ?

Le bout de chou opina gravement. C'était comme si rien ne lui faisait plaisir, et Stella se mordit la lèvre, songeuse. Plus les minutes passaient, plus elle le trouvait différent des bambins de son âge.

— Stop, dit Aiden à voix basse. Je sais à quoi vous pensez, mais je n'en discuterai pas maintenant.

— Vous ne savez rien, protesta-t-elle.

En réalité, il avait bien vu qu'elle était perplexe. Il lui coupait l'herbe sous le pied avant qu'elle ne pose trop de questions.

— Vous avez sûrement tiré certaines conclusions, marmonna-t-il. Mais il y a de fortes chances pour que vous soyez à côté de la plaque.

Il jeta un coup d'œil éloquent sur Jamie, signe qu'il ne voulait pas parler devant lui. Quoi de plus normal, au fond ?

Elle tourna brusquement la tête sur la gauche.

— Oh ! Regardez ça…

Aiden suivit des yeux la direction qu'elle montrait, et elle croisa les doigts pour qu'il repère quelque chose d'intéressant. Car elle-même n'avait rien vu de spécial. Elle avait juste voulu faire diversion et détendre l'atmosphère !

— Quoi ? La chorale ?

— Je… Oui, c'est ça. Croyez-vous qu'on pourrait engager des choristes pour notre soirée ? J'ai toujours eu un faible pour les chants de Noël.

Sur ce point, elle disait vrai. Malgré des années de pratique télévisuelle, elle n'avait jamais su mentir. Jamais elle n'aurait pu être actrice et d'ailleurs elle avait toujours refusé les propositions venant du cinéma.

— Excellente idée, approuva Aiden. Allons les écouter de près.

Il les guida à travers la foule, en veillant à ne jamais lâcher Jamie. Ils avaient presque atteint leur but lorsqu'il s'arrêta devant un stand de confiseries où on pouvait fabriquer soi-même des *s'mores* au feu de bois.

— Ça vous tente ? demanda-t-il.

Elle secoua la tête en souriant. N'étant pas un « bec sucré », elle n'avait pas spécialement envie de confectionner un mini-sandwich à base de petit-beurre, chocolat noir et marshmallow. Mais elle comprenait tout à fait que cela puisse plaire !

— Cette animation ferait un tabac à la fête de Noël, sauf qu'on n'aura pas le droit d'allumer un brasero en intérieur…

— Vous avez raison, affirma Aiden. En revanche, on pourrait proposer de la décoration de cookies ? Avec ça, les gosses seraient occupés un moment.

— Excellente idée. Une activité pratique marche toujours bien. Elle fédère les petits et les adultes. Et puis, cela ne coûterait pas très cher.

— À creuser, donc… Jamie, veux-tu un *s'more* ?

Un faible sourire naquit sur les lèvres du garçonnet. Aiden acheta aussitôt les ingrédients, plus deux pics à brochettes. Stella se demandait où il allait faire rôtir ses friandises quand elle avisa une rangée de petits barbecues installés en bord de rue. Les Canadiens savaient organiser les choses dans les moindres détails, apparemment !

Ayant choisi un foyer, Aiden expliqua à Jamie la façon de rôtir un marshmallow. Il se montrait à la fois pédagogue et prudent, de sorte que le bambin pouvait essayer, recommencer et s'amuser à loisir sans courir le moindre risque.

C'était donc cela, la vie de famille ? Elle n'aurait jamais cru que cela puisse être aussi amusant, sympathique et… agréable. Sauf qu'elle avait toujours du mal à s'y projeter, de près ou de loin.

Ses parents ne lui avaient pas offert une enfance « traditionnelle ». Sa mère, en particulier, avait toujours orienté sa vie en fonction de la célébrité qui pouvait en découler. « Cette chère Debra » – comme l'appelaient les producteurs – avait deux visages. Face caméra, elle semblait une maman idéale, gentille et attentionnée. En privé, elle devenait autoritaire, maniaque du contrôle et peu câline…

Balayant ces pensées désagréables, Stella ferma les paupières pour mieux se focaliser sur les chants. Les mélodies de Noël avaient toujours eu le don de l'apaiser. Elle appréciait ces harmonies particulières et, lorsqu'elle les entendait, elle trouvait plus simple d'être en paix avec le monde et avec sa propre famille.

Quand le silence tomba, elle quitta sa bulle de bonheur à regret.

— Merci de nous avoir écoutés, dit le chef de chœur. Nous sommes la chorale « Sucre d'Orge » et nous allons prendre une petite pause, mais on revient très vite. Profitez bien de ce magnifique marché en attendant.

Stella rejoignit Aiden et Jamie, qui finissaient de rôtir leurs *s'mores*. Pourvu qu'elle ne soit pas de trop…

Elle allongea les mains au-dessus du feu en soupirant.

— Il fait vraiment froid aujourd'hui, dit-elle.

Aiden s'esclaffa.

— Pas du tout, il fait bon pour un mois de novembre. Mais j'imagine que vous avez plus chaud à Londres, en effet.

Son sourire taquin lui déclencha une série de délicieux frissons. Dans quoi s'embarquait-elle ? Aiden serait bien capable de chambouler sa vie, pour peu qu'elle laisse faire les choses. Or, elle avait l'habitude de tout analyser. Elle préférait peser le pour et le contre…

— Êtes-vous prêts à faire un peu de shopping, vous deux ?

Aiden souleva Jamie, puis Stella le vit se rapprocher d'elle.

— Il y a beaucoup de monde. Il ne faudrait pas qu'on se perde…, ajouta-t-il.

Sans réfléchir, elle prit la main qu'il lui tendait. Une chaleur bienfaisante s'insinua en elle au point que, très vite, elle oublia le climat polaire. Pourquoi fallait-il que cet homme lui fasse tant d'effet ?

Elle s'efforça de masquer son trouble pendant qu'ils déambulaient dans les allées du marché. Heureusement, il y avait beaucoup de choses à voir, et beaucoup à discuter car ils devaient avancer sur l'organisation de la fête.

Peu à peu, les contours de la soirée se dessinèrent : elle serait chic, mais sans prétention. Aiden voulait épargner les équipes techniques au maximum, aussi décidèrent-ils de bannir les projections de paillettes et autres confettis difficiles à nettoyer. Il existait des décors festifs tout aussi beaux et moins salissants.

Pendant qu'ils débattaient, Jamie, lui, restait silencieux. Il finit tout de même par montrer du doigt une petite aire de jeux lorsqu'ils atteignirent le bout de la rue.

— Veux-tu y aller ? proposa Aiden.

Jamie hocha la tête.

— Cela vous ennuie s'il va se dégourdir les jambes un moment, Stella ?

— Pas du tout, au contraire.

Elle rêvait que ce petit garçon se comporte enfin comme

ceux de son âge. Elle aurait aimé le voir sourire. À chaque regard timide qu'il lui avait lancé, elle s'était sentie fondre…

— Vas-y, mon cœur. On t'attend ici, juste devant l'entrée, précisa Aiden.

Stella regarda le bambin courir vers une structure en forme de château et frissonna. Elle voulait qu'il joue, mais pourvu qu'ils ne restent pas trop longtemps statiques !

Avant qu'elle n'ait pu réagir, Aiden retira sa grosse écharpe et la lui enroula autour du cou. Il lui sembla que son odeur, autant que sa chaleur, l'imprégnaient tout entière.

— Il va falloir qu'on vous trouve un gros manteau canadien, déclara-t-il, malicieux. Mais vous verrez, à la longue, vous apprécierez le froid.

— J'en doute. Je ne vois pas comment on peut s'habituer à avoir les doigts et les orteils transformés en glaçons.

Comme si c'était la chose la plus naturelle du monde, il lui replaça une mèche rebelle derrière l'oreille.

— Moi, je ne me pose pas la question. Je suis né à Toronto, j'y ai grandi… Au fait, vous vous plaisez ici ?

— Pour le peu que j'ai vu, j'aime bien cette ville. Même si elle est plus animée et bruyante que je ne pensais.

Elle jeta un coup d'œil en direction de l'aire de jeux. Posté derrière la vitre en plexiglas au deuxième étage du château, Jamie leur faisait de grands signes.

— Il s'amuse bien, c'est génial, commenta-t-elle.

— Il n'est pas le seul, j'espère ?

— Non, du tout. Je passe un très bon moment. Merci d'avoir eu l'idée de venir ici.

Quand Aiden fit un pas en avant, elle frissonna de nouveau, mais cette fois cela n'avait rien à voir avec l'air glacé. Elle humecta nerveusement ses lèvres sèches… au moment précis où il regardait sa bouche.

Allait-il l'embrasser ? Elle en rêvait depuis le premier jour, mais était-ce bien raisonnable ? N'était-il pas déjà trop tard pour réfléchir ?

Aiden enlaça la taille de Stella sans hésitation.

L'embrasser là, maintenant, serait la conclusion logique d'un moment parfait. Il en avait d'ailleurs envie depuis le premier jour. Il la trouvait irrésistible même quand son beau regard vert lançait des flammes…

— Au secours ! À l'aide !

Il lâcha Stella de manière réflexe, tourna la tête et se précipita dans l'aire de jeux. Une dame se tenait près d'un garçonnet inconscient, lequel était allongé par terre.

Basculant en mode professionnel, Aiden s'agenouilla près de l'enfant.

— Que s'est-il passé ?

— Il est tombé du sommet du château ! s'écria la dame d'une voix paniquée.

Aiden jeta un coup d'œil en l'air. Il y avait environ deux mètres du haut de la structure jusqu'au sol. Même si le dallage en mousse était censé parer les chocs, cela faisait beaucoup pour un bambin d'environ quatre ans.

— Stella, pouvez-vous vous occuper de Jamie ? demanda-t-il par-dessus son épaule.

Il se doutait qu'elle l'avait suivi et sut qu'il ne s'était pas trompé en entendant la réponse :

— Jamie est avec moi, ne vous inquiétez pas.

Rassuré, il palpa les membres du garçonnet. Il ne releva aucun signe de fracture, et bientôt le petit commença à remuer.

— Ma… man. Maman !

— Coucou, mon grand. Je suis le Dr Aiden. Tu veux bien me regarder, s'il te plaît ?

Il dirigea la lumière de son téléphone vers les pupilles du jeune blessé. Elles étaient, hélas, inégales. Autre signe inquiétant, la gauche avait mis du temps à réagir…

— Quelqu'un a-t-il appelé une ambulance ? s'enquit-il d'un ton calme.

Montrer son inquiétude ne donnerait rien de bon et ne servirait qu'à affoler la maman. Or, il tenait à tout prix à éviter ce genre de scénario, même s'il était presque sûr d'avoir diagnostiqué un traumatisme crânien.

— Oui, répondit un homme dans la foule.

Soulagé, Aiden se pencha de nouveau sur le bambin.

— As-tu mal à la tête, mon cœur ?

— Ouiii. Aïeeee.

— Je sais que ça fait mal. On va te soulager très vite. As-tu des fourmis dans les mains ou les pieds ? L'impression de ne pas pouvoir bouger les jambes ?

Aucune réponse.

— Est-ce que tu me vois bien ?

Le garçonnet resta de nouveau silencieux. Aiden poussa un soupir de soulagement quand il entendit, au loin, un hurlement de sirène.

Dès que les secouristes apparurent, il leur communiqua les informations nécessaires, puis leur passa le relais. Il n'appréciait pas qu'on essaye de diriger son travail aux urgences. Il devait la même courtoisie professionnelle à ses collègues, qui étaient tous capables de gérer la situation.

Le départ pour l'hôpital eut lieu en un temps record. Le neurochirurgien pédiatrique avait déjà été prévenu. Aiden ne pouvait rien faire d'autre et, rassuré, il se mit en quête de Stella et Jamie dès que l'attroupement se fut dispersé autour de l'aire de jeux.

Il ne tarda pas à les repérer, blottis l'un contre l'autre sur un banc. Jamie avait niché la tête sous le bras de Stella. Il fermait les yeux et suçait son pouce.

Aiden se rapprocha en souriant.

— Coucou. Merci d'avoir veillé sur lui.

— Mais de rien. Ça m'a fait plaisir. Je crois que Jamie m'aime bien, ajouta-t-elle, l'air heureux.

Il sentit une boule se former dans sa gorge. Jamie avait besoin d'une présence féminine. Ce matin-là, il avait bien vu les regards à la fois timides et pleins d'espoir que son fils lançait à Stella…

Une vague de culpabilité le submergea. Il n'avait pas anticipé la réaction de Jamie, lequel se montrait toujours réservé et craintif avec les inconnus. Même lui, son père, avait eu du mal à gagner sa confiance.

— Il est fatigué, dit-il. On va rentrer. Il a besoin de faire une sieste.

Le regard éloquent de Stella lui indiqua qu'elle avait tout compris. Néanmoins, elle n'argumenta pas.

— Oui, bien sûr, répondit-elle.

Jamie ne voulut pas la lâcher au moment de monter dans le 4x4, et quand elle s'assit à l'arrière pour lui faire plaisir, l'inquiétude d'Aiden monta d'un cran.

Avait-il commis une erreur en organisant cette sortie ? Stella n'allait pas rester longtemps à Toronto. Il était hors de question que Jamie s'attache à elle. À l'avenir, il ne les remettrait plus en présence.

Le trajet jusqu'à l'appartement de Stella eut lieu dans un silence total. Il s'en voulait d'avoir créé cette situation impossible et ne pensait qu'à une chose : rectifier le tir.

Dès qu'elle fut descendue de voiture, il l'imita et contourna le 4x4 pour aller se poster devant elle.

— Cette sortie était un mauvais plan, dit-il.

Une lueur chagrine traversa son regard, puis elle le dévisagea d'un air impassible.

— Ah, oui ? Pourquoi ?

Il faillit la prendre dans ses bras pour s'excuser. Il n'avait pas voulu la blesser, mais elle devait comprendre…

— Parce que vous allez partir.

Elle haussa les sourcils.

— Ça, c'est un scoop ! Vous le savez depuis le début, alors je ne vois pas pourquoi cela pose problème maintenant. On a failli s'embrasser. Tout allait bien. Vous avez pris la mouche en voyant Jamie me faire un câlin. Avez-vous peur que je ne m'attache à votre fils, et réciproquement ?

Il déglutit avec peine. Comment aurait-il pu lui expliquer le conflit intérieur qui l'habitait ? Elle lui plaisait, mais il devait la tenir à distance.

— Jamie ne peut pas s'attacher à quelqu'un qui va partir.

Et moi non plus…

Les mots restèrent en suspens tandis qu'ils se dévisageaient, regard contre regard, volonté contre volonté.

— Très bien, dit finalement Stella. Je ne vais pas vous embêter plus longtemps. Merci pour cette matinée sympathique… même si la conclusion l'est un peu moins.

Elle lui tourna le dos et se dirigea vers l'ascenseur, très raide, la tête haute. Sa posture rigide montrait à quel point elle était vexée, sans doute même blessée, mais il s'empêcha de courir derrière elle.

Si seulement ils s'étaient rencontrés à une autre époque ! Que ne l'avait-elle connu joyeux, insouciant, libre de s'amuser sans contrainte ! Mais ce temps-là était révolu, et tous les regrets de la Terre n'y changeraient rien.

À présent, il ne vivait plus pour lui-même, mais pour Jamie. Les barrières érigées autour de son cœur devraient rester en place pour protéger son fils, qui avait déjà bien trop souffert.

Il était hors de question que l'histoire se répète.

7.

— Pauvre Mme Upton ! Lui a-t-on dit qu'elle va être opérée par une fausse chirurgienne ?

Stella s'approcha de la table en faisant mine d'ignorer le commentaire mesquin de l'infirmière instrumentiste. Après une semaine épuisante, elle se sentait trop lasse pour répondre.

Le fiasco de sa « sortie » avec Aiden lui avait provoqué deux insomnies consécutives. Elle avait donc repris le travail fatiguée le lundi matin, et à un rythme soutenu puisqu'elle avait dû donner plusieurs conférences.

Avant de venir à Toronto, elle n'aurait jamais pensé que l'exercice serait si difficile. Certes, elle ne jonglait pas avec la barrière de la langue, mais il existait des différences subtiles entre les deux continents. Elle avait dû expliquer, détailler, argumenter. Quelle fatigue !

Au moins, ce matin-là, aurait-elle finalement l'occasion de pratiquer son « vrai » métier. Les interventions délicates lui donnaient toujours de l'énergie. Et elle avait grand besoin de retrouver son élément, à savoir le terrain.

— Je ne vois pas les caméras, c'est bizarre, renchérit une autre infirmière d'un ton moqueur.

Cette fois, c'en était trop. Stella se planta devant les deux commères en haussant un sourcil. La seconde eut le bon goût de regarder ses chaussures, mais la première la toisa d'un air effronté.

— Où sont la maquilleuse et la coiffeuse, docteur Hollywood ?

— En vacances, répliqua Stella avec une gaieté de façade.

Comme toujours quand on doutait d'elle, elle se sentait mal à l'aise. Elle aurait pourtant dû avoir l'habitude.

Ça suffit, Stella. Montre-leur que tu as ta place dans cette salle.

— Arrêtez un peu ! Vous êtes ridicules.

Une troisième infirmière, prénommée Gemma, s'avançait vers elles depuis le lavabo. Stella, qui avait déjà eu l'occasion de travailler avec elle, la trouvait très sympathique. Elle s'était même dit qu'elle pourrait facilement s'en faire une amie.

— Le Dr Allen est hyper compétente, poursuivit Gemma d'un ton ferme. Vous le savez, en plus. Il faut toujours que vous en ayez après quelqu'un !

Stella la remercia d'un sourire. Elle avait au moins une alliée dans la place.

— Moi, j'ai hâte de vous voir à l'œuvre, conclut Gemma.

— Merci beaucoup. Si tout le monde a fini de jacasser, je propose qu'on se mette au travail.

Elle toisa sévèrement l'instrumentiste, puis ajouta :

— Le bassin de Mme Upton ne va pas se réparer tout seul. Il me semble être la plus qualifiée ici pour le faire. À moins que vous n'ayez un diplôme de chirurgienne à nous présenter ?

Elle eut la satisfaction de voir l'autre pâlir derrière son masque.

— Bien. La question est réglée.

Après avoir reçu le feu vert de l'anesthésiste, elle salua les observateurs présents dans la galerie et leur expliqua comment elle allait procéder. Puis, pendant toute l'intervention, elle veilla à fournir un maximum de détails. Elle n'était jamais aussi à l'aise qu'en action. Si seulement elle avait pu donner ses conférences depuis le bloc plutôt qu'assise derrière un ordinateur !

— Comme pour toute opération pelvienne, l'objectif principal est de réaligner la fracture. Plus elle sera stable, meilleures seront les chances de récupération.

— Procédez-vous toujours sous anesthésie générale ? demanda un observateur.

— Oui, absolument.

— Lorsqu'il s'agit d'un patient polytraumatisé, on doit

souvent attendre pour opérer. Cela diminue-t-il les chances de succès ? renchérit un autre spectateur.

— Je ne peux pas vous donner une réponse type. Tout dépend des cas. Comme vous le savez, sauf urgence vitale, la règle est de stabiliser le blessé avant d'intervenir. Si on prend l'exemple de cette dame, j'ai attendu quelques jours car elle présentait une commotion cérébrale assez sérieuse. L'anesthésier trop tôt lui aurait fait courir un risque. En revanche, s'il est possible d'opérer d'emblée, alors oui, c'est préférable.

Aiden avait rejoint la galerie quelques minutes avant le début de l'intervention.

Comme les urgences débordaient, il avait expédié sa pause pour arriver à temps. Il ne pourrait peut-être pas suivre toute l'opération, mais une chose était sûre : il comptait en voir le maximum. C'était bien le moins qu'il devait à Stella après s'être montré si désagréable avec elle le samedi précédent.

Depuis leur expédition au marché, il cherchait en vain une manière de se faire pardonner. S'intéresser à son travail serait peut-être un bon début ?

Les commentaires désobligeants de certains collègues assis dans la galerie lui déplurent. Néanmoins, ces remarques cessèrent à la minute où Stella empoigna son scalpel. Et pour cause : elle était remarquable.

Instruments en main, elle se montrait rigoureuse et précise, sans effectuer le moindre acte superflu. L'efficacité et la beauté du geste tutoyaient les sommets avec elle !

Il écouta ses explications avec un intérêt soutenu, conscient de vivre un grand moment médical. De fait, l'intervention se déroula avec une fluidité exceptionnelle, et à la demande de l'auditoire, Stella se prêta encore un moment au jeu des questions-réponses.

C'est alors que les choses se compliquèrent.

Les médecins, jusque-là admiratifs, se mirent à critiquer plus ou moins directement ses expériences télévisuelles. Elle répondit à chaque fois sans se démonter, mais Aiden, qui commençait à la connaître, la sentait tendue et mal à l'aise. Elle aurait pourtant dû avoir l'habitude, à force !

Bien qu'il s'en défendît, cette fragilité, cette sensibilité le touchaient en plein cœur. Il avait envie de la protéger malgré lui. Il crispait les poings à chaque commentaire mesquin, prêt à voler à son secours…

— Docteur Stella, quand vous avez tourné la vidéo sur vos avancées techniques, aviez-vous une équipe complète autour de vous ? Un superviseur vous soufflait-il les explications à donner dans une oreillette ?

Cette fois, la coupe était pleine. Aiden se leva comme un ressort et se rapprocha du micro.

— En voilà assez ! s'écria-t-il. Vous n'avez pas honte ? Le *Dr Allen* est venue nous faire partager ses techniques révolutionnaires, et en échange vous lui posez des questions dignes d'une cour d'école. C'est l'image que vous souhaitez donner de notre hôpital ? Personnellement, ça me désole. Je suis venu ici pour apprendre un maximum de choses. Mais personne n'apprendra rien si vous continuez avec vos remarques imbéciles. Donc, si vous n'avez rien d'intelligent à dire, taisez-vous. Et si vous n'êtes pas contents, sortez.

L'auteur de la dernière remarque – un radiologue plus connu pour ses succès amoureux que pour ses talents professionnels – baissa le nez sur ses chaussures.

— Continuez, je vous en prie, docteur Allen, dit Aiden. Nous sommes tout ouïe.

Elle leva la tête vers la galerie et lui adressa un sourire rayonnant. Il sut alors qu'il avait marqué une centaine de points d'un coup, et rien que pour cela, son cœur s'emballa dans sa poitrine.

Oui, elle allait partir. Oui, il le savait. Et malgré tout une force irrésistible le poussait vers elle…

Les échanges se poursuivirent pendant un bon quart

d'heure sans autre incident notable. Aiden quitta la galerie le premier et descendit d'un étage, direction le bloc. Il espérait pouvoir échanger quelques mots avec Stella avant de regagner les urgences.

Il s'adossa au mur du couloir devant la salle 1. Elle en sortit quelques minutes plus tard et, en le voyant, le gratifia d'un nouveau sourire lumineux.

— Merci, pour tout à l'heure, dit-elle. Vous avez dû remarquer que je n'étais pas très à l'aise.

— Dites plutôt que vous étiez très mal à l'aise.

— Par pitié, n'en rajoutez pas !

Il lui captura la main et la serra doucement.

— Loin de moi cette idée, mais j'avoue avoir été surpris. Je vous imaginais rompue à ce genre de choses et, pour tout dire, beaucoup plus endurcie.

Elle secoua la tête en grimaçant.

— On pourrait le croire, oui, mais c'est tout l'inverse. Plus les années passent, plus la télévision devient un sujet sensible. J'ai toujours peur d'être mal jugée. Cela me hérisse quand on me reproche d'avoir obtenu mon poste grâce à ma célébrité. Je veux être reconnue pour mes compétences, pas parce que ma mère m'a propulsée devant les caméras quand j'étais gamine.

— Moi, ma mère m'a obligé à devenir boy-scout. Elle disait que c'était important pour apprendre les activités manuelles et être dégourdi.

— Avait-elle raison ? Cette expérience vous a-t-elle servi plus tard ? demanda Stella, l'air amusé.

— En fait, oui. Je suis champion pour fabriquer des *s'mores* ! Vous avez fait la fine bouche samedi, mais au moins Jamie en a profité.

Il lui sourit, puis ajouta :

— Plus sérieusement, je me suis fait des amis et j'ai développé des compétences de leader qui m'aident beaucoup aux urgences. Et même si je ne vais jamais camper, je sais allumer un feu et monter une tente. Cela peut toujours servir.

— Oui, en effet… Avec ma mère, ce n'était pas le même

style d'activités. Il fallait faire les choses pour qu'elles soient vues et connues, sinon, cela n'avait aucun intérêt. Tout était calculé.

— Elle semblait pourtant gentille sur les vidéos.

— Bien sûr. Elle ne pouvait pas donner une mauvaise image d'elle-même. Mais hors caméra, c'était une autre histoire. La gentille mère ne l'était pas tant que cela. Il ne faut pas se fier aux apparences.

— C'est tout à fait exact. Moi, par exemple… Je suis un enfant adopté.

Pourquoi lui avait-il confié son secret sans réfléchir ? Il n'en parlait jamais d'habitude !

Stella ne manifesta aucune surprise, mais il lut un intérêt sincère dans son regard.

— J'espère que vous avez pu grandir dans une famille unie ?

— Pour finir, oui. Après un passage par le foyer d'accueil, j'ai été adopté par des gens merveilleux.

Les Cook étaient des parents remarquables, aimants et attentionnés. Il aurait pu passer la journée à décrire leurs innombrables qualités. Et il leur en avait fallu de la patience, avec lui !

Il était arrivé chez eux à l'âge de cinq ans, plein de tristesse et d'effroi à l'idée d'être abandonné à nouveau. Il avait mis des mois à s'épanouir et, malgré une nouvelle vie sans nuages, il avait toujours gardé une petite appréhension dans un coin de la tête. Il était pourtant sûr d'être plus aimé que certains enfants biologiques !

— Je dirais même… qu'ils débordent un peu trop d'amour, à certains moments, ajouta-t-il en souriant.

Stella s'esclaffa.

— Dans le genre mère envahissante, la mienne a inventé le concept.

Son rire était si chaleureux qu'il eut envie de la serrer contre lui. Il s'en empêcha de justesse, laissa retomber son bras et jeta un coup d'œil sur sa montre pour se donner une contenance.

L'heure avait bien tourné. Il s'étonnait même qu'on ne l'ait pas déjà rappelé à son poste.

Comme on n'avait manifestement pas besoin de lui, il pouvait en profiter…

— Puis-je vous offrir un café, Stella ?

8.

Alors que Stella allait répondre « oui » à Aiden, son portable se mit à sonner.

Elle jeta un coup d'œil sur l'écran et se crispa. Le producteur délégué essayait encore de la joindre. Il avait déjà appelé deux fois pendant qu'elle était au bloc et il insistait.

— Je suis désolée, Aiden, mais il faut que je rappelle Londres. Ça a l'air urgent.

— Bien sûr, pas de problème. Vous savez où je suis si vous avez le temps plus tard…

Il souriait toujours, mais il avait l'air déçu et, quand il tourna les talons pour regagner les urgences, elle poussa un soupir de frustration. Elle n'avait pas d'autre choix que de rappeler Martin. Il avait la réputation d'être un homme impatient et, s'il s'énervait, il risquait d'abandonner le projet, rien moins !

Elle trouva une salle de repos vide et s'y enferma pour trouver un peu de calme.

— Martin… Oui, bonjour, c'est Stella.

— Ah, enfin ! Vous n'êtes pas facile à joindre, dites-moi ! J'ai reçu les premiers rushs et le plan du documentaire. Quelques idées me sont venues…

Envahie d'un mauvais pressentiment, elle se laissa tomber sur une chaise.

— Désolée, j'étais au bloc en train d'opérer. Y a-t-il… un souci avec les éléments que je vous ai fait parvenir ?

— Hum…

Elle eut un coup au cœur. Martin avait l'art et la manière de faire durer le suspense quand il voulait annoncer une mauvaise nouvelle. À quelle sauce allait-elle être mangée ?

— Je n'irais pas jusqu'à dire… que la trame ne me plaît pas. Au contraire, il y a de bonnes choses. Il faudrait juste mettre un peu de peps. Faites monter la mayonnaise, les spectateurs seront ravis.

— La mayonnaise ? répéta-t-elle, perplexe.

Elle se demandait où Martin voulait en venir. Son penchant pour le sensationnel la mettait parfois mal à l'aise. Pourvu que leurs visions du film ne soient pas trop divergentes !

— Il me faut plus d'action, décréta-t-il. Et puis, on ne vous voit pas assez. Le mieux serait que vous viviez une petite amourette à l'écran. Là, on ferait un tabac.

— Une amourette ?

Elle avait l'impression de tout répéter comme un perroquet tant elle était sidérée. Tous les scénarios la faisaient intervenir en « voix off » ou en tant qu'intervieweuse. Elle ne souhaitait pas paraître à l'écran plus que nécessaire. Quant à une « histoire » romantique…

— Martin, ce n'est pas du tout ce que j'envisageais, protesta-t-elle.

— Peu importe, ma grande. Ce qui compte, c'est l'audimat.

Elle se crispa à l'idée que les spectateurs puissent davantage s'intéresser à sa personne qu'à un sujet médical. « Son » documentaire devait garder la bonne direction. Elle y veillerait.

— Je ne souhaite pas transformer ma vie en roman-feuilleton. Je suis chirurgienne, pas actrice. J'en ai assez que mon image publique nuise à ma carrière.

Elle avait déjà commis l'erreur de vivre sa première relation amoureuse au grand jour, alors qu'elle était étudiante. Mais dix ans s'étaient écoulés. Elle avait changé, évolué… et retenu la leçon.

— Je ne peux pas donner suite à cette idée.

— Stella, si les gens n'ont rien à se mettre sous la dent, ce documentaire fera un flop. Or, vous savez combien il est difficile de rebondir après un échec.

Que Martin lui serve cet argument l'énerva encore plus.

Les scores d'audience et son avenir télévisuel étaient le cadet de ses soucis.

— Peu importe, c'est non, répliqua-t-elle, très ferme. Je suis ici pour travailler, pas pour chercher une aventure.

— Personne ne vous le demande. Vous n'aurez qu'à faire semblant, histoire de captiver notre public féminin. Les femmes sont notre cœur de cible.

— Mais enfin, pourquoi moi ?

— Parce que vous êtes la vedette, répondit Martin d'un ton patient, comme s'il s'adressait à une gamine rebelle. Vous avez grandi sous les projecteurs. Pour beaucoup de gens, vous faites partie de leur famille. Ils espèrent vous voir amoureuse, c'est la suite logique.

Elle inspira à fond et ferma brièvement les paupières. Sa notoriété était plus un handicap qu'un avantage pour sa vie sentimentale.

— Je comprends votre point de vue, Martin, mais c'est non. Entamer une relation alors que je repars dans quelques semaines n'aurait aucun sens.

Le visage d'Aiden dansa devant ses yeux. Il était difficile de ne pas penser à lui en ayant cette conversation…

— Stella, on ne va pas discuter des heures. Je ne vous demande pas de vous marier, juste de pimenter un scénario que je trouve trop fade. Êtes-vous comédienne oui ou non ?

— Non, je suis…

— Ma chère, vous avez très bien compris. Si vous préférez renoncer, libre à vous. J'enverrai un autre documentariste à Toronto la semaine prochaine. Réfléchissez vite et tenez-moi au courant.

— Mais…

Un « bip » lui indiqua que Martin avait raccroché. Elle posa son téléphone sur une table et se prit la tête à deux mains. De quelles options disposait-elle ? Elle ne voulait ni tricher ni demander à « quelqu'un » de jouer la comédie.

D'ailleurs, son seul contact digne de ce nom s'appelait Aiden. Et, manque de chance, il refusait catégoriquement d'être filmé.

Aiden n'avait pas revu Stella depuis qu'il l'avait invitée à boire un café après l'opération de Mme Upton. Elle s'était montrée particulièrement discrète. L'évitait-elle ?

Ses soupçons se confirmèrent quand, traversant le hall, il la vit soudain raser les murs. Il n'était pas susceptible, mais il y avait des limites.

— Stella !

— Hum…

Elle s'arrêta et baissa le nez sur ses chaussures. Quelque chose ne tournait pas rond, c'était évident.

— Ça va ?

En général, les gens ne se confiaient pas à lui. Ses collègues l'appelaient s'ils tombaient en panne de voiture. Il allait parfois boire un verre avec eux, mais personne ne lui racontait sa vie. Sans doute les gens le trouvaient-ils trop distant ? Il espérait que Stella, elle, le percevait d'une autre manière…

— Dites-moi ce qui vous chagrine, insista-t-il.

Elle ouvrit la bouche, la referma. Il frémit de désir lorsque, de ses petites dents très blanches, elle se mordilla la lèvre inférieure. Elle le rendait fou et, le pire, c'est qu'elle n'en avait pas conscience…

Il lui pressa le bras.

— Qu'est-ce qui vous inquiète à ce point ?

— Tout m'inquiète ! s'écria-t-elle avec un rire sans joie. Côté pile, je dois sans arrêt faire mes preuves car mes collègues ne me prennent pas au sérieux. Et côté face, le producteur délégué me harcèle pour que je « fasse monter la mayonnaise », comme il dit. Il veut une histoire romantique. Et pas n'importe laquelle, en plus. Il exige que *je* me mette en scène devant les caméras, en train de tomber amoureuse. Sinon, il me remplacera par un autre documentariste !

— Vous devez tomber amoureuse…

Une vague de jalousie irrépressible le submergea. L'idée de voir Stella avec un autre homme lui déplaisait au plus haut point.

— Ne cherchez pas. Je vais le faire, décréta-t-il.

Les mots lui avaient échappé, mais il ne le regrettait pas.

Comment aurait-il pu accepter qu'un autre médecin parade dans les couloirs au bras de Stella ?

Elle le dévisagea, l'air estomaqué.

— Comment… Vous ne voulez pas être filmé…

— C'est exact.

Il laissa glisser la main sur son poignet et captura ses doigts délicats.

— Mais je veux encore moins que vous sortiez avec un autre homme.

Il eut la satisfaction de la voir rougir. Elle se mordit de nouveau la lèvre.

— Je vois.

— Ah oui, vraiment ?

Fou de désir, il l'attira plus près.

— J'ai essayé de garder mes distances, docteur Allen. Mais j'ai perdu la bataille.

— Êtes-vous en train de dire que c'est ma faute ? demanda-t-elle d'un ton faussement indigné.

— Oui, répliqua-t-il en souriant. Enfin… je l'ai cherché.

Rien qu'à lui tenir la main, il éprouvait une émotion nouvelle, à la fois excitante et bouleversante. Jamais il n'avait connu cela avec une autre femme. Fallait-il s'en inquiéter ?

— Entendons-nous bien, je jouerai un rôle pour le film, précisa-t-il. Je ne sors jamais avec mes collègues, et de toute manière Jamie est ma priorité absolue. Simplement… comme ça fait tilt entre nous, je ne verrais pas d'un bon œil que vous fréquentiez quelqu'un d'autre.

Elle haussa les sourcils.

— Donc, vous n'acceptez que pour votre tranquillité d'esprit ?

— En gros, oui.

Cela n'avait peut-être aucun sens, mais c'était ainsi. Il craignait de s'attacher à Stella. Cette fausse relation lui permettrait de la voir davantage sans toutefois mettre son cœur en péril.

— Allons-y gaiement, donnons à votre producteur tout ce qu'il aura envie de voir, reprit-il. Évitez juste de tomber amoureuse de moi. Je ne suis pas partant pour une histoire vraie.

Elle lui retira sa main et croisa les bras sur la poitrine.

— Je vous trouve bien présomptueux. Qu'est-ce qui vous fait croire que cela pourrait arriver ?

— Rien, lui chuchota-t-il à l'oreille. Je vous mets simplement en garde. Cette relation n'aurait aucun avenir.

Une lueur de désir flamba dans les prunelles de Stella... vite remplacée par une détermination farouche.

— Méfiez-vous, docteur Cook. Il se pourrait bien que *vous* soyez en danger.

— Aucun risque. Mon cœur est une forteresse imprenable

— Tiens donc ! répliqua-t-elle, moqueuse. Dans ce cas tant mieux – ou tant pis – pour vous. Personnellement je n'a aucune envie de mener l'assaut contre un bastion aussi bien gardé. Votre cœur et votre corps n'ont rien à craindre de moi

Il s'esclaffa. Il trouvait cela un peu dommage car il n'aurait pas refusé une petite aventure sans lendemain.

— Je ne vois pas ce qu'il y a de drôle ! s'exclama-t-elle.

— Te crois-tu capable de résister à mon charme pendant cinq semaines ? Sachant qu'on va devoir jouer au couple amoureux devant les caméras, ça risque d'être dur, non ?

Il se rapprocha jusqu'à ce que leurs visages se touchent Dans le feu de l'action, il l'avait tutoyée. Quoi de plus normal puisqu'ils allaient former un « couple » ?

— Comédie ou pas, inutile de nier l'évidence : tu es attirée par moi.

— La réciproque est vraie, je pense, chuchota-t-elle.

— Je ne...

— Dr Cook en salle de trauma 1 ! Je répète, on demande le Dr Cook en trauma 1 !

Jamais il n'avait été aussi heureux d'entendre son nom dans l'Interphone. Sans cette interruption, il aurait embrassé Stella furieusement, là, en plein milieu du hall.

— Sauvé par le gong, dit-elle d'un ton taquin.

— Je n'irais pas jusque-là, mais le devoir m'appelle, en effet. Pense à ma proposition, Stella. Ne va surtout pas chercher un autre figurant pour ton histoire d'opérette.

Il tourna les talons, effaré par sa propre audace. Dans quoi venait-il de se fourrer ?

Allons, il n'avait plus le choix. Il avait offert ses services, il ne reviendrait pas sur sa parole. Il n'en avait d'ailleurs aucune envie.

9.

Aiden était jaloux ? Il préférait se laisser filmer plutôt qu'elle ne sorte avec quelqu'un d'autre ?

Stella le regarda partir et se pinça le bras. Non, elle ne rêvait pas. Jamais elle n'aurait pu se figurer un revirement pareil, mais l'incroyable s'était produit.

Quel soulagement ! Le documentaire allait prendre la tournure voulue par Martin sans qu'elle n'ait à forcer son talent. Aiden était, de loin, le seul homme intéressant qu'elle ait rencontré à Toronto. Avec lui, elle n'aurait pas vraiment besoin de jouer la comédie.

C'était une bonne chose car, documentariste dans l'âme, elle n'avait jamais su mentir au public. L'honnêteté était son point fort. Elle pouvait en être fière.

Elle se frictionna les tempes afin de juguler un début de migraine. La faute incombait naturellement au stress. Cette mission au Canada se révélait plus difficile – et beaucoup plus excitante – qu'elle ne l'avait imaginé.

Toute la matinée, elle s'était creusé la cervelle pour trouver un « candidat » compatible. Elle avait angoissé comme rarement dans sa vie, alors qu'elle n'aurait pas dû.

Elle devait toutefois rester lucide et ne pas donner trop d'importance à cette aventure. Pour qui Aiden se prenait-il ? Certes, il était beau et intelligent, mais ces deux qualités ne le rendaient pas irrésistible. Il avait tout gagné à vouloir la mettre en garde. À présent, elle rêvait de lui tenir la dragée haute jusqu'à ce qu'il tombe amoureux d'elle. Oui, elle se mettrait en danger, mais la tentation était quand même très forte !

La sonnerie de son téléphone l'arracha à ses réflexions. Elle le prit dans sa poche, parcourut l'écran et soupira. Martin n'avait pas lâché l'affaire. Il revenait déjà à la charge…

Envoyez-moi une nouvelle trame dès que possible. Rappelez-vous notre discussion. Si vous n'êtes pas convaincante, je vous débarque du projet.

Elle poussa un grognement exaspéré. Pouvait-elle vraiment être exclue du film qui lui tenait tant à cœur et qu'elle avait porté à bout de bras ? Non, cela n'arriverait pas !

Pour donner satisfaction au producteur, elle décida de consacrer sa journée au volet « romance ». Elle ne pouvait pas se faire filmer avec Aiden puisqu'il avait du travail, mais elle avait repéré plusieurs couples de soignants ces dernières semaines. Elle savait déjà qui accepterait de témoigner, et puisqu'elle n'avait ni opération ni conférence prévue, elle pouvait commencer sur-le-champ.

Avec Henry, son cameraman, elle se mit en quête des participants et bloqua des créneaux sur leurs temps de pause. Elle put ainsi réaliser plusieurs interviews, enchantée de voir que certains d'entre eux répondaient de manière énergique et souvent amusante.

L'un des couples accepta même de pousser l'expérience plus loin en feignant une dispute devant la caméra. Tyler et Gemma se montrèrent particulièrement convaincants dans leurs échanges à propos d'horaires décalés qui les empêchaient de se voir, et Stella ne put s'empêcher de rire. Ces deux-là étaient vraiment bons comédiens !

À la fin de la prise, alors que les faux belligérants échangeaient un baiser – bien réel, lui – au milieu du hall, elle pivota vers Henry en souriant.

— C'est suffisant pour aujourd'hui, non ? Si on visionnait les rushs ?

— Bonne idée.

Assis dans l'espace d'attente, ils commencèrent à regarder les images. L'ensemble se révéla conforme aux espoirs de Stella.

Avec un montage judicieux, plusieurs minutes pourraient être intégrées sans problème au documentaire.

— Ne rangez pas !

La voix d'Aiden derrière eux la fit sursauter. Dans le mouvement, elle faillit faire tomber la caméra que Henry s'apprêtait à remettre dans sa housse.

— Aiden ! Tu m'as fait peur.

— Pardon, ce n'était pas le but. Pouvez-vous filmer une scène supplémentaire, Henry ?

— Bien sûr, avec plaisir. À quoi pensez-vous ?

— Faites la mise au point sur Stella. Vous allez voir.

Médusée, elle se leva tandis qu'Aiden retournait au milieu du hall. Il revint vers elle lentement, tout sourire, jusqu'à entrer dans le champ de la caméra.

— Stella… Je te cherchais !

— Ah, oui ? répliqua-t-elle, le cœur battant.

— As-tu prévu quelque chose pour samedi soir ?

Elle ouvrit la bouche, puis la referma. Elle n'avait pas vraiment cru qu'Aiden se laisserait filmer, et voilà qu'il s'apprêtait à l'inviter devant l'objectif de Henry !

Comme elle ne réagissait pas, il lui pressa la main avec douceur.

— Si on dînait ensemble samedi soir ?

Elle déglutit péniblement et humecta ses lèvres sèches.

— Avec plaisir… Aiden.

— Génial. Je viendrai te chercher à 7 heures.

Il porta sa main à ses lèvres, puis, avec une douceur exquise, lui embrassa l'intérieur du poignet. Après quoi il tourna les talons, la laissant muette de stupeur.

Sa main la brûlait délicieusement. Qu'il serait dur de résister à cet homme ! L'exercice serait beaucoup plus difficile qu'elle ne l'imaginait…

— Waouh, commenta Henry en baissant la caméra. C'était… waouh. Martin va faire des bonds dans son fauteuil, tu peux en être sûre.

— Il a intérêt parce que sinon je rends mon tablier.

Aiden n'aurait pas dû se sentir nerveux à ce point, mais c'était le cas. Il était aussi stressé qu'un collégien à son premier rendez-vous.

Quoi de plus normal, au fond ? Il n'avait fréquenté personne depuis la découverte de sa paternité. Certes, il avait invité Stella au marché de Noël, mais ils avaient eu Jamie pour chaperon et la journée s'était mal terminée…

— Alors, c'est la fête ce soir ? commenta sa mère, non sans malice, alors qu'il descendait l'escalier. Parle-moi un peu de ton amie.

Il poussa un grognement exaspéré.

— D'une, ce n'est pas mon *amie*, du moins pas comme tu l'entends. Et de deux, je t'en parlerai quand il y aura quelque chose à dire. On sort ensemble pour la première fois. Je ne vais pas la demander en mariage.

Sa mère secoua la tête en souriant.

— Comme dit le vieux proverbe, l'espoir fait vivre. J'aimerais bien être à nouveau grand-mère tant que je suis assez en forme pour profiter de mes petits-enfants.

— Ce n'est pas le moment d'en discuter.

— Dans ce cas, parlons de cette jeune femme.

Il soupira. Il ne pouvait pas partir en claquant la porte, alors que sa mère se réjouissait de garder Jamie pour qu'il puisse sortir. Et, de toute façon, le sujet reviendrait sur le tapis dès le lendemain matin. Elle était du genre tenace !

— Elle s'appelle Stella, lâcha-t-il du bout des lèvres. Elle est chirurgienne orthopédiste.

— Ah, d'accord. C'est la collègue anglaise dont tu dois t'occuper pendant son séjour à Toronto ?

— Oui, voilà. Allez, il faut que j'y aille. Je vais être en retard. Tu ne voudrais pas qu'elle me trouve mal élevé ?

Sa mère le considéra d'un air surpris.

— Tu l'aimes bien, dis donc.

C'était une affirmation, pas une question, et il réalisa que sa mère avait vu juste. Il appréciait Stella, beaucoup plus qu'il ne l'aurait imaginé. Jamais il n'avait envisagé de vivre une histoire sérieuse avant de la rencontrer. Il trouvait bien dommage qu'elle reste si peu de temps au Canada…

— Allez, file ! Qu'est-ce que tu attends ?

Sa mère ouvrit la porte en grand et le poussa presque dehors. Il sortit en riant, mais sur le chemin il recouvra vite son sérieux en pensant à la soirée qui l'attendait. Oui, il avait envie d'une relation avec Stella, mais il était trop tôt.

Il eut un rire incrédule. Il n'avait jamais eu de problème à coucher avec une femme dès le premier soir. La plupart de ses aventures s'étaient déroulées selon ce scénario, sans qu'il n'y voie le moindre inconvénient. Pourquoi réagissait-il différemment cette fois ?

Parce qu'elle en vaut la peine. Parce que l'attente rendra les choses encore meilleures…

Il crispa les mains sur le volant et se traita d'imbécile. Une fausse relation n'était pas censée finir au lit. Il serait bien inspiré de s'en souvenir.

19 heures venaient de biper à sa montre lorsqu'il frappa chez Stella. Sa mère n'avait pas réussi à le mettre en retard, mais ça avait été moins une !

Quand la porte s'ouvrit, il resta un moment bouche bée. Stella était renversante… même si elle ne portait qu'un bas de pyjama en flanelle et un débardeur. Avait-elle oublié qu'ils sortaient ?

— Bonsoir, dit-elle, baissant la tête.

Elle avait rosi, signe qu'elle était aussi mal à l'aise que lui.

— J'appréhendais cette soirée, bien plus que le marché de Noël. Mais j'ai stressé pour rien vu que tu es en pyjama, répondit-il en souriant.

— Oh ! merci ! J'appréhendais aussi, c'était plus fort que moi. Pour être franche… je me demandais si tu allais venir.

Son sourire lumineux le toucha en plein cœur. L'équation était simple : plus il passait de temps avec elle, plus il risquait de tomber amoureux. Il avait beau se raisonner, il n'arrivait pas à contrôler ses sentiments. Il accordait trop d'importance à ce faux rendez-vous qui n'aurait dû servir qu'à alimenter un scénario de pacotille.

— Je croyais qu'on allait dîner dehors, dit-il doucement.

Au lieu de garder ses distances, il entra dans le vestibule et ferma la porte derrière lui.

— Préfères-tu qu'on reste ici ?

Elle attrapa un gilet sur la patère murale et l'enfila, couvrant ses épaules nues.

— Je ne croyais pas… qu'on allait vraiment sortir. Je pensais que tu m'avais invitée pour cette histoire de film.

— C'est le cas, mais on sera plus crédibles si on passe un peu de temps ensemble, non ? Il faut qu'on crée du lien.

— Qu'on crée du lien ?

— Oui, pour faire illusion. En plus, quelques infirmières de l'hôpital se sont donné rendez-vous à la patinoire. Il serait judicieux qu'on y fasse une apparition.

— D'accord.

Elle pencha la tête sur le côté et le regarda un moment, puis hocha la tête.

— Je vais me changer. Je n'en ai pas pour longtemps.

Tandis qu'elle gagnait sa chambre, il se posta derrière l'immense baie vitrée pour observer la vue magnifique sur les gratte-ciel de Toronto. Il regrettait presque d'avoir évoqué cette sortie à la patinoire. Il n'aurait rien eu contre l'idée d'avoir Stella en pyjama toute la soirée pour lui seul. Avec la perspective de le lui enlever…

— Aiden ?

Quand Stella claqua les doigts devant ses yeux, il réalisa combien il s'était perdu dans ses pensées inavouables.

— Tu avais l'air très loin, dit-elle, malicieuse. Où donc étais-tu parti ?

— Je te le dirai peut-être un jour.

10.

Le désir brûlant dans le regard d'Aiden était, pour Stella, plus éloquent que des mots.

Elle le dévisagea, submergée par une vague de chaleur intense. Jamais elle n'aurait cru trouver l'amour au Canada et d'ailleurs elle n'y croyait toujours pas. Cependant, elle pouvait bien s'amuser un peu, non ?

Cette alchimie évidente avec Aiden méritait qu'on s'y attarde. Après tout, beaucoup de gens s'offraient une amourette de vacances. Certes, elle était à Toronto pour le travail, mais au fond cela revenait au même. Elle devrait juste poser les limites afin d'éviter tout malentendu.

Que ce soit à l'hôpital ou dans la sphère privée, elle avait toujours privilégié la franchise. Ce côté « sans filtre » lui avait valu quelques revers sentimentaux – des relations interrompues dès les premiers balbutiements –, mais elle ne regrettait rien. Elle préférait savoir où elle allait plutôt qu'être déçue. Elle anticipait et gardait le contrôle en toutes circonstances.

Alors pourquoi, depuis sa rencontre avec Aiden, ne voyait-elle plus les choses de la même manière ? Elle se sentait prête à lâcher du lest… tout ça parce que, fausse relation ou pas, il l'intriguait !

— Tu as choisi la patinoire pour qu'on croise des gens de l'hôpital, commença-t-elle. Mais sans cette histoire de film, où serions-nous allés ? Où emmènes-tu tes petites amies d'habitude ?

Il pinça les lèvres en tirant sur son col de chemise. De toute évidence, cette question l'avait mis mal à l'aise. Il avait l'air si gêné qu'elle eut pitié de lui.

— Ne te sens pas obligé de répondre, dit-elle doucement. J'ai été indiscrète.

— Non, du tout, c'est juste… que je n'ai pas vraiment de « petites amies » au sens classique du terme. En général, mes sorties à deux se limitent à un dîner ou à quelques verres au pub, et hum… plus si affinités. Enfin, tu vois.

— Très bien, murmura-t-elle, en essayant de ne pas s'attarder sur le « plus si affinités ». Donc… la patinoire. Est-elle en plein air comme celles des films de Noël ?

Elle avait un faible pour ces programmes qui se déroulaient dans des cadres féeriques et se terminaient toujours bien. Si seulement la vraie vie avait pu y ressembler un peu !

— Oui, pourquoi ? Tu sais patiner ? demanda-t-il d'un ton dubitatif.

Elle haussa nonchalamment les épaules.

— Je vais à la patinoire chaque hiver depuis quelques années, mais je ne compte pas participer aux jeux Olympiques. Et toi ?

— Je jouais au hockey sur glace dans l'équipe universitaire. Tu as intérêt à t'accrocher, ajouta-t-il, malicieux.

— Tu me lances un défi ? Ça tombe bien, j'aime les relever. C'est toi qui peux t'accrocher.

Il éclata d'un rire sonore qui vibra au plus profond d'elle-même.

— Je vois mal comment tu pourrais me surpasser, s'exclama-t-il. Mais en tout cas, on va rire. Si tu perds l'équilibre, tu atterriras dans mes bras, et si tu tiens debout, on fera la course. Je te préviens, la compétition, ça me connaît !

Ils descendirent au parking, où Aiden lui ouvrit la portière passager du 4x4. Les effluves de son parfum subtil lui chatouillèrent les narines, et elle le fixa, ivre de désir. Elle vit alors ses prunelles s'assombrir dangereusement.

— Arrête, Stella, dit-il d'une voix rauque. J'essaye de ne rien précipiter, mais si tu continues à me regarder comme ça, on va remonter chez toi au lieu d'aller patiner. Et on n'en sortira pas avant demain matin.

Elle sentit ses joues s'enflammer et se dépêcha de monter

en voiture. Elle aurait voulu prendre Aiden au mot, mais elle non plus ne voulait pas aller trop vite. La conclusion n'en serait que meilleure…

Il s'installa côté conducteur et crispa les doigts sur le volant.

— La glace devrait nous rafraîchir, maugréa-t-il.

Elle s'esclaffa.

— C'est la version canadienne de la douche froide ?

— Si on veut, oui.

Alors qu'il quittait le parking, elle lui jeta un coup d'œil oblique.

— Depuis quand n'as-tu pas patiné ? demanda-t-elle pour ramener la conversation sur un sujet plus neutre.

— Trois ou quatre ans, je crois.

Cette information lui mit du baume au cœur. Peut-être serait-il un peu « émoussé » ? Peut-être aurait-elle l'air moins ridicule à côté de lui ?

La dernière fois que tu as patiné, tu as atterri sur les fesses. Tâche de ne pas récidiver !

— Moi c'était au début de l'automne, avec des amis.

— Super, mais ne va pas croire que je suis rouillé. J'ai quand même failli devenir hockeyeur professionnel.

Génial. C'est bien ma chance.

— J'imagine que tu mettras Jamie sur des patins le plus tôt possible, dans ce cas ? Il sera sûrement content de partager une activité avec toi.

— Espérons-le. Je n'y ai pas du tout réfléchi. Il a fallu du temps pour que Jamie s'habitue à nous, et encore maintenant, on dirait que rien ne l'intéresse. Mes priorités étaient de gagner sa confiance et de le faire parler.

— Je… comment ? Qu'il s'habitue à vous ? Et pourquoi parles-tu de confiance ?

Elle allait de surprise en surprise. Sauf raison particulière, les enfants très jeunes étaient collés à leurs parents, non ?

Aiden poussa un long soupir.

— Jamie n'est entré dans ma vie qu'à son deuxième

anniversaire. Sa mère l'a laissé à l'accueil de l'hôpital avec un mot. Elle disait en substance qu'elle ne voulait plus de lui.

Stella pivota sur son siège, bouche bée. Elle n'y comprenait rien. Cette histoire lui paraissait invraisemblable.

— Jamie est né après une aventure d'une nuit, expliqua Aiden. J'ignorais tout de son existence. Je n'ai revu sa mère qu'une fois au tribunal, le jour de l'audience pour la garde. Et je n'ai eu aucune nouvelle depuis. D'après la rumeur, elle serait partie tenter sa chance à Hollywood. Elle est… actrice. Du moins se plaît-elle à le croire.

Oh ! Seigneur. Stella comprenait mieux pourquoi il refusait d'être filmé. La véhémence avec laquelle il avait prononcé « actrice » expliquait aussi pourquoi il avait eu tant de préjugés à son égard. Il détestait le monde du cinéma, du show-business et de l'audiovisuel dont elle faisait partie, même si ce n'était pas son métier principal.

Une sonnette d'alarme se déclencha dans son cerveau. Elle avait peut-être réussi à calmer le jeu, mais il se méfierait toujours d'elle. Il ne pourrait jamais la respecter ou lui faire confiance. Au moins, elle savait à quoi s'en tenir. Ils avaient beau être attirés l'un par l'autre, elle ne devait pas se bercer d'illusions. Il se laisserait peut-être tenter par une aventure, mais rien d'autre !

Au fond, c'était tant mieux. Son dernier fiasco en date avec Oliver l'avait vaccinée des histoires sérieuses. Une relation brève lui conviendrait parfaitement.

— Cette femme est une imbécile, déclara-t-elle d'un ton ferme. Jamie est beaucoup mieux avec toi. Il n'y a pas photo.

Aiden détestait la tournure sérieuse qu'avait prise la conversation.

Chaque fois qu'il pensait à Britney, il avait des envies de meurtre. Il ne lui pardonnerait jamais d'avoir lâchement abandonné leur petit garçon dès que le pauvre Jamie n'était plus entré dans son plan de carrière.

Un nouveau-né attirait toujours l'attention. Britney s'était réjouie, au départ, de l'intérêt suscité par son fils. Puis – d'après ce qu'Aiden avait pu savoir par ses amies – elle s'était lassée quand le bébé mignon avait commencé à marcher et à être plus remuant. Elle l'avait peu à peu négligé, pour, finalement, l'abandonner à St. Matthew avec un sac à langer et une note griffonnée qui se terminait par « J'en ai ma claque. À toi de jouer, heureux papa ! »

Horrifié, Aiden avait recueilli un garçonnet en sous-poids, affublé de vêtements usés jusqu'à la corde. Le regard terrifié de son bout de chou lui avait déchiré le cœur. Avant même de réaliser complètement qu'il était père, il avait ressenti un farouche instinct protecteur.

Par chance, ses propres parents étaient toujours enregistrés comme famille d'accueil. Ils avaient facilement reçu l'autorisation d'accueillir Jamie sous leur toit, et Aiden avait emménagé chez eux. Les résultats des tests ADN n'avaient fait que confirmer ce qu'il pressentait déjà : Jamie était bien son fils biologique. S'était alors ensuivie une bataille titanesque pour qu'il obtienne la garde exclusive, mais il avait eu gain de cause.

Encore maintenant, penser à Britney le rendait fou de rage.

— Jamie a dû vivre des moments très difficiles. Toi aussi, d'ailleurs. Mais il a l'air d'aller bien à présent, dit Stella d'un ton doux.

Le feu tricolore était passé au rouge. Quand elle tendit la main pour effleurer la sienne, il étreignit ses doigts quelques instants, puis se dégagea lorsque le voyant bascula au vert.

— Le premier mois, il n'a pas prononcé un mot, répondit-il. On ne savait pas s'il avait faim, froid ou mal quelque part. Il ne souriait pas. Il faisait juste « oui » et « non » de la tête.

— J'imagine à quel point cela a dû te peiner.

Elle se mordit la lèvre comme si elle hésitait à poursuivre.

— Vas-y, pose tes questions. Si quelque chose me gêne, je me tairai, tout simplement.

Par exemple, il ne raconterait pas qu'il avait emmené Jamie

chez un pédiatre spécialement formé pour détecter les abus sexuels. Les radios et examens pratiqués sous anesthésie légère n'avaient, heureusement, rien révélé de tel. Jamie n'avait souffert « que » d'une grosse carence éducative. Le traumatisme était réel, mais d'après le pédopsychiatre il s'en remettrait avec beaucoup d'amour. Il n'en manquait pas, désormais.

— J'allais te demander si Jamie voyait un psychologue, mais je connais déjà la réponse. Tu es médecin. Tu sais à quelles portes frapper.

— Absolument. Il est suivi par un psychothérapeute, un psychomotricien, une orthophoniste et un pédiatre. Il commence à s'ouvrir au monde extérieur, mais ce sera long.

— Tout ira mieux quand il comprendra que son mode de vie est stable et sécurisant. Être rassuré n'a pas de prix pour un enfant. J'en sais quelque chose.

— Là, c'est moi qui ai envie de poser des questions…

— Je n'ai rien vécu de comparable à Jamie, murmura-t-elle. Simplement, j'ai connu mon lot de stress juvénile à une époque. Mais on ne va pas parler de ça maintenant. On est censés se détendre, non ?

— Bien sûr, et moi, j'ai largement dépassé mon temps de parole. Il faudra prévoir une deuxième fausse sortie en amoureux.

Le terme « fausse » sonnait bizarrement à ses oreilles. Il avait envie de croire à l'impossible, même si c'était une mauvaise idée…

— Avec plaisir, approuva Stella. Comme tu l'as si bien dit, on doit créer du lien, sauf qu'il n'y a pas d'urgence à ce que je raconte ma vie. Contentons-nous du patinage pour ce soir, d'accord ?

Quand elle lui effleura la joue, cette caresse tendre et pleine de promesses ralluma l'incendie qui couvait en lui. S'ils n'avaient pas été en voiture, il l'aurait étreinte de toutes ses forces. Il l'aurait embrassée à perdre haleine. Mais justement, il avait passé l'âge de flirter en voiture. Stella valait beaucoup mieux que ça.

— On est presque arrivés, dit-il en souriant. La patinoire est à trois rues d'ici.

11.

Personne, dans l'entourage de Stella ou parmi ses ex, n'avait vécu de drame sentimental. Du moins pas à sa connaissance. Elle manquait donc de repères pour rebondir suite aux confidences d'Aiden. Quelle attitude devait-elle adopter ?

Une chose était certaine : elle le plaignait de tout son cœur. Elle aurait voulu le prendre dans ses bras et le réconforter, mais comment réagirait-il ? Ils ne formaient pas un couple. Ils n'étaient rien l'un pour l'autre, et plus elle apprenait de choses sur lui, plus elle réalisait que « créer du lien » serait dangereux.

Non seulement il avait un gros problème de confiance, mais il était père de famille. Sachant qu'elle allait bientôt partir et qu'en plus elle ne voulait pas d'enfant, où cette histoire pouvait-elle les conduire, sinon dans le mur ?

Pendant qu'elle réfléchissait, Aiden s'était garé dans une petite rue proche de la patinoire. Ils s'y rendirent à pied, et en arrivant ce qu'elle vit lui coupa le souffle. L'ovale scintillant de la glace entouré de lumières féeriques valait le déplacement !

— Quand j'étais gamin, je venais ici le week-end avec mes parents, dit Aiden.

— Waouh, quelle chance ! Cet endroit est magique.

— Oh Oui ! On patinait tout l'après-midi, on buvait du chocolat chaud, et le soir, j'étais tellement excité que je n'arrivais pas à m'endormir. Qu'est-ce qu'on s'amusait à cette époque !

— Ça devait être génial, en effet, répondit-elle avec un soupir d'envie.

Ses parents ne l'avaient emmenée qu'une fois à la patinoire pour un tournage. Son père s'était montré à l'aise sur la glace, et elle avait espéré qu'ils renouvelleraient l'expérience, mais en vain.

Ils se dirigèrent vers le comptoir d'accueil, où Aiden loua deux paires de patins. Pendant qu'ils se chaussaient, il lui lança un coup d'œil oblique.

— Et chez toi, comment occupait-on les week-ends quand tu n'étais pas sur les plateaux télé ?

Elle eut un rire sans joie.

— Pour ma mère, tout ou presque devait être éducatif. Elle considérait le sport comme une perte de temps. On jouait à des jeux de société, on lisait…

— Les loisirs sérieux ne sont pas toujours les plus drôles.

— C'est vrai, mais c'était la politique de la maison.

Sa mère avait tout fait pour avoir une fille brillante, intelligente, cultivée. Seule la célébrité avait eu davantage d'importance que son éducation !

Elle s'avança au bord de la glace en se tenant à la rambarde pour trouver son équilibre.

— Je ne voudrais pas donner l'impression de me plaindre, ajouta-t-elle. Mes parents ont toujours voulu le meilleur pour moi. C'est juste… qu'ils n'ont tenu compte ni de mes goûts, ni de ma personnalité dans leurs choix.

Aiden effectua une boucle impeccable pour venir se poster devant elle. Il semblait effectivement très à l'aise.

— Qu'est-ce qui t'ennuyait ? Les jeux de société ou la lecture ?

— Ni l'un ni l'autre. Je détestais être suivie par une caméra.

— Ah bon ? Et tu continues ? Rien ne t'empêche d'arrêter si tu n'aimes pas ça. Tu es adulte, tu n'as plus de comptes à rendre.

Elle soupira. Aiden semblait critiquer ses choix. Comment lui en vouloir ? Il n'était pas dans sa tête…

— En théorie oui, je pourrais, mais c'est un peu compliqué. Et le documentaire que je prépare ici, à Toronto, me tient vraiment à cœur.

Participer à des émissions lui avait permis de vivre confortablement et d'assurer la sécurité financière de ses parents. Mais aujourd'hui l'argent n'était plus un souci. Elle continuait juste pour ne pas se fâcher avec sa mère et maintenir un semblant d'équilibre familial. Elle avait fait le tour du microcosme télévisuel. Le film sur l'hôpital était le premier sujet qui l'intéressait depuis longtemps.

Elle se secoua, agacée. Aiden et elle étaient venus à la patinoire pour se détendre. Le moment était mal choisi pour raconter tout cela.

— On fait la course ? proposa-t-elle, coupant court à la discussion.

Sans attendre sa réponse, elle s'élança. Mais un crissement de patins dans son dos lui signifia que la bataille était perdue. Aiden la dépassa en riant, ralentit, opéra un demi-tour et s'arrêta deux mètres devant elle.

— Quelle championne ! s'exclama-t-il, hilare. On dirait un paresseux sur patins à glace. Accélère donc !

Elle éclata de rire.

— Rappelle-toi l'histoire du lièvre et de la tortue. Il vaut parfois mieux démarrer lentement.

Il fit mine de repartir, pivota de nouveau et la rejoignit avec une lenteur délibérée. Puis il lui encercla la taille et l'attira contre lui.

— Je pense à d'autres choses qu'on pourrait faire lentement, chuchota-t-il.

— L'effet « douche froide » n'est pas très efficace, dis-moi.

À ce train-là, la glace allait fondre sous leurs pieds. Aucune fausse relation n'avait le droit d'être aussi parfaite, aussi excitante !

Cette histoire ne pourrait pas durer, mais après tout, quelle importance ? Elle en avait assez d'être trop sérieuse. Aiden et elle étaient adultes. Ils pouvaient bien s'amuser un peu sans forcément penser à la suite.

Oubliant sa légendaire prudence, elle lui noua les bras autour du cou et l'embrassa. Elle trouva ses lèvres tièdes délicieuses et, dans l'air glacial, leur étreinte lui parut encore plus torride.

Les doigts enfouis dans ses cheveux, elle soupira lorsqu'il approfondit le baiser. Le temps et l'espace n'existaient plus. Aiden et elle étaient seuls au monde…

— Attention !

Ils s'écartèrent vivement pour regarder autour d'eux. Alors, en deux secondes, elle vit la catastrophe arriver comme dans un film au ralenti. Une adolescente avait perdu le contrôle et fonçait droit sur un jeune couple.

Incapable de s'arrêter, la patineuse renversa les deux autres comme les quilles d'un jeu de bowling, avant de s'écrouler à son tour.

L'homme et la femme se levèrent avec précaution. Ils avaient l'air sonnés, mais pas blessés, et Stella les regarda se diriger vers la rambarde avec soulagement. Néanmoins, sa joie fut de courte durée : l'adolescente était restée au sol.

Aiden réagit au quart de tour en voyant que la gamine imprudente ne se relevait pas.

— Elle s'est cassé la jambe ! Appelez les secours ! cria-t-il.

Suivi par Stella, il se dirigea vers la blessée et s'accroupit à côté d'elle.

— Essaye de bouger le moins possible, conseilla-t-il. Comment t'appelles-tu ?

— Alice. Ooooh… Ça… fait… mal !

— Je sais, répondit-il d'un ton apaisant. Je suis médecin aux urgences de l'hôpital St. Matthew. Tu veux bien que je jette un coup d'œil ?

L'adolescente opina et, très doucement, il palpa la jambe fracturée.

— Tu t'es cassé le tibia, annonça-t-il. Il faut rester tranquille jusqu'à l'arrivée de l'ambulance. À l'hôpital, tu passeras des radios, et ensuite ils te poseront un plâtre que tu garderas quelques semaines.

— Oh ! non ! Noël dans le plâtre, on a vu mieux…, balbutia Alice, en larmes.

Stella se pencha sur elle en souriant.

— Une fois, je me suis cassé le bras au moment des fêtes.

Tout le monde a dessiné des sapins et des décorations de Noël sur mon plâtre. C'était très mignon.

— Je te présente mon amie le Dr Stella, dit-il. Elle est chirurgienne orthopédique, donc spécialiste des os cassés. Cela ne t'ennuie pas qu'elle regarde aussi ?

— N… on.

Stella s'accroupit à son tour. Son visage exprimait une profonde empathie, et quand elle procéda à l'examen clinique, il remarqua qu'elle agissait de manière rapide, sûre et extrêmement délicate.

— C'est bien cassé, mais tu as de la chance, ce n'est pas une fracture ouverte, déclara-t-elle. L'os n'a pas traversé ta peau. En revanche, il est déplacé.

— T'es-tu cogné la tête ? demanda Aiden en dirigeant la lumière de son portable vers les yeux d'Alice.

— Non, répondit-elle. J'ai juste mal… à la jambe.

— Pupilles égales et réactives, indiqua-t-il, soulagé. Je vais te déchausser. Peux-tu assurer l'immobilisation, Stella ?

— Bien sûr.

Elle plaça une main de chaque côté du tibia pendant qu'il délaçait le patin avec précaution. Il le fit descendre lentement le long du pied, rassuré par le maintien efficace de Stella en amont.

— Je vais reprendre ton pouls, Alice, maintenant.

Une pression sur le cou de la patiente leva ses dernières inquiétudes.

— Rythme régulier, annonça-t-il. J'entends une sirène. Tu seras vite à l'hôpital, ma grande.

À l'arrivée des secouristes Aiden leur communiqua les informations nécessaires. Puis, chaussés de leurs patins, Stella et lui escortèrent Alice jusqu'à l'ambulance.

Alors qu'ils regardaient le véhicule s'éloigner, toutes lumières clignotantes, Stella appuya la tête sur son épaule.

— Normalement, un premier baiser doit être un feu d'artifice, mais toi, tu m'offres un gyrophare, dit-elle, malicieuse. Tu as de la chance que je sois médecin.

Il éclata de rire.

— Que veux-tu, je ne fais jamais les choses à moitié. À ce train-là, on va concourir pour le plus beau premier rendez-vous raté de l'histoire. Ma parole, on attire les catastrophes !

— N'exagère pas, on a vu pire. Moi, je passe une bonne soirée… même si j'attends toujours mon chocolat chaud. Et si tu me l'offres avec chantilly, tu auras peut-être droit à un autre bisou.

— Tu veux m'acheter avec des baisers ?

— Est-ce que ça marche ? demanda-t-elle, le regard brillant.

— Hum, peut-être… Reste là, je reviens tout de suite.

Il patina vers la guérite à boissons et commanda deux chocolats – dont un avec chantilly. Qu'était-il en train de faire ? Il ne pouvait pas envisager une relation à distance. Il devait penser à Jamie. Mais pourquoi ne pas goûter l'instant présent sans se poser mille questions ?

Quand il fit demi-tour, il eut la surprise de voir Stella, toute souriante, entourée par des gens de l'hôpital. Il s'approcha et lui tendit son chocolat sans un mot. Pour être honnête, il ne savait pas quoi dire. Il avait peur d'être maladroit ou de se rendre ridicule. Avec elle, c'était comme s'il avait seize ans à nouveau !

Parmi leurs collègues se trouvaient un jeune couple, Tyler et Gemma, ainsi que Ben, un oncologue. Ce dernier était penché sur son téléphone avec Stella, et Aiden ressentit une pointe de jalousie en les voyant.

— Tu sais quoi ? Ben a tout filmé avec son portable ! dit Stella d'un ton gai. J'aimerais utiliser certaines images pour le documentaire. Il faudra voir avec la production, bien sûr, mais je trouverais intéressant de montrer que, même en repos, les médecins font toujours leur devoir… Mmm, ça sent bon, ajouta-t-elle en flairant le chocolat. Merci beaucoup.

— De rien.

Après quelques échanges, Tyler et Gemma s'éloignèrent main dans la main, suivis par Ben. Aiden se crispa devant l'air perplexe de Stella.

— Qu'est-ce qui t'arrive ? Tout allait bien et voilà que, d'un coup, tu fais la tête.

— Rien, maugréa-t-il.

— À d'autres. Je commence à te connaître un peu.

— Donc, tu veux utiliser les images du téléphone de Ben ?

Stella le dévisagea d'un air calculateur par-dessus son gobelet. Elle n'appréciait visiblement pas qu'il détourne la conversation…

— J'espère pouvoir m'en servir, répondit-elle enfin. Il faudra que j'obtienne l'accord des parents d'Alice, mais la scène devrait plaire aux producteurs. Et puis, Ben nous a filmés en train de nous embrasser. Martin va sauter au plafond !

Aiden se raidit. Que leur premier baiser ait été enregistré le dérangeait au plus haut point. Il avait accepté de paraître à l'écran pour aider Stella, mais il aurait cru que cette soirée, au moins, resterait privée.

Étant de nature discrète, il tolérait mal cette intrusion dans sa vie intime. Il aurait sans doute dû mieux réfléchir avant de s'engager. Comment Stella faisait-elle pour préserver son jardin secret ? Et qu'adviendrait-il si, d'aventure, un cameraman allait filmer Jamie à la crèche de l'hôpital ? Britney risquait de sortir du bois pour tirer parti de la « notoriété » de son fils.

Jamais il ne tolérerait cela. Il devait protéger Jamie.

— Il se fait tard. Je vais te reconduire chez toi.

— Aiden, que se passe-t-il ?

Quand Stella avança la main vers lui, il recula, puis se dirigea vers le banc sous lequel ils avaient posé leurs chaussures. Il devait mettre un terme à cette histoire. Il n'avait pas le choix.

Aiden s'était brutalement replié sur lui-même, et depuis qu'ils avaient quitté la patinoire, Stella s'efforçait de cacher son inquiétude.

Le trajet du retour s'était effectué dans un silence quasi total. S'il était préoccupé, il n'avait, de toute évidence, pas l'intention de se confier à elle.

Après s'être garé dans le parking souterrain de son immeuble, il coupa le moteur et descendit du 4x4. Elle l'imita, perplexe.

— Vas-tu dire quelque chose ou continuer à me regarder comme une bête curieuse ? s'exclama-t-il.

Elle sursauta. Elle lui avait lancé des coups d'œil obliques pendant tout le trajet et, bien sûr, il s'en était rendu compte.

— Laisse tomber, répondit-elle. Tu n'as pas besoin de me raccompagner.

— Si.

Il l'escorta vers l'ascenseur, appuya sur le bouton et la précéda dans la cabine. À quoi jouait-il ? Elle avait beau chercher, elle n'y comprenait rien.

Le silence retomba. Quand ils arrivèrent devant son appartement, elle se tourna vers Aiden, exaspérée.

— Ça suffit, maintenant. J'en ai assez de chercher ce que j'ai pu dire ou faire de mal.

Il baissa le nez sur ses chaussures, l'air gêné.

— Je suis désolé, Stella. J'essaye de trouver les mots justes pour exprimer mon ressenti, mais je bloque un peu.

— C'est le moins qu'on puisse dire. Du coup, j'ai dû tirer mes propres conclusions. Corrige-moi si je me trompe, mais il me semble que tu as paniqué en apprenant que Ben avait filmé notre baiser.

— Tu as raison… du moins, en partie, admit-il en soupirant. J'ai accepté d'apparaître à l'écran, mais l'étalage de ma vie privée me met mal à l'aise.

— Qu'à cela ne tienne. On peut revenir sur notre arrangement. Tu n'as qu'un mot à dire.

Martin serait furieux, mais tant pis…

— Non ! répliqua-t-il avec force.

— Non ?

— Je tiendrai parole, Stella, quoi qu'il en coûte.

Il lui captura la main, puis ajouta :

— Je fais de mon mieux pour m'habituer à tout ça. Promis, à partir de maintenant, je ne me cacherai plus. Et j'arrêterai de me réfugier dans le silence.

— Faire de son mieux, c'est déjà très bien.

Mais dorénavant elle resterait sur ses gardes. Elle devait rentrer en Angleterre après les fêtes. Elle n'allait pas abandonner sa carrière pour un homme qu'elle connaissait à peine. Quant à lui, il refuserait catégoriquement de déraciner Jamie pour la suivre. Les sentiments n'avaient pas leur place dans cette histoire. Ils pouvaient, au maximum, s'octroyer une amourette légère et sans lendemain.

— J'ai l'impression que tu ne me dis pas tout, reprit-elle.

Aiden soupira.

— Comme d'habitude, tu as raison. J'ai réalisé qu'une… certaine personne voudrait peut-être utiliser notre relation comme un tremplin pour sa carrière.

— Ton ex, je suppose ? J'admets n'y avoir pas réfléchi.

Elle ne s'étonnait plus qu'Aiden ait changé d'attitude. La mère de Jamie avait semé le chaos autour d'elle. Il était normal que la perspective de son retour l'inquiète.

Si cette Britney voulait percer dans le show-business, elle pouvait très bien se manifester. Stella connaissait plusieurs personnes prêtes à tout pour un moment de gloire.

— Je n'y avais pas pensé non plus avant ce soir, reconnut Aiden. Et à ce propos, je te présente mes excuses pour ma réaction puérile. J'aurais dû te parler. La communication n'est pas mon fort, conclut-il avec une petite grimace.

— Ce n'est pas grave… De quoi ton ex serait-elle capable à ton avis ?

— D'après ce qu'on m'a raconté, elle emmenait Jamie sur les plateaux pour se rendre intéressante. Si elle veut t'aborder et utiliser tes relations, elle cherchera d'abord à se rapprocher de lui.

Le visage tendu d'Aiden révélait son inquiétude. Cette femme risquait encore de lui empoisonner l'existence et surtout, de perturber Jamie.

— Je déteste l'idée que Britney puisse faire la pluie et le beau temps, déclara-t-il. J'avais espéré qu'après le jugement pour la garde, je n'entendrais plus parler d'elle. Si elle revient faire du mal à Jamie… Je t'aime beaucoup, Stella. C'est juste…

— … que tu n'es pas tout seul. Je comprends.

Elle sortit ses clés de son sac. Tout était dit.

— Jamie n'apparaîtra ni de près ni de loin dans le documentaire, assura-t-elle. Et comme notre relation est fausse, ton ex n'aura aucune prise sur toi. Ne t'inquiète pas.

Avant qu'elle n'ait pu réagir, Aiden la plaqua contre la porte.

— Tu as vraiment l'impression qu'elle est fausse ? demanda-t-il d'une voix rauque.

Bouleversée, elle s'accrocha à ses épaules. Il inclina la tête vers elle, puis l'embrassa passionnément. La tension qui l'habitait s'envola comme par magie, et elle entrouvrit les lèvres pour mieux s'offrir à la caresse de sa langue. Elle sentit des flammes irradier tout son corps, comme si elle s'éveillait à la vie après un long sommeil…

Quand Aiden s'écarta, ils étaient tous les deux hors d'haleine. Il appuya le front contre le sien et soupira.

— Ça n'était pas de la comédie, Stella. J'espère que tu en es convaincue, maintenant.

Stella avait les joues roses après le baiser incendiaire qu'ils venaient d'échanger.

Aiden remarqua qu'elle s'agrippait toujours à sa chemise. C'était comme si elle rechignait à le laisser partir, et ce geste le toucha en plein cœur.

Cette femme n'était peut-être pas « son » genre, mais elle était magnifique. Il fondait devant les minuscules taches de rousseur qui parsemaient son petit nez. Quant à ses courbes… Elle avait tout ce qu'il fallait, là où il fallait.

Et, non contente d'être jolie, elle rayonnait d'intelligence. Elle était vive, spirituelle, pleine d'humour. Quel dommage que son séjour à Toronto s'achève après Noël ! Dans le cas contraire, leur histoire aurait eu une chance de durer.

— Je suis convaincue, répondit-elle avec un sourire en coin.

— Alors qu'est-ce qu'on fait, maintenant ?

Il lui replaça une mèche rebelle derrière l'oreille et scruta son visage. Peut-être voulait-elle réfléchir ? Il rêvait de passer la nuit chez elle, mais était-ce une bonne idée ?

— Hum, murmura-t-elle, laissant planer le suspense.

— Et si on poursuivait cette conversation à l'intérieur ?

— Ça te plairait, hein ?

Il se pencha pour lui chuchoter sa réponse au creux de l'oreille :

— Je ferais en sorte que ça te plaise aussi.

— Je n'ai jamais compris pourquoi certaines personnes aiment tant préparer des fêtes. Chercher les décorations, prévoir le menu… ça ne m'a jamais passionnée.

Elle avait délibérément changé de sujet, et il recula d'un pas. Pour autant, il n'avait pas l'intention d'abandonner.

— Peut-être étais-tu mal secondée ? dit-il d'un ton lourd de sous-entendus.

— Tu crois que le problème vient de là ? Et tu t'imagines être le partenaire idéal pour m'aider ?

— Il n'y a qu'une façon de le savoir.

Sentant qu'elle n'était pas prête, il s'interdit de l'embrasser à nouveau. Il ne voulait pas courir le risque qu'elle se ferme complètement.

— Si on allait à la Fête des lumières le week-end prochain ?

— Des lumières de Noël, je suppose ? questionna-t-elle, l'air dubitatif.

— Voir les chutes du Niagara illuminées est une expérience inoubliable. Ce décor grandiose nous donnera sûrement des idées. Où pourrait-on trouver mieux ?

— Tu me proposes une nouvelle fausse sortie…

— On n'est pas obligés de coller une étiquette sur tout ce qu'on fera.

Elle pinça les lèvres, puis le regarda droit dans les yeux.

— Et ton ex, alors ? Tu n'as pas peur qu'elle le sache ?

— Si les caméras restent à Toronto, il n'y a aucune raison.

Il eut l'impression qu'elle se retenait de rire.

— Ce sera donc une fausse sortie secrète. De mieux en mieux, commenta-t-elle.

— Oui, sous prétexte de recherche scientifique sur les éclairages.

— Parfait. Dans ce cas, j'accepte.

Il leva le poing en l'air.

— Ouiii ! Génial ! Bon… Je ferais mieux d'y aller, avant qu'on ne soit obligés de masquer d'autres activités clandestines.

Elle effleura ses lèvres.

— Bonne nuit, Aiden.

Il resta planté derrière la porte jusqu'à ce qu'il entende le « clic » du verrou. Puis, résigné, il pivota vers l'ascenseur.

Était-il déjà trop engagé ? Ses sentiments pour Stella grandissaient à chaque minute passée avec elle. Tel un funambule, il marchait sur une corde raide. S'il perdait l'équilibre, tout le monde risquait de souffrir.

La maîtrise des événements dépendait en grande partie de sa vigilance. Sa mission était simple : il devrait éviter de tomber amoureux avant Noël.

12.

Stella avait trouvé le trajet vers les chutes du Niagara très agréable.

En présence de Jamie, Aiden montrait une facette de lui-même qu'elle ne lui connaissait pas au travail. Il était gai, drôle, taquin. Quelle joie de le voir souriant et détendu !

À présent, ils déambulaient en extérieur, et malgré le froid, Jamie semblait émerveillé par les lumières et le paysage grandiose. Elle avait de nouveau été surprise qu'Aiden vienne avec son fils, mais cette fois elle avait réussi à cacher son étonnement. Cela n'avait d'ailleurs pas été difficile : elle avait été ravie de voir le bout de chou.

Un vent glacial s'engouffra sous son manteau, et elle frissonna. Aiden se pencha pour renfoncer le bonnet de Jamie sur ses oreilles.

— C'est un peu frisquet pour un petit, mais je lui avais promis qu'on irait voir les illuminations, expliqua-t-il. Du coup, il va se coucher plus tard que d'habitude mais, tant que ça reste exceptionnel, ce n'est pas grave… Alors, qu'en penses-tu ? Arrives-tu à trouver l'esprit de Noël ici ?

— Oui, bien sûr. C'est magique.

Elle glissa le coude sous le sien, espérant s'imprégner un peu de sa chaleur.

— Je suis contente que tu m'aies invitée à partager ça.

— Cela me fait plaisir que tu sois venue.

Quand il lui lança un coup d'œil oblique, elle eut, soudain, l'impression d'être au milieu du Grand Canyon. Au temps pour le froid. Elle était bien réchauffée maintenant !

Gênée, elle pointa un automate en forme de renne qui dansait sur le côté du parcours.

— Regarde, Jamie, c'est Rudolph.

— Wu-dol-ph, répéta le bambin.

— Je parie que c'est ton renne de Noël préféré ?

Il opina, l'air solennel, et elle lui fit un clin d'œil.

— Moi aussi, je l'aime beaucoup avec son gros nez rouge. Mais je suis sûre que papa préfère Fringant, lui.

Jamie hocha de nouveau la tête. Même s'il passait un bon moment dans ce décor féerique, il avait du mal à sourire. Elle aurait voulu lui chanter un chant de Noël d'une voix bizarre pour l'amuser, mais elle n'osa pas. Elle craignait la réaction d'Aiden…

— Fringant ? N'importe quoi, vous deux ! protesta celui-ci. J'ai toujours eu un faible pour Cupidon. Il déteste passer pour un romantique à cause de son nom. Contrarié et grincheux, c'est tout moi, ça.

Entendant cela, Stella prit le fou rire. Elle inspira à fond et s'essuya les yeux, hilare.

— Je suis ravie que tu l'admettes, répliqua-t-elle. La première fois qu'on s'est vus, j'ai presque regretté d'être venue à Toronto. Tu ne correspondais pas à l'image que je m'étais faite des Canadiens. J'avais toujours entendu dire qu'ici les gens étaient sympas, accueillants…

— N'en jette plus ! protesta-t-il en riant. Je reconnais n'avoir pas fait honneur à mon pays.

Quand il se pencha vers elle, elle sentit son cœur s'emballer.

— Mais dès ce soir-là j'ai ressenti une alchimie profonde entre nous. J'y ai pensé la moitié de la nuit. Je me suis posé beaucoup de questions.

— Oh…

Une délicieuse petite musique chanta en elle. Ce n'était pas tous les jours qu'un bel homme faisait ce genre d'aveu à une femme. En ce qui la concernait, c'était même la première fois.

Des rares histoires qu'elle avait vécues, celle-ci sortait indéniablement du lot. Aucun de ses ex ne pouvait être comparé à Aiden. Il avait… tout.

Ce séjour à Toronto lui avait décidément changé la vie à bien des égards. Exception faite de quelques remarques mesquines, au début, elle avait été très bien accueillie à l'hôpital. Elle s'y sentait à l'aise. En un mois, elle avait reçu plus d'invitations à boire un verre qu'à Londres en six ans.

Là-bas, sa vie sociale se résumait au strict minimum, à son grand regret. Elle avait juste maintenu le contact avec quelques camarades d'université. Elle n'avait aucun ami d'enfance. Mais, à Toronto, elle pourrait facilement se rapprocher de Gemma. Cette adorable jeune femme deviendrait vite la confidente qu'elle n'avait jamais eue…

Comment se faisait-il que tout lui paraisse plus simple ici, au Canada ? Même les fêtes s'annonçaient excitantes, alors qu'elle avait toujours redouté cette période. Elle allait vivre le meilleur Noël de sa vie !

— Ça va, Stella ? Tu n'as pas l'air dans ton assiette.

Aiden s'arrêta devant une fontaine à deux étages magnifiquement décorée. Elle appuya la tête sur son épaule en souriant.

— Si, ça va très bien. Je me disais juste… que ma vie ici est différente.

— En mieux j'espère, chuchota-t-il en lui enlaçant la taille.

Elle se hissa sur la pointe des pieds pour l'embrasser, avec retenue car il portait Jamie.

— Quand je suis avec vous deux, oui, il n'y a pas photo, déclara-t-elle.

Aiden lui sourit, avant de lui donner un baiser beaucoup moins chaste que le précédent.

— On s'est attachés à toi, nous aussi.

— Moi fais bisou Stella ! Moi veux bisou, dit soudain Jamie.

Émue, elle tendit la joue au bambin, puis l'embrassa tendrement.

— Tu es adorable, mon cœur, s'exclama-t-elle.

Ils reprirent la visite, avec Jamie qui pointait du doigt toutes les merveilles illuminées. À certains endroits, les couleurs changeaient au passage des visiteurs et ils firent demi-tour plusieurs fois tant cette découverte le captivait.

— Crois-tu qu'on pourrait prévoir une arche lumineuse dans ce style pour la fête ? demanda-t-elle. On la mettrait devant l'atelier cookies, les gamins passeraient dessous…

— C'est une super idée, approuva Aiden avec enthousiasme. J'en connais un qui n'irait même pas jusqu'au stand !

Jamie accepta de poursuivre la visite après que son père lui eut chuchoté quelque chose à l'oreille. Ils avaient dû en parler avant de venir, car le bambin poussa un cri de joie. Puis il courut vers un clavier géant qui, installé contre un mur rocheux, produisait des éclairages différents à chaque note. Des faisceaux s'allumaient également sous les pieds des visiteurs, créant une fantaisie musicale incroyablement colorée.

Tout excité, Jamie courait d'une touche à l'autre avec une énergie que Stella ne lui connaissait pas. Et, soudain, l'impensable se produisit : il éclata de rire.

— Tu… as entendu ? s'enquit Aiden.

Il l'attira contre lui et la serra à l'étouffer.

— Il rit ! Il rit vraiment !

— Oui, c'est génial, murmura-t-elle, craignant de rompre le charme si elle parlait trop fort.

Blottis l'un contre l'autre, ils observèrent Jamie qui s'amusait comme un petit fou. Aiden avait posé la joue sur ses cheveux. Elle se sentait bien, en paix avec le monde…

— Vous avez un beau petit garçon, commenta une dame âgée, tout sourire, en passant près d'eux. Je vous souhaite un joyeux Noël.

— Joyeux Noël, répondirent-ils en chœur.

— Vus de l'extérieur, on doit avoir l'air d'une famille, dit-elle, gênée.

Elle se détacha brusquement d'Aiden. Qu'était-elle en train de faire ? Elle ne pouvait pas s'attacher à lui, ni à Jamie bien sûr. Son retour à Londres risquait de peiner ce petit bonhomme qui avait déjà assez souffert comme cela. Elle n'était pas comme Britney. Elle réfléchissait à l'avenir !

D'ailleurs, elle n'était rien pour cet enfant. Elle avait toujours pensé qu'elle n'était pas faite pour être mère. Elle n'avait pas changé d'avis.

Pourquoi, alors, se sentait-elle aussi triste ?

Stella s'était repliée sur elle-même après le commentaire de la vieille dame.

Détestait-elle à ce point qu'on la prenne pour la mère de Jamie ? Comment pouvait-elle être gênée qu'on l'associe à un gamin aussi adorable ?

Des émotions confuses défilaient sur son beau visage. Elle était perturbée, mais par quoi exactement ?

— Parle-moi, Stella, dit-il d'un ton calme. La remarque de la dame t'a troublée. J'aimerais savoir pourquoi, et franchement, j'ai un peu peur de la réponse.

— Tu es père de famille.

— Ce n'est pas nouveau.

— Non, c'est juste que moi… je n'ai pas la fibre maternelle.

Cet aveu lui fit l'effet d'un coup de poignard. La pire des injures n'aurait pas pu lui faire aussi mal. Stella ne voulait pas être mère ou plutôt, dans leur cas, belle-mère. Il avait le cœur si lourd qu'il pouvait à peine respirer…

— Britney a dit à peu près la même chose dans le bureau du juge, riposta-t-il, glacial.

Il s'avança vers Jamie et le prit dans ses bras, comme pour faire un bouclier de son corps contre la femme qui, en trois secondes, s'était transformée en ennemie.

— Aiden…

— Pas de problème. Je te remercie d'avoir été honnête avant que les choses n'aillent trop loin. Je commençais… à m'attacher à toi, Stella. J'envisageais même une relation à distance. Mais du coup, la question est réglée.

— J'essaye de mettre mes pensées au clair. Ce n'est pas évident.

Quand elle lui tendit la main, il recula. Jamais il ne pourrait accepter qu'elle dénigre Jamie.

— Mon fils n'est pas assez bien pour toi, c'est ça ?

Elle parut d'abord choquée, puis elle le fixa d'un air ulcéré.

— Tu es à côté de la plaque. C'est tout le contraire, justement. Il mérite ce qu'il y a de mieux.

— Mais oui, bien sûr… Bon, il se fait tard. On va aller voir les Chutes et ensuite, on rentrera.

Ni la vision des chutes du Niagara illuminées, ni l'enthousiasme de Jamie ne purent le dérider. Et, quand son fils tendit les bras à Stella en bâillant, il jugea bon de mettre un terme à cette comédie.

— Pas maintenant, mon cœur, dit-il. Stella est fatiguée.

Il étreignit son fils plus fort pour adoucir son refus. Puis, courant, presque, il fit demi-tour, direction le parking. Il s'en voulait d'avoir placé Jamie dans cette situation. Il ne pouvait s'en prendre qu'à lui-même. Quelle erreur…

— Je suppose que tu ne veux pas en parler ? demanda Stella quand ils atteignirent le 4x4.

— À quoi bon ? J'ai un enfant, tu n'en veux pas. Fin de l'histoire.

Elle secoua la tête.

— Ce n'est pas exactement ce que j'ai voulu dire.

— Ah, non ? Que dois-je comprendre, alors ?

— Aiden, je… ne suis pas une pro du relationnel. Mes précédentes relations ont été des fiascos sur toute la ligne. J'ai du mal à trouver les mots justes…

Il déglutit péniblement. Sa résolution de fuir Stella comme la peste était sur le point de céder.

— J'étais prêt à essayer. Quand on est ensemble, j'imagine facilement un avenir commun pour nous, Stella.

— Moi aussi, chuchota-t-elle.

— Mais quand je t'entends dire que tu n'as pas la fibre maternelle, l'histoire se répète. Je vois encore une femme qui veut faire passer sa carrière avant mon fils.

— Non, Aiden. Je…

— Allez, stop. On rentre. Ça suffit.

Le trajet du retour se déroula dans un silence glacial. Il préférait se taire plutôt que de se disputer avec Stella devant Jamie.

À l'arrivée, après qu'il se fut garé dans le parking souterrain de son immeuble, Stella jeta un coup d'œil vers l'arrière.

— Jamie dort. Inutile de me raccompagner.

Il hocha la tête, mais la regarda néanmoins monter dans l'ascenseur. Puis, quand les portes se refermèrent, il fit demi-tour et s'engagea de nouveau dans la circulation.

Il avait hâte de rentrer et d'oublier cette soirée désastreuse. Comment Stella osait-elle repousser Jamie ? Non seulement il était furieux contre elle, mais il s'en voulait de l'avoir laissée entrer dans sa vie. Quel idiot. Il avait bien failli tomber amoureux !

Jamie se réveilla à moitié quand, arrivé chez lui, il le porta vers la maison. À peine avait-il refermé la porte que sa mère lui tomba dessus. Le comité d'accueil était là, fidèle au poste. Il s'en serait bien passé.

— Ouh là là, Aiden… Tu n'as pas l'air dans ton assiette, commenta-t-elle.

— Tout va bien, pourtant.

— Si tu le dis… Jamie, trésor, as-tu aimé les illuminations ?

— Papa fâché après Stella, répondit ce dernier, au grand dam d'Aiden.

— Faites des gosses, marmonna-t-il.

— Ah bon ? Tu m'en diras tant, Jamie ! Viens voir mamie, mon cœur. Je vais te mettre en pyjama pendant que papa ira prendre une douche pour se calmer, d'accord ?

Le petit opina et, sans autre commentaire, elle monta l'escalier avec lui. Elle lui parlait à l'oreille avec des mines de conspiratrice, et Aiden grinça des dents. La Terre entière s'était-elle liguée contre lui ?

— Pourquoi mon petit-fils croit-il que tu es fâché ?

Aiden pivota vivement. Planté sur le seuil du bureau, son père le regardait d'un air inquisiteur.

— Laisse tomber, papa.

— Jamie l'aime bien, tu sais. Il parle d'elle sans arrêt depuis que vous êtes allés au marché de Noël.

— Sans blague ! Il la connaît à peine.

— Et toi ?

— Bien assez, merci. Si tu tiens à le savoir, elle ne veut pas d'enfant. Elle me l'a dit.

— Hum. Ce n'est pas un crime.

— En effet.

— Donc, ce n'est pas contre elle que tu es en colère…

Exaspéré, Aiden se pinça les ailes du nez pour reprendre son calme.

— Non. Je m'en veux de m'être rapproché d'elle alors qu'elle n'est pas du genre famille.

— Ce n'était pas mon genre non plus, tu sais. Ta mère m'a fait changer d'avis. J'ai accepté pour la rendre heureuse, mais le jour où tu es arrivé, j'ai réalisé quel bonheur c'était d'être père. Il ne m'a pas fallu plus de cinq minutes pour m'en apercevoir.

— Écoute… Stella dit qu'elle n'a pas la fibre maternelle. C'est plutôt clair, non ?

Son père le dévisagea en se frottant le menton.

— Si ma mémoire est bonne, tu disais la même chose quand tu as découvert l'existence de Jamie. Tu as changé d'avis très rapidement.

— Certes. Bon, je vais prendre une douche.

Il préférait couper court, contrarié d'admettre que son père avait raison. Mais cette remarque le poursuivit longtemps, et un peu plus tard, dans son lit, il se surprit à y penser encore.

La confession de son père l'avait étonné. Il n'imaginait pas un homme aussi aimant et chaleureux refuser la paternité. Comme quoi, tout était possible. Sans chercher très loin, il en était d'ailleurs un bon exemple…

Poussé par les circonstances, il avait su rebondir. Lui qui ne jurait que par l'hôpital et les urgences avait revu ses priorités. Son rôle de papa était, finalement, le plus beau cadeau que le destin lui avait offert.

La douleur qu'il ressentait à cause de Stella, prouvait une chose : non seulement il tenait à elle, mais il rêvait… qu'elle fasse partie de sa famille !

Incapable de trouver le sommeil, il jeta un coup d'œil sur son portable. Il était déjà 2 heures du matin. Et une notification s'affichait à l'écran. Il avait reçu deux SMS de Stella.

Je m'excuse si je t'ai donné l'impression de dénigrer Jamie. C'est le petit garçon le plus adorable que j'aie jamais rencontré. Je suis désolée d'avoir gâché la soirée. Ce n'est pas lui le problème. C'est moi.

Puis, quelques instants plus tard :

Avec un QI de 160, la perfection, ça me connaît. Jamie est parfait, crois-moi !

Il ne put s'empêcher de rire. Stella n'avait pas perdu son sens de l'humour. Mais, si elle trouvait réellement Jamie « parfait », pourquoi refusait-elle de s'impliquer dans sa vie ? Et surtout, pourquoi s'accusait-elle d'être la source du problème ?

Il se retourna dans son lit une nouvelle fois. Son père avait sous-entendu qu'il fallait laisser du temps à Stella. Il avait probablement raison, comme toujours.

Mais, à supposer que les choses s'arrangent, que se passerait-il après Noël ? Il n'y aurait pas de fin heureuse. Au contraire, Jamie et lui souffriraient encore plus au moment des adieux.

Dans ces conditions, pouvait-il vraiment donner une seconde chance à Stella ?

13.

— Ici la crèche de St. Matthew, j'écoute.

— Dr Allen à l'appareil. Vous m'avez laissé un message, mais le réseau passe mal et il ne s'est pas enregistré.

— Oh ! docteur, merci de nous rappeler ! Pourriez-vous descendre à la crèche, s'il vous plaît ?

— Puis-je savoir pourquoi ?

— C'est un peu… délicat. Je préfère vous l'expliquer en personne.

Intriguée, Stella coupa la communication et gagna le premier étage. La dame au bout du fil lui avait paru inquiète, presque affolée. Mais, en cas d'accident, la crèche aurait appelé les urgences, pas une chirurgienne. Elle avait beau chercher, elle ne comprenait pas…

La porte sécurisée s'ouvrit immédiatement lorsqu'elle déclina son identité. Elle jeta un coup d'œil sur les enfants occupés à jouer dans la salle commune. Certains étaient calmes, d'autres bruyants, mais il ne semblait pas y avoir de problème.

— Docteur Allen, merci d'être venue ! s'exclama une puéricultrice en se précipitant vers elle. C'est par là.

La jeune femme se dirigea vers une porte située au fond de la pièce. Stella crut entendre un enfant pleurer et se rembrunit.

— Si vous avez un blessé, mes collègues des urgences…

— Non, pas du tout.

Le cœur de Stella manqua un battement quand la puéricultrice ouvrit la porte. Il n'y avait qu'un bambin dans la pièce. C'était Jamie, qui sanglotait bruyamment et repoussait l'employée qui tentait de le consoler !

Stella se précipita et s'assit par terre à côté de lui.

— Jamie, mon cœur, qu'est-ce qui t'arrive ?

La réaction fut immédiate : il se jeta dans ses bras, puis enfouit le visage contre son épaule. Il respirait par à-coups, le corps secoué de sanglots.

— Que s'est-il passé ? s'enquit-elle.

Elle avait parlé d'un ton calme, mais intérieurement elle bouillonnait. Qui avait fait de la peine à Jamie ?

La puéricultrice qui l'avait accompagnée haussa les épaules.

— Il jouait avec les autres. Il faisait rouler sa balle, un autre petit la lui renvoyait… Tout allait bien, et d'un coup, sans qu'on sache pourquoi, il est devenu inconsolable.

Perplexe, Stella frictionna doucement le dos de Jamie. Les sanglots s'étaient déjà espacés : il se calmait à son contact.

— Depuis quand pleure-t-il comme ça ?

— Une petite demi-heure. On a essayé de joindre son papa, bien sûr, mais ils sont débordés aux urgences. Apparemment, il y a eu un carambolage sur la voie rapide. Ensuite, on a appelé la mamie, mais Mme Cook avait un rendez-vous médical et le papy est absent pour la journée.

— J'étais la suivante sur la liste ? demanda-t-elle, étonnée.

— Justement, vous n'y êtes pas. Mais quand on a expliqué à Jamie que ni son père ni ses grands-parents n'étaient disponibles, il vous a réclamée. Par chance, quelqu'un nous avait raconté que le Dr Cook était le… correspondant d'une « Dr Stella ». J'ai obtenu votre numéro par les ressources humaines.

— D'accord. Je vois.

— On va vous laisser tous les deux. Vous le calmerez mieux que nous.

Stella regarda les deux femmes partir, stupéfaite. Méritait-elle cette confiance ? Après tout, elle connaissait à peine Jamie !

Elle continua de lui murmurer des paroles apaisantes et au bout d'un moment réalisa qu'il s'était endormi. Sans le lâcher, elle remua alors avec précaution pour s'allonger complètement sur le tapis.

Au lieu de se sentir mal à l'aise, elle éprouvait un bien-être inimaginable à tenir ce petit bonhomme au creux de ses bras. Pourtant, elle s'était répété mille fois qu'elle ne voulait pas être mère !

La sienne l'aimait sans doute à sa façon, mais sans la respecter. Se pouvait-il qu'elle-même soit différente ? Qu'elle puisse un jour élever un bambin avec amour, tout en lui donnant l'autonomie nécessaire à son bien-être ? En serait-elle capable ?

Des larmes brûlantes lui piquèrent les yeux quand une petite main potelée se referma instinctivement sur la sienne. Jamie lui faisait confiance. Il s'était endormi contre elle. Cela signifiait quelque chose, non ?

Pour sa part, elle comprenait enfin qu'elle s'était menti pendant des années. Elle *voulait* des enfants. Elle avait juste une peur panique de ne pas être à la hauteur.

— Je suis désolé, j'ai fait au plus vite. Où est Jamie ?

— Il dort.

Aiden se crispa, la gorge nouée. Jamie avait-il encore sangloté jusqu'à épuisement ? Il ne supportait pas de voir son fils dans cet état. Il aurait pourtant cru que les choses s'arrangeraient, à la longue.

— Ils dorment tous les deux, précisa la responsable.

— Comment ?

Quand la jeune femme ouvrit la porte de la salle de repos, il resta quelques instants sur le seuil. Jamais il n'aurait cru voir une telle scène. Allongés sur un tapis de repos, Stella et Jamie dormaient à poings fermés, blottis l'un contre l'autre !

— Nous avons appelé le Dr Allen. Cela ne vous ennuie pas, j'espère ? On sait que vous êtes proches, tous les deux.

Proches ? Quelle blague.

— On peut l'ajouter à la liste des responsables si vous voulez, enchaîna la puéricultrice. Jamie s'est jeté dans ses bras quand il l'a vue. Il ne l'a pas lâchée.

Aiden déglutit péniblement pour contenir son émotion. À cet instant précis, il n'avait aucun mal à se projeter. Il imaginait un avenir radieux où Stella serait une maman formidable. En revanche, *elle* ne s'y voyait pas du tout.

Ce blocage venait-il de son enfance, de son histoire familiale ? Il la connaissait à peine. Il était sûrement passé à côté de quelque chose, mais au fond, peu importait : il devait l'empêcher de voir Jamie. Son fils souffrirait trop lorsque, finalement, elle rentrerait à Londres.

La puéricultrice partie, il se pencha et lui tapota l'épaule.

— Stella… Réveille-toi.

Elle battit des paupières, l'air confus.

— Oh. J'ai piqué du nez.

— Oui. Allez, je vais le remmener à la maison.

— Bien sûr…

Elle déposa un baiser sur les cheveux de Jamie, puis s'écarta avec précaution pour qu'il puisse le prendre dans ses bras.

— Je devrais te remercier d'être venue, mais tu n'as fait que compliquer les choses, dit-il d'un ton froid.

Sans laisser à Stella le temps de réagir, il tourna les talons et quitta la pièce.

Plus tard, à tête reposée, il appellerait la responsable pour mettre les choses au point. Il ne voulait plus que Jamie croise Stella avant son départ. C'était clair, net et non négociable.

14.

— Quelqu'un m'a laissé un message. On m'a fait descendre, mais je ne sais pas pourquoi.

Stella avait reçu un SMS la priant de venir aux urgences. Maintenant qu'elle était là, l'infirmière responsable du tri allait peut-être lui donner des explications ?

— C'est moi, répondit celle-ci. Mme Upton est revenue, elle est en trauma 2. Le Dr Cook m'a demandé de vous joindre.

Perchée sur un tabouret, la jeune femme accrocha la guirlande qu'elle tenait à la main au-dessus du comptoir. Malgré les exigences du travail, chacun semblait trouver un peu de temps pour installer quelques décorations de Noël. Un grand sapin ornait déjà le hall de l'hôpital, et l'orthopédie, comme tous les services, n'était pas en reste !

Stella lissa les plis de sa blouse blanche et se précipita vers la salle 2. Que faisait Mme Upton à l'hôpital ? Tout était pourtant parfait à la visite de contrôle. Elle espérait ne pas être passée à côté de quelque chose…

Découvrir Aiden au chevet de la patiente lui fendit le cœur. Elle ne l'avait pas revu depuis qu'il était venu chercher Jamie à la crèche. Il n'avait répondu à aucun de ses SMS, même si la mention « lu » s'affichait à l'écran. Elle avait dû se rendre à l'évidence : il l'évitait.

Quand leurs regards se croisèrent, elle crut voir des étincelles traverser la pièce. Une onde de chaleur lui irradia l'abdomen, et elle s'en voulut de cette réaction incontrôlée. Elle n'aurait pas dû être attirée par lui, vu la manière dont il la snobait, mais c'était plus fort qu'elle…

— Ah, tout de même ! dit-il.

Cet accueil sonnait comme une rebuffade, et elle pointa fièrement le menton. Elle avait reçu le message cinq minutes avant. Elle ne volait pas encore dans les couloirs…

— J'ai fait aussi vite que possible, docteur Cook, riposta-t-elle, glaciale.

À ce jeu-là, ils allaient être deux. Il s'en rendrait vite compte. Elle pivota vers Mme Allen et lui sourit.

— Bonjour, madame Upton. Je ne pensais pas vous revoir aux urgences. Qu'est-ce qui vous arrive ?

— Je suis encore tombée, avoua la vieille dame en grimaçant.

— Oh ! non !

L'air de rien, elle regarda sa patiente de haut en bas. La chute n'avait pas laissé de traces visibles – bleus ou bosses –, et les constantes affichées sur le monitoring étaient impeccables.

— Racontez-moi, dit-elle gentiment. Comment cela s'est-il passé ?

— Eh bien… j'étais chez le kiné, et ils me faisaient marcher avec leur déambulateur à roulettes. J'ai trébuché, j'ai perdu l'équilibre, et hop ! Le déambulateur est parti sans moi. Je suis tombée sur la hanche gauche. Comme j'avais très mal, le kiné et le médecin du centre de rééducation ont appelé une ambulance. Ils ont voulu que je vienne ici, à l'hôpital, par précaution.

— Ils ont bien fait, approuva Stella en s'efforçant de masquer sa colère.

Pourquoi personne ne marchait-il à côté de Mme Upton à ce moment-là ? Un physiothérapeute digne de ce nom serait resté près d'elle. Ainsi, il aurait pu la retenir et lui éviter cette chute. Cet incompétent aurait de ses nouvelles dès qu'elle trouverait cinq minutes pour lui téléphoner !

— Docteur Cook, avez-vous prescrit des radios ?

— Elles ont déjà été faites, répliqua-t-il d'un ton sec. On vient de recevoir les résultats. Je m'apprêtais à regarder.

— Parfait, voyons cela.

Quand ils se décalèrent pour scruter l'écran mural, Aiden

se plaça si près d'elle qu'elle perçut les effluves boisés de son parfum.

— Alors ? murmura-t-il.

Son souffle chaud dans sa nuque lui déclencha un délicieux frisson. Elle inspira à fond et se concentra sur les images.

— Tout a tenu, apparemment.

Elle contourna Aiden en prenant garde de ne pas le toucher, puis tapota le pied de Mme Upton.

— Vous avez de la chance, vous en serez quitte pour des contusions. La fracture du bassin est déjà bien consolidée. La chute n'a pas fait de dégâts.

— On va vous perfuser un antalgique, renchérit Aiden. L'infirmière arrive tout de suite. Quant à moi, je repasserai dans un moment, conclut-il avec un sourire charmeur.

Stella prit congé de Mme Upton et suivit Aiden dans le couloir.

— Pourrait-on discuter cinq minutes ? demanda-t-elle.

— Nous n'avons rien à nous dire.

Elle soupira. Il n'allait, de toute évidence, pas lui faciliter les choses.

— Il reste des détails à régler pour la fête de Noël.

L'air exaspéré, il se dirigea vers une salle de repos. Elle dut presque courir derrière lui, et après qu'elle l'eut rejoint dans la pièce il claqua la porte. Puis il croisa les bras, sourcils froncés. Le « Dr Grincheux » de l'aéroport était là, devant elle. Il ne lui avait pas manqué…

— Alors, que voulais-tu me dire ? Tu n'as peut-être rien à faire, mais aux urgences, on est débordés, maugréa-t-il.

Elle ferma les yeux, puis inspira à fond. Surtout, rester calme.

— Je t'ai envoyé quelques idées par mail. As-tu eu le temps d'y jeter un coup d'œil ?

— Non, mais je te fais confiance.

— Je peux donc imiter ta signature sur le bon de commande des strip-teaseurs déguisés en Père Noël ?

Il leva les yeux au plafond.

— Oui, bien sûr… Mets plutôt par écrit ce que j'aurai à

faire. Dans le respect de la bienséance et du politiquement correct, cela va sans dire.

— D'accord… Comment va Jamie ? J'espère qu'il n'a plus eu de gros chagrin comme l'autre jour ? Tu n'as répondu à aucun de mes SMS quand je t'ai demandé des nouvelles.

— Non.

— Il va bien, au moins ? insista-t-elle.

— Tu t'en soucies vraiment ? Ou alors, est-ce juste par politesse que tu poses la question ?

Aiden était plus fâché qu'elle ne l'imaginait. Elle avait dû sous-estimer l'ampleur du problème.

— Que me vaut cette agressivité ? Je n'avais pas l'intention de perturber Jamie et, si je l'ai fait, j'en suis désolée. Mais mon inquiétude était sincère…

Quel culot. Pourquoi ces questions puisque Stella refusait d'avoir des enfants ? Elle n'avait pas besoin de jouer la comédie…

— Il a raconté à mes parents qu'on s'était disputés à notre retour des Chutes.

— Ah oui, c'est vrai, tu habites chez eux.

Il serra les mâchoires et, sans bien comprendre pourquoi, éprouva le besoin de se justifier. Il expliqua brièvement à Stella pourquoi il était retourné vivre chez ses parents. Si elle ne comprenait pas, tant pis. Il ne lui devait rien.

— Le pédopsychiatre m'a conseillé de ne pas déménager tout de suite. Jamie était trop perturbé, conclut-il.

— Je me mets à ta place, Aiden.

— Ah oui ? Es-tu sûre d'en être capable ?

Les mains enfoncées dans les poches, il se mit à arpenter la pièce. Sa colère montait comme un flot incontrôlable.

— Mon fils a vécu des choses très difficiles. Et moi, au lieu de le protéger, je le présente à une femme qui ne vaut pas mieux que sa mère !

— Ce n'est pas…

— … la vérité ? Bien sûr que si. Tu l'as laissé tomber à ta

façon. Tu l'embrasses, tu lui fais des câlins, mais tu ne veux pas de lui.

Elle s'affala sur une chaise, l'air stupéfait. Elle n'avait apparemment pas bien pris la mesure de ses actes.

— Laisse tomber, conclut-il. C'est derrière nous, tout ça.

Furieux, il lui tourna le dos. Il allait sortir quand sa voix l'arrêta :

— Attends, s'il te plaît. Je sais que tu as regardé certaines de mes vidéos. Dans les films, ma mère semblait toujours parfaite, mais elle ne mérite pas l'Oscar de la meilleure éducation, crois-moi. En réalité, j'étais très seule. Mes parents communiquaient surtout avec moi devant les caméras. Le reste du temps, je n'existais plus.

Il se retourna en fronçant les sourcils.

— Pourquoi me racontes-tu tout ça ?

— J'essaye de t'expliquer que… je ne sais pas comment faire. Pendant des années, on a géré ma vie à ma place. Je commence juste à découvrir qui je suis vraiment. Mais pour la maternité… il me reste du chemin à parcourir. J'ignore ce qu'est une bonne mère. La mienne ne m'a pas montré l'exemple.

Exaspéré, il la fusilla du regard.

— Tu es une chirurgienne incroyable. Tu es gentille, empathique, compréhensive. Et si tu voulais bien ouvrir les yeux, tu réaliserais que tu peux être une maman extraordinaire. Tu as déjà témoigné plus d'intérêt et d'affection à Jamie que Britney, crois-moi !

— Peut-être, mais après tout ce qu'il a vécu, Jamie mérite mieux qu'une débutante.

— Les enfants ne sont pas livrés avec un mode d'emploi, Stella. Personne n'est parfait et tout le monde, en tout cas la grande majorité, fait de son mieux. Le plus important, c'est de montrer aux gosses qu'on les aime.

Il se passa une main nerveuse dans les cheveux, puis reprit :

— Tes parents t'ont blessée, visiblement sans en avoir conscience. Mais au moins tu sais tout ce qu'il ne faut pas faire. Ton vécu peut t'aider, que tu l'admettes ou non.

Ayant dit cela, il tourna les talons et sortit. Il voulait laisser à Stella le temps de digérer ses propos, en espérant qu'elle y réfléchirait.

— Je vais prendre ma pause, dit-il à l'infirmière réceptionniste.

Résolument, il monta au dernier étage et sortit sur le toit-terrasse. Il avait besoin d'air froid pour se calmer car il n'était pas en état d'accueillir les patients. Quelle idée avait-il eue de s'enticher d'une autre actrice ? Stella en était une, à sa manière. Et, plus grave, c'était aussi une collègue.

Il aurait évité bien des ennuis s'il avait gardé ses distances. À présent, il se sentait aussi perdu qu'autrefois, avant son adoption par les Cook. Pour preuve, le manque de confiance et d'estime de soi refaisait surface. Le thérapeute qu'il avait consulté à une époque avait, logiquement, pointé son abandon comme source du problème.

En apprenant que Jamie avait vécu la même chose, tout était ressorti. Il avait surmonté cette nouvelle épreuve grâce à ses parents. Il n'allait pas tout gâcher à cause de Stella.

Jamais encore il n'avait laissé une femme entrer dans sa vie à ce point. L'incroyable alchimie née entre eux lui avait fait baisser la garde, et maintenant il souffrait deux fois plus car il était sûr qu'elle avait toutes les qualités pour devenir une mère exceptionnelle.

Le vent glacial le fit frissonner, mais il ne bougea pas. Au contraire, il inspira à fond pour réduire au silence la petite voix qui lui ordonnait de retourner voir Stella.

Il ne s'infligerait pas ce chagrin inutile. Elle allait partir. Le mieux à faire était de l'oublier.

15.

— Hé, Stella ! Un beau gosse avec une caméra à l'épaule te réclame. Il est franchement ca-non !

Penchée sur ses dossiers, Stella s'arrêta de marcher et leva les yeux vers Gemma, qui s'était plantée devant elle au milieu du couloir.

— Pardon ?

— Un Anglais super mignon t'attend à l'accueil. Il a un sourire incroyable. Je n'ai jamais vu une si jolie fossette au menton.

Stella eut un frisson désagréable. Personne n'avait prévu de venir la voir au Canada, mais un seul homme correspondait à la description de Gemma. Et il n'avait rien à faire à St. Matthew.

— C'est un grand brun ? demanda-t-elle pour confirmer ses soupçons.

— Bingo ! Je suppose que tu le connais ?

— Hélas oui. Merci de m'avoir prévenue, Gemma.

Elle se dirigeait vers l'escalier quand la voix de la jeune femme l'arrêta :

— N'oublie pas qu'on doit retourner au pub. Pense à me dire quand tu seras libre.

— Avec plaisir, répondit-elle par-dessus son épaule.

Elle aurait sûrement besoin d'un verre après avoir rencontré son visiteur, qui n'était pas le bienvenu !

Comble de malchance, le hall principal était noir de monde. Elle se dirigea vers l'espace d'attente et se planta devant l'homme qui avait parcouru six mille kilomètres pour la voir.

— Oliver. Que me vaut le plaisir de ta visite ?

Il se leva et, avant qu'elle n'ait pu réagir, la prit dans ses bras. Elle tourna la tête juste à temps pour éviter qu'il ne lui plante un baiser sur les lèvres.

— Stella, ma chérie, tu m'as manqué !

— Enfin, Oliver… On est passés à autre chose, toi et moi. J'apprécierais que tu veuilles bien t'en souvenir.

Il leva les yeux au plafond, mais finit par la lâcher.

— Martin a pensé que tu aurais peut-être besoin de mes services, expliqua-t-il. D'après lui, les premiers rushs sont… exploitables, mais ça manque de sel. Il voudrait quelque chose de plus palpitant.

— Palpitant ? répéta-t-elle, les mains sur les hanches. Rien que ça ?

Elle toisa Oliver de la tête aux pieds. Martin n'ayant pas mis ses menaces à exécution, elle avait cru que le producteur s'était calmé. Mais, quitte à lui envoyer un autre vidéaste, il aurait pu choisir quelqu'un d'autre que son ex. Et question « palpitant », on avait vu mieux. Oliver avait autant de caractère qu'un toast rassis !

— Que veux-tu, Martin apprécie mon travail, déclara-t-il en bombant le torse. Il sait que je suis capable de te mettre en valeur. Je minimise tes jolies courbes et je te donne un « look » plus mince, ajouta-t-il avec un clin d'œil.

Furieuse, elle secoua la tête. Elle n'avait jamais apprécié qu'Oliver lui demande de perdre quelques kilos pour être une star parfaitement télégénique sous tous les angles.

— Retourne en Angleterre, répliqua-t-elle sèchement. Je n'ai pas besoin de toi.

— Vois ça avec Martin, chérie… En attendant, j'ai pris une chambre d'hôtel dans le quartier. Si on dînait ensemble ? On pourrait discuter du film et aussi parler du bon vieux temps. Tu passeras une bonne soirée, promis, insista-t-il en lui prenant la main.

Une vague de chuchotements, sur la gauche, lui rappela qu'ils se trouvaient dans un espace public. Elle retira vivement sa main puis regarda autour d'elle. Plusieurs employés de

St. Matthew n'avaient pas perdu une miette de la scène et, à voir leurs mines réprobatrices, il n'était pas difficile d'imaginer ce qu'ils pensaient !

— On a passé assez de soirées ensemble à Londres, donc non, merci. Je vais te laisser. J'ai du travail.

— Moi aussi. Je dois te suivre partout, répliqua Oliver en faisant basculer la caméra sur son épaule.

Elle soupira. Elle avait choisi de ne pas revoir Oliver « en amie » après leur rupture. Elle l'avait quitté en découvrant qu'ils avaient trop peu d'atomes crochus. Jamais elle n'aurait accepté d'être la star de ses futurs films. Jamais, non plus, elle n'aurait pu lui donner la famille dont il rêvait.

Elle ne le pourrait pas davantage avec Aiden, d'ailleurs…

Courroucée, elle regagna le service d'orthopédie avec Oliver sur les talons. La consultante vint à sa rencontre au milieu du couloir et jeta un regard méfiant sur la caméra.

— La production m'a envoyé un nouveau vidéaste. Les premières images ne leur convenaient pas, maugréa Stella, les dents serrées.

— Je vois. N'entrez pas dans mon bloc opératoire, jeune homme, ordonna le Dr Devlin. Respectez le droit à l'image et, surtout, ne traînez pas dans mes jambes.

Dès que la cheffe eut tourné les talons, Oliver leva les sourcils en grimaçant.

— Elle n'est pas marrante, celle-ci…

— Moi, je l'aime bien.

Il lui plaqua une main au creux du dos et se pencha vers elle.

— Fais-moi une visite express, Stella. Ensuite, si tu as fini ta journée, je t'emmènerai dîner.

— Je suis loin d'avoir terminé. Et je t'ai déjà dit…

— Puis-je avoir une signature, docteur Allen ?

— Mais bien sûr !

Une infirmière s'était postée à côté d'elle, tablette à la main. Elle en profita pour s'écarter d'Ollie, puis engagea la conversation avec la jeune femme. Mais, à sa grande surprise, celle-ci, très amicale d'habitude, lui répondit un peu sèchement. Qu'avait-elle fait de mal ?

La scène se reproduisit, hélas, plusieurs fois au cours de l'après-midi. Le personnel de St. Matthew, désormais chaleureux et amical avec elle, semblait avoir changé d'attitude. Étaient-ils contrariés par Oliver qui non seulement la suivait partout, mais prenait les gens de haut en sous-entendant qu'ils devaient la traiter comme une star ?

Elle s'était battue pour mettre en valeur ses talents de chirurgienne. Ce retour en arrière était vraiment très, très mal venu !

Mais hélas, elle devait faire contre mauvaise fortune bon cœur. L'avenir de son documentaire en dépendait.

— J'ai entendu dire qu'elle était très proche du nouveau… Oh pardon, docteur Cook ! On ne vous avait pas vu.

L'infirmière et l'aide-soignante qui papotaient à l'accueil s'éclipsèrent promptement, rouges comme des pivoines, et Aiden secoua la tête. Leurs précautions arrivaient un peu tard : tout l'hôpital parlait du jeune Anglais qui collait aux basques de Stella, caméra à l'épaule.

Comment aurait-il pu ne pas être au courant ? Il aurait été difficile d'ignorer qu'elle avait déjà tourné la page.

Apparemment, tout le monde savait qu'il était sorti avec elle et que leur histoire était finie. Au fond, ce n'était pas étonnant. Les rumeurs se propageaient comme des traînées de poudre dans les couloirs.

Plus surprenante, en revanche, était la réaction des gens. Le personnel de St. Matthew avait pris fait et cause pour lui, alors qu'il ne s'était jamais considéré comme très « populaire ». Et cette solidarité lui réchauffait le cœur, ce dont il avait grand besoin.

Au moins, connaître la vérité lui avait permis de ne pas se ridiculiser lorsqu'il avait trouvé Stella et « l'autre » au chevet d'un de ses patients, trois minutes plus tôt. Il avait réussi à parler comme si de rien n'était, avec un air d'indifférence totale.

— Puisque cette dame ne veut pas être filmée, je vais me décaler là-bas, dit soudain Oliver.

Ils gagnèrent le fond de la chambre. Quand le cameraman aplatit la main au creux des reins de Stella, Aiden ne put retenir un grognement rageur. Quelle familiarité !

Stella rougit furieusement, et il s'en voulut de cette réaction d'homme des cavernes. Oui, il était jaloux. Non, il ne pouvait pas s'en empêcher.

Oliver exhala un soupir qui trahissait son agacement. Stella s'interposa en se plaçant entre eux.

— Ça suffit, dit-elle. Ollie, j'ai terminé ici. On y va.

Comme l'autre ne bougeait pas, elle lui planta un index dans la poitrine.

— Va m'attendre à l'accueil, s'il te plaît.

Après que l'Anglais fut sorti, elle se retourna vers Aiden. Elle semblait furieuse.

— Vous êtes aussi pénibles l'un que l'autre. Je m'en vais. Nos patients et nos collègues n'ont pas à être témoins de ces bêtises. Appelle-moi quand tu auras reçu les radios.

Ils quittèrent la chambre. « Ollie » attendait un peu plus loin et, en croisant son regard moqueur, Aiden vit rouge. Pour qui ce gars se prenait-il ? Il n'avait pas à se balader partout comme s'il était dans son jardin.

Furieux, il se dirigea vers l'agent de sécurité.

— Salut, Frank ! Vous voyez le grand brun là-bas, avec une caméra ?

— Oui, docteur.

— Interdisez-lui l'accès aux urgences. Et s'il arrive à se faufiler pour une raison ou une autre, jetez-le dehors.

— C'est comme si c'était fait.

Pour Aiden, cette requête avait un goût amer. Une pareille mesquinerie ne lui ressemblait pas davantage que la jalousie qui l'avait submergé. Il était tellement « accro » à Stella qu'il devenait capable de faire n'importe quoi.

Et dire qu'il l'avait seulement embrassée ! Sans doute devrait-il aller plus loin et céder à cette attirance, juste une fois ?

Il pourrait peut-être, alors, tourner définitivement la page et poursuivre le cours de sa vie.

16.

— Stella, peu importe que votre *love story* soit réelle ou fictive. Je vous l'ai déjà dit, il me faut de l'action. Envoyez-moi ces images le plus vite possible.

— Attendez, Martin…

— Je n'attendrai rien du tout. C'est dommage que votre relation ait échoué, mais le temps presse et je commence à perdre patience. Il faut vous dépêcher, point.

Après que Martin lui eut raccroché au nez, Stella descendit aux urgences, la gorge nouée. Elle allait devoir jouer serré pour convaincre Aiden de poursuivre leur comédie. Elle avait faussé compagnie à Oliver – c'était préférable car ces deux-là s'étaient détestés au premier regard –, mais cela suffirait-il ?

— Aiden… pourrais-je te parler un moment ? demanda-t-elle, le voyant sortir d'un box.

Il haussa les épaules.

— Si tu veux.

Elle aurait préféré un lieu moins public, mais de toute évidence il n'avait pas l'intention de bouger. Elle se rapprocha donc de lui pour éviter les oreilles indiscrètes.

— Je me demandais… si tu accepterais de continuer l'expérience du documentaire, chuchota-t-elle.

— Non.

Cette réponse sèche lui ressemblait bien. Il n'était pas homme à prendre des gants !

— Martin… me met la pression, expliqua-t-elle. Il a bien aimé les rushs où on apparaît ensemble.

Son cœur s'affola lorsque Aiden croisa les bras sur la poitrine en se penchant vers elle.

— Puisqu'il était content, pourquoi a-t-il envoyé ce gugusse à Toronto ?

Ses soupçons se confirmaient : Aiden était jaloux d'Oliver. Ce n'était pas un simple antagonisme mais une vraie réaction de macho !

Tiens, tiens. Intéressant.

— Le producteur engage un nouveau cameraman si le film ne prend pas la direction souhaitée, répondit-elle patiemment. Je m'y attendais plus ou moins, mais je n'aurais jamais cru qu'il choisirait Oliver. On n'a jamais retravaillé ensemble depuis notre rupture. Pour tout te dire, je soupçonne ma mère d'y avoir mis son grain de sel. Elle rêve qu'on se réconcilie, lui et moi. Mais moi, je ne veux pas !

— Et que veux-tu, alors ?

— J'ai deux priorités, à savoir remplir mes obligations envers St. Matthew et finir le documentaire. Pour cette partie-là, tu me faciliterais bien la tâche en revenant sur ta décision.

— Non. Je refuse de poursuivre ce jeu malsain pour contenter un producteur caractériel. Demande donc à ton petit ami. Il se fera une joie de t'aider.

— Oliver n'est plus…

Elle s'interrompit en voyant un des gardes se rapprocher d'eux.

— Docteur Cook, vous allez être content. J'ai montré le chemin de la sortie à ce cameraman zinzin qui voulait encore entrer ici. Comme vous me l'avez demandé !

— Merci, Frank, répondit-il.

Le garde s'éloigna en sifflotant. Stella croisa les bras sur la poitrine et fusilla Aiden du regard.

— Tu as demandé à la sécurité d'éjecter Oliver ? Comment veux-tu qu'il travaille s'il ne peut pas accéder aux urgences ?

— Ce n'est pas mon problème.

Il haussa négligemment les épaules. Son petit air satisfait eut le don de la mettre en rage.

— Tu en as un sérieux, de problème Il s'appelle ja-lou-sie !

— Pardon ?

— Tu as très bien compris.

Elle lui enfonça l'index dans la poitrine et frissonna en sentant la résistance de pectoraux bien modelés. Mais ce n'était pas le moment de fléchir…

— Tu sabotes le travail d'Ollie parce que tu t'imagines qu'on est ensemble, lança-t-elle d'un ton accusateur.

— Arrête de te croire aussi importante !

— Si *tu* ne me donnais pas tant d'importance, on n'aurait pas cette conversation.

Aiden se rapprocha et aplatit une main sur le mur, juste derrière elle.

— Puisque tu es dans mon fan-club, et moi dans le tien, que va-t-on faire ? demanda-t-il d'une voix rauque.

Quand elle humecta ses lèvres sèches, il fixa sa bouche de manière non équivoque.

— Tu me tues à petit feu, murmura-t-il en inclinant la tête.

Elle se dressa sur la pointe des pieds, et finalement leurs lèvres se joignirent en un baiser passionné. Ivre de désir, elle lui noua les bras autour du cou. Ils se trouvaient au milieu d'un couloir, sur le lieu de travail, mais le reste du monde s'était évaporé !

Aiden lui glissa une main sous la nuque pour mieux approfondir le baiser. Elle poussa un soupir ravi au contact de sa langue et sentit ses genoux fléchir. Heureusement, elle ne risquait pas de tomber, plaquée qu'elle était contre sa poitrine solide et chaude…

Il relâcha son étreinte quand une porte s'ouvrit, tout près d'eux. Elle s'adossa au mur et regarda les deux infirmiers qui manœuvraient pour faire entrer un grand sapin de Noël dans la pièce. Aiden s'était posté à côté d'elle, silencieux, le souffle court. Il semblait aussi ému qu'elle, mais il ne l'admettrait probablement jamais…

— On demande le Dr Allen en orthopédie ! Je répète, le Dr Allen est attendue dans le service d'orthopédie.

Elle leva les yeux vers le haut-parleur mural et sourit à Aiden.

— Le devoir m'appelle… Mais laisse-moi juste te dire une

chose : Oliver et moi, c'est de l'histoire ancienne. Tu n'as pas besoin d'être jaloux. Quant à la suite, tout reste à écrire pour moi. Sur ce, bonne journée.

Elle s'éclipsa sans lui laisser le temps de répondre, en espérant qu'il voudrait bien réfléchir à « la suite ». Et elle voyait déjà beaucoup plus loin que le tournage du documentaire…

Aiden regarda Stella s'éloigner en luttant contre l'impulsion de boxer le mur. Elle savait ! Elle avait compris qu'il s'était entiché d'elle et s'en amusait.

Il était furieux de lui avoir donné raison, quelques minutes plus tôt, mais il n'avait pas pu se retenir de l'embrasser. Et pour quel résultat ? Rien n'avait changé sur le fond. Il était toujours père de famille. Elle ne voulait toujours pas d'enfant.

— Le meilleur moyen de surmonter une déception, c'est de tourner la page avec quelqu'un d'autre, docteur…

Rita, la réceptionniste, approchait en souriant. Son maquillage était impeccable, fraîchement retouché. Stella avait eu raison de dire que cette jeune femme en pinçait pour lui !

— Qui parle de déception ? marmonna-t-il.

— J'ai bien vu votre tête quand le Dr Allen est partie…

Rita s'avança encore et lui pressa le bras.

— Si on allait boire un verre au pub ce soir ?

— Ce n'est pas une bonne idée.

Comment la décourager avec tact ? Il ne voulait pas lui faire de peine, mais pour rien au monde il ne sortirait avec elle. Ni avec quiconque, d'ailleurs. Tant que Stella serait dans les parages, il ne pourrait fréquenter personne d'autre.

Rita était jolie, sympathique. Mais, hélas, il était totalement imperméable à ses charmes.

— Je ne veux pas vous faire perdre votre temps, dit-il d'un ton doux. Pour l'instant, j'ai renoncé… à ce genre de sorties. J'ai mes priorités de papa célibataire.

— Je vois. Si vous changez d'avis, vous savez où me trouver.

Il secoua la tête et s'éloigna lentement, perdu dans ses pensées.

Tout bien considéré, le célibat s'imposait comme la solution idéale. Il ne voulait pas manquer de respect à une femme en lui donnant de faux espoirs alors qu'il n'était disponible pour personne. Il l'aurait été pour Stella, bien sûr… mais à quoi bon rêver ?

Il ne faisait aucun doute qu'elle était attirée par lui. Se laisserait-elle tenter par une aventure éphémère ? Était-ce d'ailleurs ce qu'il désirait ?

Si sa tête et son corps disaient « oui », son cœur, hélas, lui soufflait une réponse très différente.

17.

La semaine suivante, Stella eut l'impression qu'Aiden recherchait sa compagnie.

Il avait non seulement accepté de reprendre les tournages – avec un certain zèle –, mais il avait aussi participé à trois de ses conférences. À force, il devait bien connaître ses techniques chirurgicales, mais il n'avait pas l'air de se lasser.

Cerise sur le gâteau, il avait assisté à deux opérations depuis la galerie, posant à chaque fois des questions pertinentes qui prouvaient à quel point il s'était documenté.

Avec n'importe quel autre homme, elle aurait trouvé cette attitude pesante, sauf que là, au contraire, elle se sentait à l'aise. Elle avait l'impression qu'il la protégerait contre vents et marées. Tant pis s'il soufflait le chaud et le froid quand il lui adressait la parole : cela le rendait encore plus désirable.

Mais à cette minute précise, en revanche, elle avait une furieuse envie de l'étrangler.

Convoquée ce matin-là pour « faire le point » dans le bureau du Dr Stone, elle avait apporté le bilan de ses interventions, ainsi que le prévisionnel des scènes qui lui restaient à tourner. Fidèle à son habitude, elle avait préparé cet entretien avec minutie pour ne rien laisser au hasard.

Tout se déroulait à merveille. Le Dr Stone était en train de lui offrir un poste permanent à St. Matthew – rien que ça – quand Aiden était entré dans le bureau. Et son sourire ravageur lui avait fait perdre ses moyens…

Elle s'était mise à bafouiller, rouge comme une pivoine. Et à présent elle n'avait d'yeux que pour Aiden qui, debout près d'elle, s'appuyait contre la table de travail avec une nonchalance étudiée.

— Docteur Allen… Les préparatifs ? Où en sommes-nous ?

— Hum, je…

Morte de honte, elle se détourna d'Aiden, avisa le sourire moqueur de la directrice et rougit plus furieusement encore. Au temps pour la proposition d'embauche. Qui voudrait d'une chirurgienne aussi ridicule ?

— Vous avez promis d'organiser cette fête avec le Dr Cook, sachant qu'il y aurait des images intéressantes pour votre documentaire, rappela le Dr Stone. Pour l'instant, vous tenez le budget, bravo à vous deux. En revanche, j'ai entendu quelques rumeurs… J'espère que l'ambiance restera professionnelle, et même cordiale, jusqu'au bout.

— Bien sûr, chuchota-t-elle, mortifiée.

Aiden resta impassible. La directrice se tourna vers lui.

— Cela vous pose-t-il un problème, docteur Cook ?

— Absolument pas, au contraire.

Stella en fut quitte pour un nouveau regard incendiaire. Si elle avait pu se cacher dans un trou de souris, elle l'aurait fait. Une journée pouvait-elle commencer plus mal ?

— J'ai les factures de l'éclairagiste et du traiteur. Les voici.

Aiden déposa sur le bureau les copies qu'il avait apportées. Stella avait insisté pour qu'ils en gardent chacun un exemplaire, et qu'un autre soit donné à la directrice. « Organisée » devait être son deuxième prénom. Lui l'était beaucoup moins, mais, pour lui faire plaisir, il avait passé un bon moment à la photocopieuse…

La directrice les félicita pour leurs efforts, après quoi ils prirent congé. Mais comble de malchance, un collègue aborda Aiden dans le couloir et Stella s'éclipsa rapidement – elle avait l'air, soudain, bien pressée !

Un sixième sens lui dit qu'elle avait dû descendre boire un café. Comme prévu, il la trouva devant le réfectoire. Oliver avait provisoirement disparu de la circulation, mais il n'allait pas s'en plaindre car la « vraie » Stella s'effaçait devant les caméras. Son imbécile d'ex s'en était-il rendu compte ? L'appréciait-il vraiment pour ce qu'elle était ?

— Merci d'avoir photocopié les factures, dit-elle d'un ton un peu guindé. Le Dr Stone semblait contente qu'on respecte le budget.

Il lui sourit. Son accent *so british* le rendait fou. Il aurait pu l'écouter une journée entière sans se lasser. Il rêvait qu'elle lui susurre des mots doux au creux de l'oreille, la nuit…

— Elle peut, on a fait beaucoup d'efforts, répondit-il en souriant. C'est dommage qu'on doive se cantonner à la grande salle de réception. On aurait pu faire encore plus de choses dans cette cafétéria. Enfin, on ne va pas se plaindre. Les autres années, on avait tout juste assez d'argent pour acheter des pizzas et quelques bouteilles de soda.

Il pouvait remercier Stella et son film. Les pontes de St. Matthew n'avaient sûrement pas envie que « leur » hôpital ait l'air miteux devant la Terre entière.

— Tu as raison, il faut déjà apprécier ce que l'on a, commenta-t-elle.

— Positiver, c'est ta devise, non ?

Elle haussa les épaules.

— Dans la mesure du possible, oui. S'attarder sur ce qui ne marche pas est contre-productif. Je suis beaucoup plus performante en regardant ce qui va bien.

Son sourire éclatant lui donna le vertige. Il tendit la main pour remettre en place une mèche brune qui lui retombait sur le front, effleura sa joue veloutée…

— Tu es belle, chuchota-t-il.

Comme elle ne reculait pas, il se pencha pour l'embrasser. Ce fut d'abord une caresse légère, imperceptible, comme une question. La réponse fut sans équivoque et, quand Stella se pressa contre lui, il lui enlaça la taille. Elle était à sa place, là, dans ses bras. Il aurait voulu ne jamais la laisser partir…

— Voilà ce qui arrive quand on sort avec une femme

médecin ! On risque de la trouver en bonne compagnie dans un couloir d'hôpital.

Ils sursautèrent et pivotèrent en même temps vers Oliver qui s'était arrêté à un mètre d'eux, sa caméra posée sur un trépied.

— Stella et moi, on sort ensemble depuis un an et demi. Elle est venue à Toronto pour le travail… et je vous laisse constater le résultat. Les amourettes sont légion en milieu hospitalier. Les gens travaillent beaucoup, ils n'ont pas le temps de sortir, alors ils cherchent l'âme sœur au travail. Remarquez, c'était pareil pour Stella et moi… On s'est rencontrés sur un tournage. On a eu le coup de foudre, mais apparemment je suis le seul à être encore amoureux. Je devrais m'estimer heureux qu'elle ne porte pas sa bague de fiançailles aujourd'hui ! conclut Oliver, penché sur le micro.

Aiden regarda Stella, perplexe. Il ne lui avait jamais vu de solitaire au doigt. Sinon, il aurait gardé ses distances.

— Sa bague ? répéta-t-il d'une voix blanche.

— Elle ne vous a pas dit qu'on était fiancés ?

Après s'être tourné vers la caméra, Oliver poursuivit avec une satisfaction évidente :

— Stella et moi, on doit passer les fêtes de Noël chez mes parents pour organiser le mariage.

Aiden recula comme si un serpent l'avait mordu. Stella secouait la tête, les yeux pleins de larmes, mais elle ne disait rien. Cette histoire était sans doute vraie !

Même si cela lui brisait le cœur, il devait accepter l'évidence : tout était fini.

18.

— Sérieusement, Ollie ?

Stella avait enfin retrouvé sa voix. Comme toujours, la perspective d'un conflit l'avait figée sur place, mais cette fois elle risquait de payer cher son manque de réaction !

Folle de rage, elle s'avança et éteignit la caméra. Puis elle se planta devant Oliver, les mains sur les hanches.

— Quel est ton problème, au juste ? Tu ne supportes pas que je puisse être heureuse sans toi ?

Il haussa les épaules.

— Nous deux, c'est pour la vie, trésor. Tu avais juste besoin que je te rafraîchisse la mémoire.

Elle plissa les paupières pour mieux le regarder. Cette déclaration péremptoire sonnait faux. Malgré tous ses travers, il n'avait jamais été du genre manipulateur…

— Tout ça, c'est une idée de ma mère ! J'avais des soupçons depuis le début.

— Nos mamans rêvent toutes les deux qu'on se remette ensemble. La mienne ne jure que par toi, et la tienne m'aime beaucoup aussi.

Non seulement il n'avait pas démenti, mais il agissait comme si leurs mères gouvernaient leurs vies à leur place. Sauf que Stella s'était tue trop longtemps. Elle avait consenti à d'énormes sacrifices pour maintenir la paix familiale, mais là les choses allaient trop loin.

— Même si la reine d'Angleterre voulait nous marier, cela ne changerait rien. Nous deux, c'est terminé. Et ça ne recommencera jamais.

— Ah, bon ? bredouilla-t-il, l'air confus. Mais…

— Il n'y a pas de « mais ». Je n'aurai plus avec toi que des relations professionnelles, et encore, le moins possible. Tu es un gentil garçon, Ollie, mais tu manques de caractère. Trouve-toi une femme qui sera assez forte pour tenir tête à ta mère. En tout cas, ce ne sera pas moi. Rentre en Angleterre et laisse tomber le film, s'il te plaît. Cela vaudra mieux.

Sans lui laisser le temps de réagir, elle s'éloigna dans le couloir. Elle se sentait furieuse contre Oliver, mais surtout contre elle-même. Elle aurait dû savoir qu'un océan ne suffirait pas à décourager sa mère. Elle aurait dû éclaircir la situation dès qu'Ollie avait débarqué à Toronto.

Par la faute de « cette chère Debra », elle avait sans doute perdu Aiden définitivement. Il était parti blessé, malheureux et en colère. Comment le lui reprocher puisqu'elle était restée scotchée sur place, incapable de démentir les imbécillités de son ex ?

Cette fois, la coupe était pleine. Même si elle ne pouvait plus arranger les choses avec Aiden, elle devait au moins se battre pour elle-même. Il en allait de sa fierté, de son estime de soi et, quelque part, de son avenir.

Elle regagna l'orthopédie, trouva une salle de repos vide et s'y enferma. Ce qu'elle avait à faire ne pouvait plus attendre. Elle aurait dû réagir des années plus tôt.

Quand sa mère décrocha, elle ne lui dit même pas bonjour.

— Tu as encore fait des tiennes, maman !

— Coucou, Stella chérie. Je suis contente que tu m'appelles, mais comme entrée en matière, c'est un peu bizarre, non ?

Énervée par ce ton mielleux, elle commença à arpenter la pièce de long en large.

— Cela ne t'a pas suffi de gouverner ma jeunesse sans tenir compte de mes souhaits. Il a aussi fallu que tu gâches mon avenir sentimental !

— Comment aurais-je pu…

— Arrête de faire l'innocente. Tu as demandé à Ollie d'annoncer nos fiançailles devant les caméras. C'est ton style, maman. Quand les choses vont trop bien pour moi, tu veux reprendre le contrôle et tu fais de ma vie un enfer.

Sa mère inspira bruyamment dans le téléphone.

— Depuis quand me parles-tu sur ce ton, Stella ? Je ne le tolérerai pas. Et ces accusations ridicules sont…

— Vraies. Je ne dis que la vérité.

Elle se pinça les ailes du nez pour refouler ses larmes. Elle avait toujours détesté les conflits, en particulier avec sa mère, mais elle avait atteint le point de non-retour. Il était temps qu'elle s'affirme.

— Écoute-moi très attentivement car je ne le dirai qu'une fois : tu n'as aucun droit de regard sur ma vie privée, pas plus que sur ma carrière. Soit tu restes à ta place, soit je te raye de ma vie. Ce petit jeu a duré trop longtemps. C'est terminé. Au revoir, maman.

Elle raccrocha, puis se laissa tomber sur une chaise. Heureusement qu'elle était loin de Londres, sinon elle aurait plié bagage sur-le-champ pour échapper à sa mère et à cette existence qui lui correspondait si mal.

Partir. Mais bien sûr ! Ou plutôt…

La solution était là, à portée de main. Elle savait ce qui lui restait à faire. Pourvu que le Dr Stone soit encore disponible pour un entretien !

Aiden avait à peine fait deux pas dans la cuisine, avec Jamie dans les bras, que sa mère poussa les hauts cris.

— Pourquoi rentres-tu si tôt ? Jamie est-il malade ? La crèche aurait dû m'appeler, je n'ai travaillé que ce matin. J'aurais pu aller le chercher et…

— Il va très bien, maman.

Comme si sa parole d'urgentiste ne suffisait pas, sa mère s'avança pour tâter le front de Jamie. Satisfaite, elle fit alors la même chose avec lui.

— C'est toi qui es malade, Aiden ?

— Maman ! Arrête un peu ! Je n'ai rien du tout.

— Menteur. Enfin… le problème a l'air plus moral que physique, je te l'accorde.

Sans lâcher Jamie, il se laissa tomber sur une chaise et soupira. Pourquoi n'arrivait-il plus à se convaincre que le célibat suffisait à son bonheur ? Des millions de gens vivaient très bien tout seuls, ou avec leurs enfants. Il était d'ailleurs satisfait de son existence jusqu'à ce qu'une jeune Anglaise vienne tout remettre en question…

— Jamie, quoi qu'il advienne, papa te promet qu'il ne te laissera jamais tomber.

Sa mère s'assit à côté de lui, un pli soucieux barrant son front.

— C'est à cause de Stella ?

— Cela n'a pas d'importance.

— Permets-moi d'en douter. Je ne t'avais encore jamais vu dans cet état-là à cause d'une femme.

À cause de Britney, il avait éprouvé une colère folle, du chagrin, de la tristesse, mais toutes ces émotions étaient liées à Jamie. Son propre cœur était resté intact. Or, cette fois, ce n'était pas le cas. Sa mère avait raison : il n'avait jamais été aussi perdu.

La femme de ses rêves – à quoi bon le nier ? – en aimait un autre. Il y avait de quoi se cogner la tête contre les murs.

— Elle est fiancée, maman. Et elle ne veut pas…

Il jeta un coup d'œil prudent sur Jamie, puis reprit :

— Elle n'a pas la fibre maternelle alors que moi, j'ai des responsabilités.

Il avait choisi à dessein des mots que son fils ne comprendrait pas. Jamie avait déjà réclamé Stella plusieurs fois. Le pauvre serait dévasté s'il réalisait qu'elle ne voulait pas de lui.

— Tu es quand même tombé amoureux d'elle.

Bouleversé, Aiden ferma les paupières.

— J'ai tout fait pour éviter ça, mais je n'ai pas pu.

— L'amour nous tombe dessus quand on ne s'y attend pas, chéri. En général, on reste prudent au début d'une histoire, mais quand le cœur s'en mêle, on n'y peut pas grand-chose.

D'ailleurs, les relations sérieuses ne durent que si on baisse la garde à un moment.

Sa mère eut un sourire attendri et continua :

— Ton père m'a invitée à sortir alors que je venais de rompre avec mon petit ami du lycée. Je ne voulais pas, mais il a insisté car il pensait qu'on était faits l'un pour l'autre. Il avait raison.

— Vous n'aviez pas autant d'obstacles à surmonter.

— Certes, mais bâtir une relation n'est facile pour personne. Cela fait trop longtemps que tu protèges ton cœur derrière des murs et des barbelés. Essaye de réfléchir et de comprendre pourquoi Stella s'est frayé un chemin, là où les autres ont échoué.

— Je l'ignore. Je croyais juste avoir rencontré la femme de ma vie.

Sa mère se leva et tendit la main à Jamie.

— Mon petit chou, que dirais-tu de manger une glace pour le goûter ?

Jamie opina et sauta à terre.

— L'amour se mérite, Aiden. Si tu veux que Stella entre dans ta vie, alors bats-toi. Je ne voudrais surtout pas que tu aies des regrets.

Des regrets, il en aurait certainement, mais que faire ? Stella était fiancée à son cameraman, et l'heure des adieux allait bientôt sonner. Dans moins d'une semaine, elle serait partie.

Il aurait voulu partager l'optimisme de sa mère, mais c'était au-dessus de ses forces.

19.

La fête battait son plein dans la grande salle de réception.

Adossée à un mur près de l'entrée, Stella regardait les invités rire et plaisanter, mais le cœur n'y était pas. On était le 23 décembre, et au lieu de s'amuser elle angoissait.

Sa confiance en elle était aux abonnés absents. Quoi de plus normal, au fond ? D'ici quelques minutes, elle allait jouer son avenir à quitte ou double. Jamais encore elle n'avait pris un si gros risque.

Le décor, au moins, la rassérénait un peu. Les tables couvertes de nappes vertes et rouges, les sapins miniatures et l'éclairage scintillant étaient du plus bel effet. Quel dommage que le vin chaud ait été banni de cette ambiance conviviale. Le jus de raisin pétillant était délicieux, mais pour une fois elle aurait bien pris une boisson alcoolisée…

N'y tenant plus, elle se rapprocha du stand de décoration de cookies. Une dizaine d'enfants participaient à cet atelier festif sous la supervision indulgente du chef, mais hélas Jamie n'était pas parmi eux. Elle avait espéré le voir. Il lui manquait tellement !

Quand la chorale se rassembla contre le mur du fond, le silence tomba d'un coup. Stella se fraya un chemin parmi les invités et se plaça devant les chanteurs. Elle avait besoin d'entendre ces mélodies apaisantes pour se donner du courage. Car dans un instant elle saurait à quel point sa vie allait changer. Un peu, beaucoup ? La réponse ne dépendait pas d'elle. Et, si Aiden ne venait pas, l'histoire serait vite réglée.

Pourquoi n'était-il pas là ? Devait-elle lui envoyer un SMS ?

— Stella, c'est absolument ma-gi-que !

Gemma s'était matérialisée près d'elle. Son amie lui donna une chaleureuse accolade, et elle lui sourit, la gorge nouée.

— As-tu vu le gâteau ? demanda-t-elle.

— Oui, une vraie merveille. Je le trouve même trop beau pour être mangé !

Gemma se lança dans un éloge dithyrambique de la soirée, qu'elle écouta d'une oreille distraite. Toute son attention était focalisée sur quelqu'un d'autre… ou plutôt, sur son absence.

Alors qu'elle avait perdu tout espoir, Aiden fit son entrée, escorté d'un petit groupe venu des urgences. Quand leurs regards se croisèrent, elle lui sourit timidement, mais il détourna la tête comme s'il ne l'avait pas vue.

Il n'allait pas lui faciliter les choses. Elle aurait pu s'y attendre.

Elle vida son jus de raisin d'un trait pour humecter sa gorge sèche. Puis, à la fin du dernier chant, elle s'avança vers le micro.

— Joyeux Noël ! La plupart d'entre vous me connaissent, maintenant. Je suis le Dr Stella Allen. Je suis venue de Londres pour participer au Projet Kensington. Vous m'avez peut-être croisée avec une caméra à la main, ou accompagnée d'un vidéaste. Pour ceux qui ne le sauraient pas, je tourne un documentaire destiné à mettre en valeur le travail des soignants.

Un vague murmure parcourut l'assistance, mais les visages restèrent figés. Tout le monde avait entendu parler de son histoire avec Aiden, et les gens prenaient fait et cause pour lui. Tant mieux. Quelque part, ça l'arrangeait.

— Vous vous demandez sûrement pourquoi je reste là, à discuter alors que vous voulez faire la fête.

Quelques « oui, oui », lui parvinrent en retour. Malgré sa nervosité, elle sourit à la cantonade.

— Je ne serai pas longue, promis. J'ai juste une petite annonce à faire. Oliver, filme bien tout ça, s'il te plaît.

L'intéressé leva le pouce, l'air triomphant. Quel idiot. Il imaginait sans doute qu'elle allait annoncer leurs fiançailles. Malgré sa mise au point, il était resté à Toronto et continuait de lui coller aux basques comme si de rien n'était. Il allait vite déchanter…

Elle inspira à fond, puis se lança :

— La réalisation de ce film très cher à mon cœur marque un tournant dans ma vie. Pour être plus claire, il sera le dernier lien entre mon passé et mon avenir. J'ai en effet décidé de dire adieu à la télévision. Je ne participerai plus à aucune émission à compter de l'an prochain… c'est-à-dire, dans quelques jours.

Cette fois, un murmure intense parcourut l'assemblée. Elle leva la main.

— Encore une minute, s'il vous plaît. Je tenais à dire… que le milieu audiovisuel m'a beaucoup aidée par certains aspects. Mais ma vie va bientôt prendre une autre direction.

Elle se mordit la lèvre pour contenir la nausée qui montait. Ce n'était pas le moment de flancher. Elle chercha Aiden dans la foule et le regarda droit dans les yeux.

— J'ai décidé de m'installer définitivement à Toronto. Je vais avoir besoin de vous et je compte sur le légendaire sens de l'accueil canadien. J'ai signé cet après-midi mon contrat d'embauche au service orthopédique de St. Matthew !

Sur un dernier sourire et une salve d'applaudissements, elle s'écarta du micro et marcha droit vers Aiden. Il se tenait près du gâteau qu'ils avaient choisi ensemble, à l'époque où ils se parlaient encore. Son cœur se serra en voyant qu'il gardait l'air impassible.

Jamais elle n'avait été aussi nerveuse. Elle venait, indirectement, de lui déclarer sa flamme devant tout l'hôpital – et devant une caméra. Mais tant pis s'il la repoussait. Elle aurait regretté toute sa vie de ne pas avoir écouté son instinct et son cœur.

La musique s'élevait à nouveau dans les haut-parleurs. Quelques couples valsaient sur la piste improvisée. Elle lui tendit une main tremblante.

— Veux-tu danser ?

Le bruit des conversations s'était estompé.

Aiden n'entendait plus rien, hormis les battements frénétiques de son cœur. Stella le regardait, les joues rosies, les lèvres entrouvertes. Comme dans un film à suspense, toute la salle attendait le dénouement. Allait-il lui prendre la main ou la rejeter ? Quel courage elle avait eu ! Et dire qu'au départ il n'avait même pas prévu de venir ! Tout ça, c'était trop pour lui…

Il captura sa main tendue, mais, au lieu de la conduire vers la piste, il l'entraîna dans le couloir.

— Je ne peux pas discuter ici, dit-il d'une voix tendue par l'émotion.

Le discours de Stella l'avait estomaqué. Il s'était attendu à ce qu'elle prenne la parole pour dire « au revoir » et « merci pour tout », pas à cette annonce. La nouvelle de son embauche à St. Matthew n'avait absolument pas fuité, ou alors, personne ne l'avait mis au courant.

Il la fit entrer dans un bureau vide et claqua la porte derrière eux. Puis il la regarda bien en face.

— Tu m'expliques, là ?

— C'est très simple. Je reste.

— Ça, j'avais saisi.

Son air incertain lui fit comprendre qu'il avait loupé quelque chose. C'était sans doute évident pour elle, mais il était perdu. Une décision aussi spectaculaire n'avait aucun sens.

— Pourquoi veux-tu rester ?

— C'est plutôt clair, non ?

Il la dévisagea comme s'il la voyait pour la première fois. À moins de chercher midi à quatorze heures, il ne trouvait qu'une seule explication. C'était peut-être fou, mais…

— Aide-moi un peu, Stella. J'ai la tête pleine de questions. Je me demande si je perds les pédales ou si, pour une fois, j'ai bien cerné les choses…

Elle haussa les épaules, mais une lueur d'inquiétude traversa son beau regard.

— Je déménage à six mille kilomètres de Londres pour toi. Serait-il possible que tu fasses un bout du chemin ?

En deux pas, il abolit la distance qui les séparait. Puis il lui captura les mains et appuya le front contre le sien. S'il s'était écouté, il l'aurait embrassée fougueusement, mais il restait un problème de taille à résoudre…

— J'espérais avoir bien compris, chuchota-t-il. Mais cela ne change rien. Je suis toujours un papa célibataire.

— J'en ai conscience, rassure-toi. Quand Oliver a débité son mensonge sur nos prétendues fiançailles, je me suis dit que je t'avais perdu. Et, tout de suite après, j'ai pensé que je ne reverrais plus Jamie. Tu n'imagines pas à quel point j'étais triste. Je ne voulais pas d'enfant avant de le connaître, mais il m'a fait changer d'avis. J'aimerais tellement être sa mère, ou en tout cas sa belle-mère ! Je ne pourrais plus vivre sans lui ni sans toi. Je suis tombée amoureuse… de vous deux, conclut-elle d'une voix étranglée.

En toute logique, il aurait dû être aux anges. Et, bien sûr, il l'était… sauf qu'entendre le prénom « Oliver » l'avait agacé prodigieusement. Il devait en avoir le cœur net !

— Alors c'était quoi, cette histoire de fiançailles ?

— Un pur mensonge. Ma mère a réussi à manipuler Oliver dans l'espoir qu'on se remettrait ensemble et qu'elle pourrait, ainsi, continuer à tout régenter. Mais ça aussi, c'est fini. En m'installant au Canada, je réalise tous mes rêves en même temps.

— Et quels sont-ils ?

— Exercer mon métier dans un hôpital prestigieux. Vivre tranquillement avec l'homme que j'aime et son fils. À supposer qu'il me donne une nouvelle chance…

Elle lui effleura timidement la joue, avant de tracer le contour de ses lèvres.

— Je suis là pour de bon, Aiden, et je suis patiente. Si je dois me battre pour regagner ta confiance, je le ferai. On a le temps.

Incapable de résister, il inclina la tête et l'embrassa passionnément pour lui témoigner son amour. Son avenir était là, dans les bras de cette femme merveilleuse. Il n'en avait d'ailleurs jamais douté…

— Je t'aime, lui chuchota-t-il à l'oreille quand ils se séparèrent.

— Je t'aime aussi, Aiden. Mais toi… tu m'aimeras peut-être moins quand je vais débarquer avec *toutes* mes affaires à Toronto. Toi qui rouspétais déjà pour trois valises…

Il éclata de rire et déposa un léger baiser sur ses lèvres.

— Cette fois, je ne me plaindrai pas. Je suis prêt à porter des tonnes de bagages pourvu que tu restes.

— C'est promis, mon amour.

20.

Six mois plus tard

— Z'ai un tadeau pou' toi, Stella. C'est de papa et de moi. Zoyeux annive'saire.

Stella donna un tendre baiser à Jamie qui venait de lui poser une petite boîte joliment enrubannée sur les genoux. Elle la secoua, n'entendit aucun bruit et sourit au bambin.

— De votre part à tous les deux ? C'est trop gentil ! Est-ce que je l'ouvre maintenant ?

— Oui !

Elle défit l'emballage avec précaution. Son cœur s'affola lorsqu'elle découvrit un écrin portant la marque d'un grand joaillier. Elle ouvrit le couvercle d'une main un peu tremblante, pour découvrir le plus beau solitaire qu'elle eut jamais vu.

Ébahie, elle resta bouche bée. Avait-elle bien compris…

Aiden la regardait avec une intensité bouleversante. Et, soudain, il s'agenouilla devant elle, maladroitement imité par Jamie qui souriait de toutes ses petites dents. Elle sentit des larmes de bonheur lui piquer les paupières. Ces deux-là étaient vraiment adorables…

— Stella, veux-tu m'épouser ?

— Tu veux bien te mawier a'ec moi aussi, dis ?

Elle les regarda tour à tour, ivre de joie.

— Oui ! Et oui !

Aiden prit la bague dans son écrin pour la lui glisser à l'annulaire. Elle lui allait à la perfection.

— Je t'aime, Stella.

— Je t'aime aussi. Je vous aime tous les deux.

Était-il possible d'avoir autant de chance ? Elle flottait sur un petit nuage…

— Si quelqu'un m'avait dit que je rencontrerais l'homme de mes rêves ici, à Toronto, je ne l'aurais jamais cru. Je ne pensais qu'à ma carrière, et regarde où cela m'a menée !

Aiden fit une petite grimace.

— Ta carrière en a quand même pris un coup.

— Absolument pas. Sur le plan médical, j'ai tout ce dont j'ai toujours rêvé. J'ai intégré une équipe formidable. Je suis pressentie pour diriger le service l'an prochain quand le Dr Devlin prendra sa retraite. Que pourrais-je espérer de plus ?

Depuis Noël, les événements s'étaient enchaînés avec une fluidité surprenante. Elle avait dû retourner à Londres pour organiser son déménagement et régler ses affaires en suspens, mais elle était revenue dès que possible, pressée de démarrer sa nouvelle vie avec Aiden et Jamie.

Toronto était devenue « sa » ville. Elle s'était fait des amies. Elle était heureuse comme un poisson dans l'eau !

— Je ne regretterai jamais d'avoir quitté les plateaux télé, ajouta-t-elle en souriant. J'aurais dû le faire bien avant.

— Ça aurait été dommage puisque tu n'aurais pas réalisé ce magnifique documentaire. Il est quand même sélectionné pour plusieurs festivals et pour les Oscars.

— Je n'en reviens toujours pas, répliqua-t-elle en souriant. Martin a eu raison de couper la ridicule voix off d'Oliver, et de remplacer sa grande scène du II par celle de la fête, quand j'annonce mon installation à Toronto.

— Les adieux de Stella Allen, enfant star de la télé, ont fait couler beaucoup d'encre. Et c'est normal. Le monde du documentaire perd une grande journaliste.

Elle se pencha pour étreindre Aiden avec tendresse.

— Tu es gentil, mais je suis sûre qu'ils s'en remettront. Et moi, dans l'histoire, j'ai tout gagné.

Elle embrassa la pièce du regard. Ses futurs beaux-parents venaient d'entrer, apportant un magnifique gâteau. Les Cook l'avaient accueillie avec simplicité et chaleur et chez eux, elle trouvait enfin tout ce qu'elle n'avait jamais connu avec ses parents. Quel bonheur c'était de les avoir aussi dans son entourage !

— L'épanouissement personnel vaut toute la célébrité du monde, reprit-elle. J'ai enfin l'impression d'avoir trouvé ma place, d'avoir une vraie famille. C'était tellement différent, chez moi…

— Je comprends, ma chérie.

Aiden lui pressa la main avec tendresse, puis ajouta :

— Je me suis demandé pendant des années pourquoi ma mère biologique m'avait abandonné. Quand Jamie a connu le même problème, tout a refait surface. Et puis on a surmonté ça ensemble, en famille.

Mme Cook s'avança vers eux.

— Pour nous, tu étais et tu restes l'enfant idéal, Aiden. J'espère que tu le sais.

— Oui, maman. Je n'ai jamais eu le moindre doute là-dessus. Vous êtes les meilleurs parents du monde ! Il m'a fallu un peu de temps, mais j'ai réalisé que les liens du sang n'étaient pas grand-chose comparés aux liens du cœur.

Stella appuya la tête sur son épaule avec un soupir heureux. Elle se répétait tous les jours qu'elle avait fait le bon choix. Elle n'était pas près de l'oublier.

— Tu as raison, approuva-t-elle. Ce qui compte, c'est l'amour. Et dans cette famille, personne n'en manquera jamais.

SCARLET WILSON

Coup de foudre à Stockholm

Traduction française de
MICHELLE LECOEUR

BLANCHE

HARLEQUIN

Titre original :
A FESTIVE FLING IN STOCKHOLM

1.

Cora Campbell marchait d'un pas nerveux dans le long couloir du Royal Kensington Hospital. Son biper avait déjà sonné deux fois.

En tant que néonatalogiste, elle avait passé les douze dernières années de sa vie suspendue au son de cet appareil. À certains moments il avait pratiquement régenté sa vie. En temps normal il était plutôt le bienvenu : cela signifiait que l'on avait besoin d'elle et qu'elle allait être occupée.

Mais, cette fois, c'était différent. Chris Taylor, le directeur général de l'hôpital, l'appelait, et son estomac se serra. Il devait y avoir un problème la concernant.

Descendre ce long couloir n'arrangeait rien. Cela lui laissait tout le loisir de se livrer à toutes les supputations possibles. Elle avait signé le reçu pour deux nouvelles couveuses au top de la technologie la semaine dernière. Elle avait autorisé deux personnes supplémentaires à travailler pendant la période de Noël, pour ne pas voir les mêmes personnes âgées déprimer comme chaque année à cette époque. Elle avait parlé d'une possible session d'enseignement d'une semaine dans un prestigieux hôpital américain. Et elle venait juste d'avoir son cinquième article professionnel publié au sujet de la nouvelle technique d'avant-garde qu'elle avait présentée l'année dernière pour les nouveau-nés entre trente et une et trente-trois semaines. Le test avant-après avait été bluffant, mais maintenant elle se demandait si « l'avant-test » n'avait pas montré de manière involontaire une mauvaise image de l'hôpital.

En s'approchant du bureau, elle se dit qu'elle aurait peut-être dû aller prendre une paire de chaussures à talons pour avoir l'air un peu plus professionnel. Cora s'efforçait toujours d'être présentable au travail. Aujourd'hui elle portait un confortable pantalon noir, un haut rouge décontracté à manches courtes et ses chaussures découvertes grâce à une collègue médecin quand elle était allée à une conférence aux États-Unis. Complètement plates et lavables en machine, elles étaient comme des pantoufles et existaient dans une large gamme de coloris qu'elle s'était empressée d'acheter en totalité. Elle les appréciait particulièrement quand elle devait parcourir des kilomètres de couloirs pour répondre à un appel urgent.

— Hello, Cora.

Lucy, la directrice du service pédiatrique, était assise derrière son bureau et sourit jusqu'aux oreilles en la voyant. Cela ne semblait pas indiquer un problème.

— Comment va Louie ? demanda Cora.

Lucy prit son portable et tourna l'écran vers elle pour qu'elle puisse voir la photo de son fils, né deux ans plus tôt à vingt-six semaines. Cora s'était occupée de lui et aimait vérifier les progrès qu'il faisait.

Elle vit un petit blondinet au visage tout poisseux et au sourire rayonnant, qui avait un crayon de couleur à la main et venait manifestement de barbouiller un mur blanc.

— Oh non ! Quel adorable petit diable. C'était quand ?

— Dimanche, soupira Lucy en rangeant son appareil dans son sac. Le décorateur venait juste de finir le couloir, et Louie a tenu à participer à sa façon.

Elle secoua la tête d'un air désabusé.

— Je t'assure que je n'ai tourné le dos que quelques secondes. Il était assis juste à côté de moi et mangeait un yaourt.

Cora se mit à rire.

— Que dire ? Cela t'entraîne à rester vigilante. On leur apprend toutes sortes de tours à l'unité néonatale, ajouta-t-elle avec un clin d'œil.

Elle savait que Lucy s'était fait beaucoup de souci à propos de l'arrivée prématurée de Louie. Certes il était encore un peu petit, mais il poursuivait son développement avec succès.

— Allez, vas-y, crache le morceau, dit-elle enfin. Est-ce que j'ai des ennuis ?

Lucy prit l'air étonné.

— Docteur Campbell, pourquoi diable auriez-vous des ennuis ? questionna-t-elle d'un ton moqueur.

— J'ai pensé à une demi-douzaine de raisons pendant que je marchais dans le couloir. Il faudrait vraiment que tu persuades le chef de changer de bureau. S'il était situé près de l'escalier, mon taux d'adrénaline se porterait beaucoup mieux.

Lucy rit franchement et l'Interphone de son bureau se mit à sonner.

— C'est pour toi. Et je crois que tu n'as aucune raison de t'inquiéter, ajouta-t-elle avec un sourire encourageant.

Prenant une profonde inspiration, Cora se dirigea vers la porte et frappa deux fois avant d'entrer.

Chris Taylor se leva pour lui tendre la main, et elle fut aussitôt frappée par l'immense baie vitrée qui offrait une magnifique vue sur Londres. Bien que travaillant au Royal Kensington depuis des années, elle ne s'était trouvée dans ce bureau qu'en de rares occasions.

Avec un sourire nerveux, elle prit la main qu'il lui tendait.

— Je crois que je serais incapable de travailler ici. Je serais bien trop occupée à observer les gens.

Il sourit en secouant la tête et désigna le journal médical posé sur son bureau.

— Je n'en crois rien. Vous n'arrêtez jamais de travailler, docteur Campbell. L'article qui vient d'être publié en est la preuve.

Bon sang, il l'avait lu. C'était sans doute la raison de sa présence dans ce bureau.

— Oh ! ça… Vous ne devriez pas vous concentrer sur ce qu'il se passait avant. Le Royal Kensington fait toujours preuve d'un excellent niveau de soins.

Chris Taylor haussa un sourcil, puis joignit les mains devant lui. C'était l'attitude qu'il prenait fréquemment quand il était sur le point d'annoncer une nouvelle.

— Docteur Campbell, si je vous ai invitée à venir ici, c'est en partie pour votre dernière publication, et en partie parce que j'ai une offre à vous faire.

Une offre ? Cora se raidit sur sa chaise, tout le corps en alerte.

— Vous êtes avec nous depuis déjà quelque temps, poursuivit Chris. Vous avez donc entendu parler du Projet Kensington ?

Elle retint sa respiration.

— Oui, bien sûr, répondit-elle enfin.

Tous les employés du Royal Kensington étaient plus ou moins au courant de ce projet.

Elle avait dû donner la bonne réponse, à en juger par le gracieux sourire dont Chris la gratifia.

— Chaque année, nous envoyons quatre membres de nos équipes pionnières former le personnel d'autres hôpitaux du monde entier. Cette année, nous aimerions que vous soyez un de ces membres.

Il y eut un silence, et il lui sembla que d'un seul coup son cerveau ne fonctionnait plus.

Chris attendait manifestement une réponse de sa part.

Cela faisait plusieurs années qu'elle rêvait de ce moment. L'an dernier, elle avait été très déçue en apprenant les noms des quatre sélectionnés. Elle était entrée dans le bar le plus proche avec son amie Chloe, et elles avaient commandé un verre de vin pour se consoler.

Mais cette année, entre ses cours, ses recherches et le congé de maternité d'une collègue, elle n'avait même pas eu l'occasion de se demander quand les annonces seraient faites.

Chris attendait toujours patiemment, alors que des bus rouges et des taxis noirs londoniens se croisaient dehors.

— C'est merveilleux…, répondit-elle péniblement.

Apparemment satisfait, il consulta une liste sur son bureau.

— Nous avons eu une demande du… City Hospital de Stockholm, en Suède. Ils souhaiteraient que vous formiez leur personnel néonatal aux techniques d'avant-garde que vous avez développées au Royal Kensington.

Cela sous-entendait que, même s'il s'agissait de ses propres techniques, l'hôpital qui l'avait soutenue s'en attribuerait toujours le mérite. Ce n'était pas un problème pour elle. Ces dernières années, le Royal Kensington avait souvent engagé son argent et lui avait fait confiance quand elle avait présenté ses projets. Son taux de réussite était élevé, et même si tous n'avaient pas pleinement atteint leur but, toutes les personnes impliquées en avaient tiré des enseignements.

Peu à peu l'excitation grandit en elle. Cette proposition était un honneur, un privilège. Et une occasion de visiter un autre pays tout en enseignant de première main les techniques qu'elle avait apprises. Elle n'était encore jamais allée à Stockholm ni en Suède, et cela ne faisait que la rendre encore plus enthousiaste.

Chris parlait toujours.

— Si vous acceptez, vous partirez dans trois jours, le 1er novembre.

— Trois jours ? s'exclama-t-elle.

— Toutes les dispositions sont déjà en place. Votre avion atterrira à l'aéroport d'Arlanda, où quelqu'un vous attendra et vous conduira à votre lieu de résidence. Vous resterez là-bas sept semaines et serez de retour la veille de Noël. Est-ce que cela vous convient ?

Cora hocha la tête. Son cerveau s'était remis à fonctionner à plein régime, et elle avait des milliers de questions.

— Je vais travailler avec qui ? Est-ce que j'emporte une partie de mon équipement ? Mais comment le transporter ? ajouta-t-elle en fronçant les sourcils. Quel sera mon lieu de résidence ? Qui sont les autres personnes choisies pour le Projet Kensington cette année ?

Elle fit une pause pour reprendre son souffle et surprit une lueur amusée dans les yeux de Chris Taylor.

— Et par-dessus tout, comment est le temps à Stockholm ? lâcha-t-elle avec un petit rire nerveux.

Il y eut un silence, puis Chris pencha la tête sur le côté.

— Dois-je prendre cela pour un oui, docteur Campbell ?

Il se leva en lui tendant la main. D'un bond elle fut sur ses pieds. Elle saisit la main tendue et la secoua énergiquement.

— Oui ! Bien sûr que oui…

Chris sourit.

— Dans ce cas, Lucy a un dossier d'informations pratiques à vous remettre. Avec elle, vous êtes entre de bonnes mains.

Cora n'en doutait pas une seconde. Lucy était toujours méticuleuse dans son travail.

— Merci beaucoup, dit-elle en se dirigeant vers la porte. Je vais vérifier le planning pour m'assurer que la couverture du personnel est suffisante. Et je vais passer voir Ron en physique médicale, au sujet de mes patientes…

— Docteur Campbell ?

Cette fois Chris souriait franchement.

— Oui ? dit-elle en se retournant.

Il jeta un coup d'œil sur ses chaussures plates rouges.

— Si vous n'en avez pas, achetez-vous des bottes fourrées…

— J'ai de merveilleuses nouvelles !

La porte de Jonas Nilsson s'ouvrit brusquement, et Elias Johansson fit irruption dans la pièce, souriant jusqu'aux oreilles.

Jonas secoua lentement la tête. L'enthousiasme d'Elias pour son travail n'avait pas changé depuis dix ans qu'il le connaissait.

Il avait soixante-dix ans et aurait dû être à la retraite depuis des années, mais le chef de l'unité néonatale de soins intensifs de l'hôpital de Stockholm ne montrait aucun signe de baisse de régime ni aucune velléité de vouloir ralentir le rythme.

Jonas désigna la chaise en face de lui.

— De quoi s'agit-il à présent, Elias ?

Éclatant d'un rire joyeux, Elias se laissa tomber sur la chaise.

— As-tu entendu parler du Projet Kensington ? questionna-t-il sans préambule. J'ai fait une requête auprès du Royal Kensington de Londres pour qu'un médecin vienne enseigner leurs techniques de pointe dans notre unité. Et je viens d'apprendre que ma demande était acceptée. J'irai chercher Cora Campbell à l'aéroport dans quelques jours.

— Quoi ? Qui ? lâcha Elias. Non, je n'ai jamais entendu parler du Projet Kensington. Qu'est-ce que c'est que ça ?

Les yeux d'Elias brillèrent.

— Une sacrée opportunité, voilà ce que c'est. L'occasion pour nous tous de bénéficier de la grande compétence et des connaissances de l'une des meilleures expertes en néonatalogie. Elle va rester ici jusqu'à Noël. Tu imagines tout ce que l'on peut apprendre d'elle d'ici là ?

Jonas fronça les sourcils.

— J'ignore qui est cette femme. Avons-nous besoin qu'elle nous apprenne quelque chose ?

Il sentit l'irritation le gagner. Il aimait beaucoup Elias, mais plus il vieillissait, plus il se mêlait de tout et n'importe quoi.

— Bien sûr que oui ! Et, qui sait, peut-être qu'elle apprendra quelque chose de nous. Nous pourrions même envisager des projets de recherche en commun. Alors *ça,* ce serait vraiment excitant.

Jonas inspira profondément. En tant que chef du service d'obstétrique, il voyait surtout que cette nouvelle arrivée allait perturber son plan de travail pendant les sept prochaines semaines. Il était responsable des infirmières et des sages-femmes de l'unité néonatale de soins intensifs. Cette nouvelle femme médecin voudrait enseigner de nouvelles techniques. Venant de Londres, elle ne serait pas familiarisée avec les pratiques et modes de fonctionnement qu'il avait réussi à mettre en place dans *son* unité.

Jonas était pointilleux pour ce qui concernait les règlements et la paperasserie. Ayant eu des problèmes au début de sa carrière, il voulait protéger à la fois son personnel et ses patientes. Il savait à quel point la précision comptait. Il attendait beaucoup des personnes qui travaillaient sous ses ordres, et elles le savaient.

Il avait de bonnes raisons d'être ainsi, ayant appris à ses dépens combien les règles étaient importantes, et qu'il fallait aussi écouter son instinct. C'était ce qu'il avait fait des années auparavant, en traitant une patiente en train d'accoucher qui était arrivée en fin de travail. Auparavant elle avait insisté sur le fait qu'elle ne voulait pas de césarienne, sauf s'il n'y avait vraiment pas d'autre choix. Elle avait été opérée à l'adolescence et en était restée traumatisée. Elle voulait avoir un accouchement naturel pour garder le contrôle, et Jonas l'avait soutenue dans sa démarche. Il avait toujours promis à ses patientes qu'il ferait tout son possible pour se conformer à leurs souhaits. Mais, quand l'état du bébé de cette patiente s'était rapidement détérioré, il avait dû réagir très vite et avait suivi son instinct en lui conseillant de subir une césarienne, et le bébé avait été sauvé. Tous les autres professionnels l'avaient approuvé.

Cependant, lorsque sa patiente avait connu une dépression post-partum et avait porté plainte en l'accusant de l'avoir trahie, Jonas avait été envahi par la culpabilité. Son geste avait sauvé la vie de la mère et de l'enfant, mais il se sentait néanmoins responsable du fait qu'il l'avait mise dans cet état.

L'enquête avait démontré qu'il avait pris la bonne décision, et il n'y avait pas eu de suites. Les notes précises qu'il avait prises de l'évolution des événements l'avaient sauvé. À la seconde où le rythme cardiaque du bébé avait flanché, il avait suivi le protocole à la lettre.

C'est pourquoi il était aussi pointilleux à présent. Les règles, les procédés et les principes moraux protégeaient le personnel d'éventuelles plaintes – s'il les suivait à la lettre. Il insistait aussi sur le fait que le personnel soignant ne devait pas se laisser dominer par ses émotions. Lui-même avait été profondément affecté par les siennes, et depuis il s'était toujours efforcé de rester détaché de ses patientes. Il les écoutait, les traitait de son mieux et restait entièrement professionnel en veillant à fournir les meilleurs soins, mais il ne pouvait pas se permettre de laisser ses émotions prendre le dessus.

— Tu aurais dû d'abord en discuter avec moi.

— Peut-être, dit Elias avec un haussement d'épaules. Mais voilà dix ans que je fais cette requête pour le Projet

Kensington. Je me demande ce qui a fait pencher la balance en notre faveur, cette fois. Et j'avais bien spécifié que je tenais à avoir Cora Campbell, ajouta-t-il avec un sourire rayonnant.

Jonas réprima un soupir. Il savait exactement ce qui allait se passer. Chaque matin, Elias serait ravi de s'occuper du Dr Campbell, mais en milieu d'après-midi il commencerait à flancher et s'arrangerait pour que d'autres personnes s'en chargent.

Mais Jonas n'avait pas le temps. Son travail l'occupait suffisamment, et l'une de ses infirmières allait prendre un congé de maternité anticipé dans quelques jours en raison de complications survenues pendant sa grossesse, et ils n'avaient pas trouvé de remplaçante valable.

— Où va-t-elle loger ? demanda-t-il tout en se doutant déjà de la réponse.

— Chez moi, bien sûr ! J'ai beaucoup de place et j'en profiterai pour lui faire découvrir les festivités de Stockholm, ajouta-t-il en se frottant les mains. Je suis curieux de voir ma propre ville à travers les yeux de quelqu'un d'autre.

Les soupçons de Jonas se confirmaient. Depuis la mort de sa femme, Elias errait comme une âme en peine dans sa grande maison de la banlieue de Stockholm. Ses deux enfants étaient mariés et eux-mêmes parents, vivant dans d'autres régions de Suède. Jonas savait qu'il se sentait seul, et c'était sûrement la principale raison pour laquelle il se refusait à prendre sa retraite.

Il poussa un soupir.

— Quand doit-elle arriver ?

— Le 1er novembre. J'irai la chercher à l'aéroport d'Arlanda à 14 heures.

— L'amèneras-tu directement à l'hôpital, ou d'abord chez toi ?

— Oh ! d'abord chez moi. Je lui laisserai un peu de temps pour s'installer, puis je l'emmènerai sans doute dîner au restaurant. Naturellement, tu te joindras à nous ?

Jonas secoua aussitôt la tête. La perspective de voir un

médecin étranger venir leur enseigner de nouvelles techniques le mettait mal à l'aise. Et il n'avait aucune envie de bavarder avec cette femme.

Non. Il ferait sa connaissance à sa manière, dans son environnement professionnel. Ainsi il pourrait tout de suite fixer les limites et établir que tout ce qui arrivait à l'unité néonatale, y compris en ce qui concernait le personnel, devait passer par lui.

— Je préfère la voir le lendemain, quand elle aura eu la possibilité de se détendre et de prendre ses marques. Elle sera probablement fatiguée après le voyage.

Elias fit la moue.

— Ne vivre que pour le travail fait de toi un garçon bien ennuyeux, Jonas. Quand es-tu allé dîner à l'extérieur pour la dernière fois, ou as-tu donné une fête ?

Jonas se mit à rire en s'enfonçant dans son fauteuil.

— Il y a déjà assez de gens à l'hôpital qui organisent des fêtes auxquelles je ne vais pas. As-tu vu dans quel état se trouvaient les étudiants en médecine et en infirmerie la semaine dernière ? J'en ai renvoyé trois chez eux.

— Ces fêtes font partie des meilleurs souvenirs de ma vie. J'adore participer à une bonne soirée.

— Je la verrai le lendemain de son arrivée, persista Jonas.

Le biper d'Elias sonna, et il y jeta un coup d'œil.

— J'ai une patiente.

Il posa la pile de documents qu'il portait sur le bureau de Jonas.

— Voilà des informations sur notre invitée. Tu devrais y trouver de quoi t'intéresser. On pourra en parler plus tard…

Jonas sourit et secoua la tête en regardant Elias s'éloigner. Il savait exactement où il voulait en venir. À peu près tous les six mois, il se mettait en tête de jouer les entremetteurs et de lui chercher une compagne.

La plupart de ses tentatives avaient échoué. Deux ou trois rendez-vous s'étaient soldés par un succès relatif : quelques sorties, pendant quelques mois. Mais il était trop absorbé par son travail pour s'investir dans une relation, et à chaque fois il avait fini par se retrouver seul.

Il poussa les documents sur le côté et consulta le tableau des rotations de l'unité sur son ordinateur, se demandant qui serait de garde début novembre. À n'en pas douter, son personnel expérimenté serait tout à fait capable de gérer la nouvelle arrivée d'une manière polie mais efficace. Il en parlerait à l'un des autres médecins.

En regardant sur le côté du bureau, son attention fut attirée par le titre d'un article du journal médical : *Les bases du sauvetage hypothermique chez les nouveau-nés de vingt*-six semaines.

Intéressant. Il était sur le point de le lire quand il entendit un cri.

— Au secours, aidez-moi !

Jonas bondit de son siège et se précipita dans le couloir, où il vit une infirmière agenouillée près d'un homme inanimé.

Non. Non. Il reconnut aussitôt la silhouette familière d'Elias.

— Beau travail, dit-il à l'infirmière récemment diplômée, en se penchant au-dessus du corps.

Elle l'avait déjà placé en position latérale de sécurité. Jonas vérifia ses voies aériennes, sa respiration et sa circulation. Puis il leva les yeux sur l'infirmière et posa la main sur son bras tremblant.

— Maja, faites sonner l'alarme.

Il y avait un téléphone au bout du couloir. Elle se releva et se mit à courir dans sa direction.

Jonas resta penché sur son collègue.

— Tout va bien, Elias. Je suis là. Contente-toi de respirer calmement et profondément.

Il remarqua un léger fléchissement sur un côté de son visage et eut un pincement à l'estomac.

Quelques secondes plus tard arrivaient un chariot, un moniteur portable et un drap coulissant Huit personnes soulevèrent Elias et le couchèrent sur le chariot. Jonas marcha à côté de lui tandis qu'il était emmené au service des urgences.

Son cœur se serra. Il connaissait le fils et la fille d'Elias, et voulait être celui qui leur téléphonerait.

Sept heures plus tard il se trouvait toujours à l'hôpital, assis près du lit d'Elias. Le médecin des urgences avait craint une attaque, mais ces dernières heures Elias avait progressivement repris connaissance et bougeait ses bras et ses jambes. Il était encore groggy, ses paupières étaient lourdes et sa bouche s'affaissait toujours. Son taux d'oxygène avait aussi légèrement baissé.

Axel, le fils d'Elias, fit irruption dans la pièce. Jonas se leva rapidement et le prit par l'épaule.

— Il va mieux. Il semble qu'il ait fait une attaque cérébrale transitoire. Ils le gardent pour effectuer quelques examens.

Axel s'approcha du lit et posa la main sur la joue de son père.

— Papa, dit-il doucement. Je suis là.

Elias battit des paupières et esquissa un faible sourire avant de refermer les yeux.

— Il est de nouveau conscient, mais il a tout le temps envie de dormir. Le corps a besoin de récupérer. On lui fait passer des tests neurologiques toutes les heures et son état s'améliore progressivement.

Axel parut enfin se détendre. Son manteau parsemé de flocons de neige était humide par endroits.

— Merci, Jonas, d'être resté avec lui jusqu'à ce que j'arrive.

— C'est tout naturel. Je ne l'aurais jamais laissé seul. Maintenant que tu es là, je vais voir si son médecin se trouve dans les parages pour qu'il puisse vous parler.

Le fils d'Elias regarda autour de lui. Il était ingénieur et connaissait bien son père.

— Et son travail ?

Jonas secoua la tête.

— Ne te fais aucun souci, je gère la situation. Si les médecins pensent qu'il est suffisamment bien dans quelques jours, je t'aiderai à prendre les dispositions nécessaires pour qu'il rentre chez lui et n'ait besoin de rien.

Une ombre passa dans les yeux d'Axel.

— Il était au téléphone avec moi tout à l'heure. Il m'a parlé d'une femme médecin qui allait séjourner chez lui et était tout excité à cette idée. Est-ce que tu pourras trouver une autre solution pour elle ? Je ne connais même pas son nom.

— Tu peux t'en remettre entièrement à moi.

Il avait répondu spontanément, alors qu'il pestait intérieurement. Gérer l'absence du chef de l'unité néonatale serait bien assez compliqué, sans que s'y ajoute la charge de leur invitée internationale. Plusieurs médecins avaient posé des congés avant les fêtes, car la période de Noël était traditionnellement très chargée. Il leur restait assez de personnel, mais Elias allait beaucoup manquer.

— Merci infiniment, lui dit Axel, visiblement soulagé.

Il jeta un coup d'œil affectueux à son père.

— Je n'arrête pas de lui répéter qu'il est trop âgé pour ce travail, mais il ne m'écoute pas.

Ses épaules s'affaissèrent.

— Peut-être que maintenant il sera plus attentif à mes paroles. J'apprécie vraiment ton aide, ajouta-t-il, manifestement ému.

— N'hésite pas à m'appeler si tu as besoin de quoi que ce soit, dit Jonas en sortant un trousseau de clés de sa poche. Ce sont celles de la maison de ton père. Comme je n'étais pas sûr que tu aies un double, je les ai prises dans son bureau. Maintenant, je vais aller chercher son médecin.

En sortant de la chambre, Jonas sentit la situation peser lourdement sur ses épaules. Il avait une totale confiance dans les médecins et les infirmières qui s'occupaient d'Elias. Mais il souhaitait de tout son cœur que son cas ne s'aggrave pas. Elias était non seulement son mentor, mais aussi un partenaire avec qui il avait de nombreux échanges et se livrait à de mémorables joutes verbales. Il appréciait sa compagnie et respectait son travail.

Comme dans tous les hôpitaux, la nouvelle ne manquerait pas de se répandre rapidement. Jonas aurait besoin de concentrer ses efforts de façon que son personnel se sente soutenu.

2.

Cora n'avait pas fermé l'œil depuis plus de vingt-quatre heures. Après son entretien avec Chris Taylor, elle s'était précipitée sur son téléphone pour joindre son amie Chloe, neurologue à l'hôpital. Celle-ci était en réunion et, quand elle l'avait rappelée, elle lui avait annoncé d'un ton surexcité qu'elle aussi avait été choisie pour le Projet Kensington et qu'elle partait à Kingston, en Jamaïque.

Toutes deux étaient enchantées et consacrèrent le peu de temps qu'il restait avant leur départ à mettre à jour leur charge de travail.

Cora laissa des instructions détaillées sur les soins à donner à certains bébés, ainsi que la procédure à suivre pour ceux qui seraient prêts à quitter l'hôpital pendant son absence. Elle était méticuleuse dans son travail et ne voulait rien laisser au hasard.

Ensuite elle avait eu tout juste le temps de faire ses bagages. Elle avait fourré quelques jeans et un pull dans une valise et, en jetant un coup d'œil à ses chaussures plates colorées, elle se rendit compte qu'elles étaient totalement inadéquates pour la neige et la glace de Stockholm.

— Trop tard pour les après-ski, soupira-t-elle en se rappelant le conseil de Chris Taylor.

Sentant l'adrénaline monter, elle appela un taxi pour l'aéroport. Pendant l'enregistrement, elle acheta le dernier roman à suspense à la boutique et prit un verre de vin au bar en attendant d'embarquer.

Elle était reconnaissante à Elias Johansson de lui avoir proposé généreusement de l'accueillir à l'aéroport de Stockholm et de l'héberger chez lui pendant son séjour.

Sur le coup elle avait été un peu prise de court par son offre, mais, après l'avoir vu sur le web et avoir lu des rapports sur lui avant de lui parler brièvement au téléphone, elle avait su qu'elle serait entre de bonnes mains. Il était enthousiaste à propos de son travail, avait lu tous les articles la concernant et voulait que son personnel profite de ses connaissances. Elle ne pouvait s'empêcher d'être flattée de ces louanges de la part d'un médecin expérimenté.

Lorsque son avion fut annoncé, Cora fut au comble de l'excitation. Le vol fut cahoteux, avec de nombreuses turbulences – heureusement il ne dura que deux heures et demie –, et elle dérapa en sortant de l'avion pour rejoindre le terminal.

— Il faut absolument que j'achète des bottes, marmonna-t-elle.

Peut-être y avait-il une boutique de vêtements à l'aéroport. Elle frissonna, remarquant une baisse de température par rapport à Londres où la saison hivernale commençait à peine.

Actuellement, elle ne désirait rien tant qu'une grosse parka fourrée pour remplacer son imper vert.

Tout en récupérant sa valise et en passant le contrôle des passeports et la douane, elle parcourut du regard les visages des personnes qui attendaient, essayant vainement de repérer celui d'Elias. Elle consulta son téléphone, mais il n'y avait pas de message.

Il était probablement en retard parce qu'il avait été retenu à l'hôpital. L'aéroport se trouvait à plus de trente kilomètres de Stockholm.

— Docteur Campbell ? dit une voix grave.

Elle sursauta et pivota sur ses talons, pour se retrouver le nez contre le large torse d'un Viking.

— O-oui, bégaya-t-elle en levant les yeux.

Elle devait être en train de rêver. Cet homme était trop beau pour être vrai.

— Je m'appelle Jonas Nilsson. Je crains d'être porteur d'une mauvaise nouvelle.

Aussitôt elle se ressaisit malgré la confusion qui régnait dans son esprit, la fatigue aidant.

— Où est Elias ? Il avait dit qu'il viendrait me chercher.

Elle vit de la tristesse dans les yeux de l'homme. Il avait vraiment l'air d'un Viking traditionnel, avec ses cheveux blonds et ses yeux bleus.

— Malheureusement, Elias a été victime d'un AIT il y a deux jours. Il vient juste de ressortir de l'hôpital et aura besoin de temps pour se rétablir.

— Oh ! non.

Heureusement que l'anglais de cet homme était impeccable, car les quelques mots de suédois qu'elle connaissait ne lui auraient pas permis de comprendre le sérieux de la situation.

— A-t-il de bonnes chances de récupérer ?

L'homme hocha la tête, visiblement soucieux, ce qui le rendait encore plus séduisant.

— Nous l'espérons. Son fils est venu s'installer chez lui. En même temps, votre visite ne se déroule pas comme prévu. Est-ce que vous pourriez réenvisager la question ?

Pardon ? Elle venait juste de faire le voyage de Londres à Stockholm, et il espérait qu'elle allait reporter son séjour ?

— Quel est votre nom, déjà ?

— Jonas Nilsson. Je suis le chef du service d'obstétrique de l'hôpital de Stockholm. Elias est un de mes collègues.

Il était donc appelé à fréquenter souvent l'unité. Pourrait-elle se concentrer sur son travail avec un tel homme près d'elle ?

— Eh bien, Jonas, je suppose que, bien qu'Elias soit malade, l'unité continue de fonctionner à son haut niveau habituel ?

La réponse qu'il lui donnerait serait décisive.

Jonas Nilsson se raidit.

— Notre unité néonatale de soins intensifs est l'une des plus pointues du pays et nous disposons d'un personnel hautement qualifié.

Visiblement elle l'avait contrarié, à en juger par les étincelles qui brillaient dans ses yeux. Mais, même ainsi, il lui plaisait.

— Parfait, dit-elle d'une voix ferme. Je m'acquitterai

donc de la tâche demandée par Elias en transmettant mes connaissances, et en formant des membres de votre personnel à mes techniques.

Cela déclencha chez lui une réaction encore plus vive. Il prit une profonde inspiration, et à cet instant une bouffée de son after-shave, semblable à une brise marine, lui parvint. Elle se serait volontiers perdue dans ces effluves.

— Les membres de mon personnel sont déjà parfaitement formés, et ce sont des personnes très consciencieuses.

Elle sourit aimablement.

— Je n'en doute pas. Cependant Elias a requis ma présence dans un but précis, pour que je partage mes compétences. Je ne suis pas venue ici en vacances, mais pour travailler.

Cette fois sa position était fermement établie. Cora était une fougueuse fille des Highlands et n'en était pas à son premier rodéo. Elle avait déjà eu affaire à des types de ce genre, qui croyaient pouvoir lui dire ce qu'elle devait faire. Aucune chance.

Jonas plissa les yeux, mais eut la bonne grâce de se rappeler qu'elle était une invitée.

Il tendit son long bras et se saisit de sa valise.

— Laissez-moi vous emmener à Stockholm. Le trajet dure environ trois quarts d'heure, le temps de trouver une solution pour votre logement.

— Oh.

Bien sûr. Rester chez Elias était hors de question.

Ils durent marcher longtemps pour rejoindre la voiture de Jonas et échangèrent très peu de mots pendant le trajet à pied. Cora avait la nette impression qu'il la considérait déjà comme un boulet.

Dire qu'elle avait été si excitée à l'idée de venir ici, de voir fonctionner l'unité et de former le personnel… Découvrir un nouveau pays par la même occasion rendait le projet encore plus attrayant. Elle avait déjà cherché des photos de Stockholm à l'époque de Noël. Ce n'était pas la période de l'année qu'elle préférait et elle était contente de ne pas se trouver à Londres à ce moment-là, même si ses espoirs de passer quelques semaines fantastiques venaient de s'évanouir.

Elle avait toujours préféré éviter de se trouver chez elle pour Noël. C'est pourquoi elle avait réagi aussi vivement quand Jonas avait suggéré qu'elle reparte. Cette fête lui rappelait trop de mauvais souvenirs d'enfance, à commencer par le fait qu'elle s'était retrouvée dans un dortoir deux jours avant Noël parce qu'il n'y avait pas de placement immédiat, aucune famille n'ayant voulu accueillir une enfant inconnue à cette époque. Cela lui avait rappelé qu'elle était seule et que personne ne voulait d'elle. Finalement elle avait été adoptée par de merveilleux parents, mais tous deux étaient morts des années plus tard, encore pendant les fêtes de Noël. De là à penser que cette période était maudite pour elle…

Jonas avait un grand 4 x 4 et il rangea sa valise rouge dans le coffre. Pendant qu'ils roulaient en direction de la capitale, elle s'efforça de meubler le silence.

Un homme sage-femme… Intéressant. Et qui plus est, chef du service d'obstétrique d'un des meilleurs hôpitaux de Suède. Même s'il était plutôt mal embouché, ce type devait être bon. Dommage qu'il soit aussi séduisant.

— Pouvez-vous me décrire un peu votre unité ? questionna-t-elle.

— Nous avons vingt-cinq chambres individuelles, où les familles peuvent rester avec leur bébé, commença-t-il, les yeux toujours fixés sur la route. L'agencement des pièces est standardisé, de façon que le personnel sache exactement où se trouve ce dont il a besoin. Chaque nouveau-né a sa propre équipe qui lui prodigue des soins constants. Nous avons trente médecins, et cent quatre-vingt-dix infirmières et sages-femmes. Nous utilisons un code de couleurs pour indiquer l'évolution de l'état de nos bébés.

Il lui jeta un coup d'œil de côté.

— Comme vous le savez, Elias est le chef de l'unité néonatale. Il est responsable du personnel médical de l'unité, et moi, des infirmières et des sages-femmes.

— Ah…

À présent, elle comprenait mieux pourquoi Elias avait parlé de former une équipe. Il ne s'agissait pas simplement de former des médecins aux techniques. Dans de nombreuses unités, il y avait des praticiens expérimentés qui souvent soignaient les nouveau-nés les plus malades. Certaines infirmières avec lesquelles elle avait travaillé avaient plus de connaissances et de compétences que certains médecins.

— J'ai vraiment hâte de connaître les équipes, dit-elle. Est-ce que vous-même travaillez dans cette unité ?

— Habituellement, j'y suis deux jours par semaine. Je m'assure en personne que le niveau du personnel reste élevé.

Cora remua sur son siège. Était-il en train de dire qu'il espionnait ses employés ?

— Mon prédécesseur gérait son personnel sans aucune supervision, ce qui a créé… des problèmes. J'ai donc décidé d'être plus présent. Cela donne aussi aux employés déjà anciens une chance d'accomplir leurs projets personnels de développement et d'avoir des jours pour étudier, si je suis là pour superviser l'équipe.

Voilà qui sonnait mieux.

— J'ai moi-même trop souvent travaillé avec des employés qui rataient les occasions de formations qu'ils désiraient parce que les unités étaient trop justes en personnel et qu'ils ne pouvaient pas se libérer, commenta-t-elle.

Il approuva de la tête.

— Pourriez-vous me conduire à un hôtel proche de l'hôpital ? demanda-t-elle.

— Si vous voulez, je peux essayer de vous loger à l'hôpital même. Nous avons des chambres pour les suppléants.

— Je préfère ne pas occuper un espace dont vous pourriez avoir besoin. Du moment qu'il existe un moyen de locomotion régulier pour me relier à l'hôpital, n'importe quel hôtel fera l'affaire.

— Quel style préférez-vous ? s'enquit-il. Moderne, traditionnel, luxe, ou plutôt retiré ? Naturellement c'est l'hôpital qui prend les frais à sa charge, le prix n'est donc pas un problème.

Cora hésita. Elle était tout de même là pour sept semaines et n'avait pas envie d'atterrir dans une auberge de jeunesse, ni dans un de ces endroits à la mode, froid et impersonnel.

— Je voudrais quelque chose de central, répondit-elle. J'aimerais pouvoir découvrir la ville et ses boutiques, manger au restaurant… J'ai entendu dire qu'elle était magique à Noël. Et ce qu'il me faudrait surtout, c'est un bon lit. J'ai vraiment besoin d'un lit confortable.

Jonas haussa les sourcils, et elle se mit à rire.

— Je crois que je suis juste fatiguée. Je n'ai pas dormi depuis vingt-quatre heures. J'étais trop excitée, et je voulais être sûre d'avoir laissé suffisamment d'instructions au sujet de mes patientes.

L'expression de Jonas s'adoucit. Elle avait enfin dit quelque chose qui avait son approbation. Elle n'avait aucune envie de passer les prochaines semaines à marcher sur des œufs autour de ce garçon coincé. Il était plutôt difficile à déchiffrer car il laissait rarement transparaître ses émotions.

À présent ils traversaient la ville, et Cora n'avait pas assez d'yeux pour regarder les bâtiments et les passants. Tout était recouvert d'une fine couche de neige poudreuse. C'était vraiment un bel endroit.

La plupart des gens étaient emmitouflés dans des vêtements beaucoup plus chauds que les siens.

— Savez-vous où je pourrais acheter des bottes et un manteau ? demanda-t-elle.

— Vous voulez que je vous emmène faire du shopping ? dit-il d'un ton presque dédaigneux.

Pour le coup, Cora sentit l'irritation la gagner. Elle en avait plus qu'assez de ce type et de ses manières. Elle pouvait sourire et supporter la situation jusqu'à un certain point avant d'exploser. Le problème, c'était que plus elle était énervée, plus son accent écossais reprenait le dessus. La dernière fois que cela lui était arrivé, les gens l'avaient regardée comme s'ils avaient eu besoin de sous-titres pour la comprendre.

Elle se tourna vers lui.

— Non. Je ne veux pas que vous m'emmeniez faire du shopping. J'aimerais juste ne pas être traitée comme si j'étais un problème majeur. Je suis sincèrement désolée qu'Elias soit malade et vous me faites clairement comprendre que je suis un fardeau pour vous, mais je suis avant tout une collègue et j'attends un minimum de courtoisie de votre part. Si vous traitez tous les visiteurs de votre unité de cette façon, vous ne devez pas en avoir beaucoup.

La voiture s'arrêta brusquement. Elle fulminait toujours et, pendant quelques secondes, se demanda si elle allait être débarquée sur le trottoir.

— Votre hôtel, annonça Jonas à voix basse, après l'avoir fixée de ses yeux bleus.

Elle vit alors un homme en uniforme s'avancer et ouvrir sa portière.

— Merci, lui dit-elle en souriant.

— Bienvenue, madame, répondit-il dans un anglais parfait. Je vous emmène à la réception pour l'enregistrement ?

Elle regarda par-dessus son épaule. L'hôtel avait de grandes portes vitrées, et une lumière chaude éclairait la réception. Quelques larges fauteuils roses étaient disposés à cet endroit, le rendant particulièrement accueillant.

— Oui, s'il vous plaît, répondit-elle.

L'homme ouvrit le coffre, prit sa valise et, souriant jusqu'aux oreilles, lui offrit son autre bras.

Comme c'était charmant. Elle jeta un regard noir à Jonas.

— Désolée de vous causer autant de soucis. Voilà ce que j'appelle souhaiter la bienvenue, ajouta-t-elle en désignant le portier.

Sortant de la voiture, elle glissa son bras sous le sien en lui retournant son sourire.

Jonas fut abasourdi. Par sa franchise. Par la rudesse de sa langue. Par l'éclat de ses yeux verts. En réalité, à la seconde où il l'avait vue à l'aéroport, il était resté le souffle coupé. Lui-même n'en revenait pas de la manière dont il l'avait traitée depuis qu'il l'avait rencontrée.

Cora Campbell n'était pas simplement attirante. Elle était époustouflante. Jamais aucune femme ne lui avait fait autant d'effet. Qu'est-ce qui n'allait pas chez lui ? Elias aurait honte de son attitude, alors que lui-même avait été si heureux de sa venue. Certes Jonas avait été contrarié d'être prévenu aussi tard, mais ce n'était nullement la faute de Cora. Elle avait fait le voyage depuis Londres pour arriver dans un pays inconnu où elle n'avait pas été accueillie par la bonne personne et elle apprenait que son lieu de séjour était changé.

Il n'avait rien arrangé par la brusquerie de ses manières et, le pire, c'est qu'il en avait été tout à fait conscient. Voilà des années qu'il était devenu un praticien attaché aux règles et il pouvait compter sur les doigts de la main le nombre de personnes qui le connaissaient depuis ses débuts à l'hôpital de Stockholm. Tout le monde ici l'avait accepté comme il était. Il savait qu'il était rigide, mais avec Cora il avait dépassé la mesure. Il était clair qu'elle était enchantée d'être ici, cependant il avait la nette impression qu'elle pouvait bouleverser son unité bien ordonnée, avec son enthousiasme débordant et ses projets de formation de *son* personnel.

Cela ne l'empêchait pas d'être complètement conscient de l'impact immédiat qu'elle avait eu sur lui. Il avait déjà remarqué le moindre détail la concernant – les quelques taches de rousseur sur son nez, sa façon de rejeter une mèche de cheveux derrière son oreille gauche… Son accent écossais devenait plus marqué quand elle était en colère – ou très excitée.

Cora Campbell était beaucoup trop séduisante. Cela faisait des années que Jonas gardait ses émotions sous contrôle. Ce serait difficile pour lui de rester près d'elle. Et si cette forte attirance qu'il ressentait le distrayait de ses obligations professionnelles ? Il n'était jamais sorti avec personne au travail, et c'était une règle à laquelle il ne voulait déroger en aucun cas.

S'il avait été mis au courant plus tôt de son arrivée, il aurait pu lui aménager un planning compatible avec les disponibilités des employés. Mais quelqu'un comme Cora, arrivant peu avant qu'il ne soit prévenu pendant leur période la plus chargée, risquait de causer le trouble dans une unité où devaient toujours régner l'ordre et le calme. Apparemment il n'avait pas bien su contrôler ses émotions, et ses inquiétudes et sa contrariété avaient rejailli sur elle.

Il poussa un soupir. En tant que représentant de l'hôpital, il était de son devoir de se montrer aimable avec elle. Il jeta un coup d'œil aux rues noires de monde. À 4 heures de l'après-midi, la nuit commençait déjà à tomber. Il savait qu'Elias avait réservé une table dans un restaurant non loin de là pour l'emmener dîner à son arrivée – il l'avait noté dans son agenda.

Il était temps de faire amende honorable.

C'était un hôtel de rêve. Cora se laissa tomber au milieu de son immense lit délicieusement confortable, enveloppée dans la douillette robe de chambre qu'elle avait trouvée dans la salle de bains.

L'originalité de la pièce lui plaisait. Une chaise longue était installée sous la fenêtre, encadrée par d'épais rideaux, donnant sur les rues animées. Le lit était doté d'une couette épaisse, elle-même recouverte par un immense édredon rouge.

Elle avait défait sa valise. L'aimable portier lui avait donné une carte des environs et une liste des endroits à voir à Stockholm au moment de Noël, ainsi que des boutiques qui pourraient lui plaire et des restaurants à essayer. Elle n'aurait pu demander davantage – à part un accueil plus chaleureux de la part du représentant de l'hôpital.

Ses doigts de pied remuèrent. Il lui fallait des chaussettes. Une autre chose à ajouter sur sa liste de courses. Des chaussettes épaisses. Elle avait les pieds froids, de même que les bras sous son trop léger imperméable vert.

Elle se laissa rouler hors du lit et s'installa sur la chaise longue pour observer la rue, tout en grignotant les chocolats que la réceptionniste lui avait offerts avec les compliments de l'hôtel. C'était un geste qu'elle appréciait.

Son regard fut attiré par les vitrines d'un grand magasin montrant des mannequins vêtus de manteaux d'hiver. Ce serait peut-être bien de commencer par là.

À cet instant, elle entendit frapper à la porte et sourit intérieurement. Cet hôtel était si accueillant que cette fois on venait peut-être lui apporter une bouteille de vin !

Ouvrant largement la porte, elle se retrouva le nez sur un large torse qu'elle connaissait déjà.

Jonas recula d'un pas et lui tendit un grand sac.

— On fait la paix ?

D'une main, Cora maintint le haut de sa robe de chambre fermé et, de l'autre, elle prit le sac avec réticence. Il y avait quelque chose de vert dedans. Elle écarquilla les yeux de surprise en sortant le vêtement. C'était une parka, légère mais épaisse, avec une capuche bordée de fourrure. De toute évidence, un article d'excellente qualité.

— Vous avez dit que vous aviez besoin d'un vêtement chaud. J'ai deviné votre taille, j'espère que cela correspond. Malheureusement je n'ai pas pu faire la même chose pour les bottes, mais je peux vous emmener dans une boutique, comme ça, vous les aurez pour demain.

Il était toujours debout dans l'encadrement de la porte, remplissant l'espace, mais elle hésitait à le faire entrer car il dégageait un tel sex-appeal qu'elle craignait ses propres réactions. Sans doute était-elle ainsi à cause du décalage horaire. Elle eut soudain un flash, se voyant l'attraper par la veste et le pousser sur son lit…

— Elias avait réservé une table dans un restaurant pour le dîner de ce soir, poursuivit Jonas. Il n'est qu'à quelques minutes à pied d'ici. Je suppose que vous n'avez pas encore mangé ?

Ses doigts se crispèrent sur le haut de sa robe de chambre. Elle n'avait que ses dessous sur elle.

— J'y pensais justement, répondit-elle, retrouvant sa voix.

— Alors je pourrais vous attendre en bas, le temps que vous vous prépariez. Je vous emmènerai à la boutique et pendant le dîner je vous parlerai un peu de l'hôpital ?

Cora n'hésita qu'un bref instant. Maintenant qu'elle avait découvert sa chambre, elle se serait volontiers vue y passer la soirée dans un total confort, à observer le reste du monde s'agiter en dessous d'elle.

Mais apparemment M. Antisocial était prêt à faire des efforts. Son éclat de tout à l'heure avait dû le ramener à de meilleures dispositions, lui rappelant son devoir de chef de service hospitalier. C'était une très bonne chose.

— Donnez-moi cinq minutes, répondit-elle.

Jonas n'y croyait pas trop. Il s'attendait presque à devoir poireauter à la réception toute la soirée. Mais dix minutes plus tard Cora Campbell faisait son apparition, vêtue d'un pantalon noir, d'un pull et de sa nouvelle parka verte.

C'était vraiment sa couleur. Le vert amplifiait l'éclat de ses yeux. Et il avait vu juste pour la taille, elle lui allait parfaitement.

Cora bavardait avec une femme d'âge mûr probablement rencontrée dans l'ascenseur. C'était quelqu'un de sociable, se dit-il, les voyant s'avancer toutes deux vers lui en discutant comme de vieilles amies.

Il se leva de son siège pendant que la femme se dirigeait vers la sortie.

— Prête ? demanda-t-il à Cora.

Elle esquissa un sourire.

— Merci pour la parka, vous n'auriez pas dû. Laissez-moi vous la rembourser. Le portier m'avait donné une liste de boutiques que je comptais découvrir plus tard.

Il fit un signe de dénégation.

— Acceptez-la avec mes excuses et comme un gage de

bienvenue à Stockholm. Mais rassurez-vous, je vous laisserai acheter vos bottes, ajouta-t-il avec un petit sourire. Certaines peuvent valoir aussi cher qu'une petite maison à la campagne.

Le visage de Cora rayonna et, une fois dehors, elle mit sa capuche sur sa tête. Ils traversèrent la rue au passage pour piétons afin de gagner l'autre pâté de maisons. Tandis qu'ils passaient devant des boutiques, il en profita pour donner de brèves appréciations.

— Oui. Non. Peut-être. Absolument pas. Seulement pour les touristes. C'est la meilleure boulangerie du quartier.

Cora mit les poings sur les hanches.

— Jonas Nilsson, j'avais cru comprendre que vous n'étiez pas quelqu'un qui aimait faire du shopping.

— En effet. Mais je vis ici depuis suffisamment longtemps pour savoir où aller et ce qu'il faut éviter.

Il s'arrêta devant une boutique à la large vitrine, qui semblait dater du siècle dernier.

— Si vous voulez faire un cadeau, cet endroit est absolument fabuleux. On y trouve des objets sculptés, de la verrerie, de minuscules tableaux de la taille de votre main, et des bijoux uniques. Le tout étant réalisé par des artistes locaux.

— Je reviendrai dans la semaine, dit-elle, intéressée. Je pourrais passer des heures dans ce genre d'endroit.

Ils étaient arrivés au magasin de chaussures, et Jonas lui tint la porte.

— C'est la boutique que Nils, le portier, m'a recommandée, ajouta-t-elle en entrant.

— Content d'avoir les mêmes goûts que lui, répondit-il avec un sourire.

Cora s'avança vers un large choix de bottes et commença à poser des questions à la vendeuse pendant qu'il attendait à l'entrée. Elle essaya plusieurs paires avant d'opter pour des bottes grises bordées de fourrure et dotées de semelles solides et épaisses pour marcher dehors même par temps glacial.

Il l'observa discrètement. Cora s'animait tout en parlant avec la vendeuse qui riait et lui donnait des conseils. Finalement elle jeta un coup d'œil dans sa direction et lui sourit avant de mettre ses chaussures plates dans la grande boîte qui avait contenu les bottes. Puis elle se dirigea vers la caisse.

— On aurait dû vous prendre aussi un bonnet et des gants, dit-il quand ils furent dehors.

Elle secoua la tête.

— Je connais votre amour du shopping, Jonas. Vous avez suffisamment souffert pour aujourd'hui. Si on allait dîner ?

Il l'emmena au restaurant situé près du chantier naval. De là on avait une belle vue sur toutes sortes de bateaux, neufs et anciens.

Cora étudia le menu.

— Puis-je vous faire quelques suggestions ? dit-il en pensant à Elias, qui aurait adoré être là à sa place.

Quant à lui, s'il était tout à fait capable d'être d'agréable compagnie s'il se trouvait en tête à tête avec une femme qui l'inspirait, il n'avait pas l'habitude de servir de guide à une visiteuse étrangère, surtout si elle risquait de semer la panique dans son service.

Il indiqua deux plats sur le menu.

— Tout dépend comment vous vous sentez après votre voyage. Je vous recommande le sauté de porc fumé accompagné de navets, de mayonnaise, de pommes de terre et de choucroute. Vous avez aussi le hareng avec du beurre brun, des œufs, de la salade de pommes de terre, betterave et noisettes. Sinon, si vous n'avez pas trop d'appétit, vous pouvez essayer un thé arctique avec de la citrouille fumée et une sauce au beurre.

Cora avala une gorgée de vin blanc.

— Tout a l'air délicieux... Comme je suis ici pour plusieurs semaines, j'aurai sûrement l'occasion de tout tester.

Finalement elle choisit le hareng, et Jonas passa la commande au serveur en prenant le sauté de porc pour lui, et il lui demanda d'apporter une assiette supplémentaire afin qu'elle puisse tout goûter. C'était probablement ce qu'Elias aurait fait.

Comme si elle avait lu dans ses pensées, elle lui demanda de ses nouvelles.

— Bien qu'il soit rentré chez lui, il est toujours très fatigué, répondit-il. Un AIT est le signe qu'il convient de ralentir. Elias fonctionnait toujours à l'adrénaline. Il a été furieux lorsque son médecin a annoncé qu'il ne pourrait pas retourner travailler avant six semaines, puis il s'est rendormi aussitôt.

Cora parut songeuse.

— Quelles seraient les conséquences pour l'unité, si Elias ne pouvait pas reprendre le travail ? demanda-t-elle.

Le cœur de Jonas se serra.

— Je ne peux pas imaginer l'unité sans Elias à la barre. Mais je suppose qu'aucun de nous n'est irremplaçable, quoi que nous en pensions. Le fils et la fille d'Elias sont tous les deux mariés et ont des enfants. Ils n'habitent plus Stockholm, et souhaitent qu'il se rapproche d'eux. C'est une famille très unie. La femme d'Elias est morte d'un cancer il y a plus de vingt ans, et depuis il s'est entièrement consacré à son travail et à ses enfants.

Cora poussa un soupir.

— La famille est ce qui nous structure tous, dit-elle avec un sourire las.

Il approuva de la tête.

— Ces dix dernières années, Elias a aussi été comme un membre de ma famille. Mais il faut que je laisse son fils et sa fille tenter de le persuader qu'il est temps de reconsidérer sa situation. Si c'était moi qui lui parlais, il se contenterait de se mettre en colère et me sortirait une liste de tout ce qui doit être amélioré au travail, dit-il avec un petit rire désabusé. Mais je peux vous assurer que l'unité fonctionne à son top niveau. Vous ne trouverez rien à redire.

Il ne pouvait s'empêcher d'être sur la défensive. Cora lui jeta un coup d'œil qui lui parut un peu trop perspicace.

— Comme vous vous en doutez, je viens d'Écosse, commença-t-elle. Et je suis médecin. Peu importe ce que je suis venue enseigner, ou apprendre. Je suis ici pour sept semaines, et je ne suis pas du genre à rester sur la touche et à regarder ce qu'il se passe, si je peux aider. Alors, si vous avez besoin d'aide pour superviser les rotations ou enseigner au nouveau personnel médical les procédures basiques de l'unité néonatale de soins intensifs, n'hésitez pas.

Ses doigts se resserrèrent autour de son verre.

— Tenez-le-vous pour dit : si vous ne m'utilisez pas, j'interviendrai de toute façon, ajouta-t-elle avec un petit sourire.

— Cela a le mérite d'être franc…

Il avala une longue gorgée de bière. Des odeurs appétissantes commençaient à leur parvenir.

— J'ai appris votre existence il y a seulement quelques jours. J'ignorais totalement qu'Elias avait demandé qu'un médecin vienne nous rendre visite, avoua-t-il, éprouvant toujours un léger ressentiment.

— C'est la même chose pour moi, répondit-elle, l'air amusé. Et je ne suis pas juste là pour vous rendre visite. Je suis spécialisée en néonatalogie, pratiquant des techniques novatrices.

Le remettait-elle de nouveau à sa place ? Peu importait.

— En tout cas Elias tenait beaucoup à votre venue, puisqu'il a réitéré sa demande plusieurs années de suite.

Cora parut nettement surprise.

— Je n'en avais aucune idée. Mes travaux de recherche n'ont été publiés que ces dernières années. Mais le monde de la néonatalogie est petit. Nous savons tous plus ou moins ce que font les autres. Il a dû entendre parler de moi par un des professeurs qui supervisaient mon travail.

Il esquissa une moue désabusée tandis que le serveur approchait avec les plats.

— Je me suis parfois demandé s'il lui arrivait de dormir.

— On s'est parlé plusieurs fois sur le Net, dit-elle en souriant. Je l'ai trouvé amusant et très intéressé par tout. Il posait un tas de questions et il m'a bien plu.

— Je l'aime aussi beaucoup.

Les yeux de Cora brillèrent lorsque leurs assiettes furent déposées devant eux. Il mit de côté un peu de son plat dans l'assiette supplémentaire et la lui tendit.

— Comme ça, vous découvrirez deux mets, ce soir.

Certaines femmes auraient refusé, mais Cora le remercia par un gracieux sourire.

— Au moins je n'aurai pas besoin de piquer avec ma fourchette dans l'assiette de mon voisin…

Il ne put s'empêcher de rire. Il était clair qu'elle était plus détendue à présent, mais, pendant qu'ils mangeaient, il se rendit compte qu'elle était très fatiguée. C'était étrange. Parfois il se sentait complètement à l'aise avec elle, mais il suffisait qu'elle fasse un commentaire sur les formations, par exemple, et il se raidissait aussitôt.

— Je devrais peut-être vous ramener à l'hôtel, suggéra-t-il quand ils eurent terminé. Pouvez-vous être à l'hôpital à 8 heures demain matin ?

— Aucun problème.

— Un petit conseil… Bien que la nourriture de l'hôpital soit très correcte, vous devriez peut-être prendre votre petit déjeuner à l'hôtel. Leur café est nettement meilleur.

— C'est noté. Je pensais que demain, j'aurais réunion avec Elias. Est-ce que je serai juste avec vous, ou bien avez-vous l'intention de me présenter quelqu'un d'autre ?

Jonas fronça les sourcils. En réalité il n'avait pas encore eu le temps d'y réfléchir.

— Je suppose que notre directeur général voudra vous voir à un moment ou un autre. Demain vous découvrirez l'hôpital, son département et son personnel.

— Et qui va m'aider à élaborer le calendrier des formations ? demanda-t-elle avant de terminer son verre de vin. Il faudrait que je voie la liste des diverses disciplines, afin de décider qui est plus approprié pour quelle session.

— Non.

La réponse était sortie toute seule, et Cora le fixa, surprise.

— Comment ça, non ? C'est exactement pour ça que je suis ici.

Jonas sentit qu'il se hérissait de nouveau.

— Je pense que nous devrions discuter des éléments de

la formation une fois que vous aurez eu quelques jours pour prendre vos marques. Donnez-vous un peu de temps pour découvrir l'hôpital de Stockholm, la façon dont notre unité néonatale fonctionne, ainsi que le personnel, les patientes et les familles.

Cora croisa les bras sur sa poitrine.

— Êtes-vous ennemi des changements, Jonas ? Vous ne ressemblez pourtant pas à un dinosaure. Pensez-vous que la médecine doive toujours rester la même et ne pas évoluer ?

— Bien sûr que non, s'exclama-t-il. Je suis sage-femme depuis quinze ans et j'ai déjà vu de nombreux changements dans la pratique de mon métier.

Elle hocha la tête.

— Ah, je vois... En fait, vous voulez tout régenter. C'est bon à savoir. Au moins je sais à quoi m'attendre.

Elle avait assené ces mots d'un ton léger, presque désinvolte. Le serveur apparut avec leurs manteaux, et elle glissa les bras dans la parka qu'il venait de lui acheter.

— Vous avez choisi la bonne couleur, dit-elle. Le vert est celle du mouvement et de l'ouverture. C'est ainsi que je suis et que je travaille. Si vous voulez m'empêcher de faire le job pour lequel je suis venue ici, il vous faudra être rapide. Et croyez-moi, je peux courir très vite.

Elle lui tapota le bras comme elle l'aurait fait à un enfant.

— Merci pour le dîner. Je crois que cela nous a fait du bien à tous les deux. À demain, 8 heures. Ou peut-être que je serai là-bas avant vous ?...

3.

Jonas était arrivé à l'hôpital à 5 h 30 du matin, mais tout avait semblé conspirer contre lui. Alors que tout était paisible dans l'unité, la zone d'accouchement était entrée en effervescence et, en tant que chef du secteur, il avait dû participer.

Quatre sages-femmes avaient été contaminées par une sorte de virus. Le personnel s'en trouvait considérablement réduit, avec six patientes en plein travail et dix autres en observation. Il avait dû faire appel à des sages-femmes d'autres sections de l'hôpital pour les assister. D'autre part, six parmi celles qui étaient de service avaient récemment obtenu leur diplôme. Il devait donc bien les superviser afin qu'elles se sentent rassurées dans leurs tâches.

Il avait aidé à l'accouchement de trois bébés. Heureusement tout s'était bien passé.

Après avoir retiré sa paire de gants et s'être lavé les mains dans la salle de traitement, il vit arriver Linnea, une des nouvelles diplômées, les joues rouges et les yeux brillants.

— Oh ! merci pour votre assistance, Jonas. Je suis heureuse que tout se soit bien déroulé.

Elle avait sollicité son aide alors qu'elle était auprès d'une patiente en travail et elle avait vu juste : le rythme cardiaque du bébé avait commencé à baisser légèrement, ce qui indiquait généralement un problème avec le cordon ombilical. Jonas l'avait laissée s'occuper de l'accouchement, tout en lui apportant le soutien technique et les conseils dont elle avait besoin.

Le cordon plus long que la moyenne s'était enroulé autour du cou du bébé. Alerté, l'obstétricien avait été d'accord pour laisser se dérouler l'accouchement normalement tant que la baisse du rythme cardiaque restait minime durant les contractions. Linnea avait pu dégager la tête du bébé et retirer doucement le cordon avant qu'un vigoureux garçon ne vienne au monde.

Jonas la félicita.

— Vous avez bien travaillé. C'était un cas difficile, que vous aurez de nouveau l'occasion de rencontrer. Vous devrez à chaque fois appréhender la situation selon les circonstances.

La jeune femme hocha la tête.

— Quand vous êtes arrivé, j'ai été tentée de vous demander de prendre le relais…

— Nous sommes tous tentés de le faire dans ces situations. Croyez-moi, si je l'avais jugé nécessaire, je l'aurais fait. Mais c'était inutile. Vous êtes une bonne sage-femme.

À cet instant, son regard s'arrêta sur la pendule murale au fond de la salle et il étouffa une exclamation. Il était près de 10 heures. Il n'avait pas vu le temps passer.

Les choses ne s'étaient pas vraiment déroulées comme Cora s'y était attendue. Comme convenu, elle était à l'hôpital à 8 heures. Suivant le conseil de Jonas, elle avait pris son petit déjeuner à l'hôtel et était arrivée avec deux cafés à emporter. Mais il n'avait pas donné signe de vie.

Elle avait donc dû gagner seule l'unité et s'était présentée elle-même au personnel, se sentant un peu embarrassée avec sa nouvelle parka. Alice, l'infirmière en chef, avait eu pitié d'elle et lui avait montré le vestiaire, où elle avait pu déposer ses affaires, enfiler ses confortables chaussures plates bleues et s'attacher les cheveux pour être prête à travailler.

Toujours aucun signe de Jonas. Alice l'avait dirigée vers l'un des internes, Hugo, qui lui avait fait faire le tour de l'hôpital pour qu'elle apprenne à se repérer.

Cependant, même s'il lui posait parfois des questions, il était clair que l'interne ne l'écoutait pas, sans doute trop intéressé par sa propre personne. Il n'avait manifestement pas saisi qu'elle était plus qualifiée que lui et était là pour partager ses connaissances. Cora aurait pu trouver cela amusant si elle n'avait pas dû supporter sa présence pendant plus d'une heure.

Lorsque enfin Jonas fit son apparition, visiblement stressé, Hugo était en train de lui parler des prématurés comme si elle avait été une débutante.

— Généralement les bébés sont considérés comme viables à vingt-quatre semaines, mais dans cet hôpital certains prématurés ont survécu à vingt-deux ou vingt-trois semaines…

Jonas passa la main dans ses cheveux blonds, et elle reconnut le geste de quelqu'un qui venait de sortir du bloc opératoire.

Il lui jeta un coup d'œil.

— Vous ne lui avez donc rien dit ?

— Dit quoi ? interrogea Hugo d'un ton légèrement hautain.

Cora vit Jonas froncer les sourcils en le regardant. Il ne semblait pas non plus apprécier son ton et ses manières.

— Si, j'ai essayé, soupira-t-elle. Deux fois. Mais chez lui, l'écoute est une compétence qui reste à développer.

— Que voulez-vous dire ?

Elle sourit.

— Je m'appelle Cora Campbell, spécialiste en néonatalogie. Je suis ici pour enseigner aux membres de votre hôpital de nouvelles techniques et pour les former.

L'interne se raidit dans sa blouse blanche.

— Mais…

— Le Dr Campbell est spécialisée dans les prématurés, coupa Jonas, visiblement agacé. Elle n'a nul besoin que vous lui donniez des explications dans ce domaine. Vous pouvez rejoindre l'unité, docteur Sper. Vous et moi discuterons plus tard.

— Vous avez deux choses à vous faire pardonner, Jonas Nilsson, dit Cora sans préambule dès que Hugo fut parti.

Jonas eut l'air intrigué.

— Deux ?

— En fait, plutôt trois. Premièrement, vous étiez en retard. Deuxièmement, je vous avais apporté un café tout chaud. Et troisièmement, vous m'avez laissée seule pendant plus d'une heure avec M. Je-sais-tout.

Il lui fit face et se mit à compter sur ses doigts.

— Premièrement, je suis ici depuis 5 h 30 du matin. Il y a eu une épidémie de grippe intestinale et j'ai dû participer à trois accouchements. Deuxièmement, j'ai dû assister à la préparation d'un plan d'évacuation d'urgence. Et troisièmement, je suppose que c'est Alice qui a suggéré à Hugo de vous emmener faire le tour de l'hôpital ? Elle a du mal à le supporter, et je peux comprendre pourquoi. Il ne s'intègre pas très bien aux autres. Elias aurait dû avoir affaire à lui, mais maintenant c'est à moi que cela incombe. Pour ce qui est du café… Est-ce que vous l'avez toujours ? Je pourrais le réchauffer au micro-ondes, j'en ai terriblement envie.

Cora secoua la tête avec un sourire faussement désolé.

— Je regrette, je l'ai donné à Alice.

Il sourit à son tour.

— Vous savez comment vous attirer les bonnes grâces des partenaires clés… Votre tour s'est bien passé ?

— Le seul endroit où je ne suis pas allée est la zone d'accouchement. Mais je suppose que vous n'avez aucune envie d'y retourner maintenant. Il faut tout de même que je sache comment m'y rendre s'il y a une urgence concernant un nouveau-né.

Jonas secoua la tête.

— Vous n'aurez pas besoin de répondre aux appels d'urgence.

Elle croisa les bras d'un air résolu.

— Je vous ai prévenu hier. J'ai déjà dit à Alice que j'étais désireuse d'assurer des gardes, et elle m'a donné quelques dates à titre provisoire en attendant de voir ça avec vous.

Il plissa les yeux, l'air à la fois contrarié et impressionné.

— C'est mon unité, et mon personnel.

Elle leva les mains devant elle dans un geste de reddition.

— Je sais, je sais, dit-elle avec son plus beau sourire.

Un tour d'hôpital plus tard, Jonas ne savait toujours pas que penser de Cora Campbell. Elle était brillante, avait l'esprit vif et le sens de la repartie. Pourtant il ne pouvait s'empêcher de la voir comme un trublion potentiel.

Elle prétendait suivre les règles instaurées dans son unité en le regardant dans les yeux, mais il la soupçonnait d'avoir d'autres idées en tête.

Si de l'extérieur l'hôpital de la ville de Stockholm paraissait calme, à l'intérieur c'était le chaos, et Jonas était la seule personne dont c'était le job de régler le problème.

Le virus qui avait commencé par affecter la salle de travail se répandait rapidement parmi les employés de l'hôpital. Il soupçonnait la présence d'un norovirus qui apparaissait pendant les mois d'hiver.

Il lui manquait huit médecins, trois directeurs, une quinzaine d'infirmières et de sages-femmes, et de nombreux auxiliaires de service. Chaque fois que son biper sonnait, il grinçait des dents, craignant d'apprendre la défection d'un autre employé. Par chance, pour l'instant aucune patiente n'était touchée.

De retour à l'unité néonatale, il retrouva Cora avec Alice, l'infirmière en chef.

— Alice, il semble qu'un norovirus soit responsable de la contagion parmi le personnel. Je vais contacter le service de prévention et de contrôle des infections. Pour commencer, nous allons prendre davantage de mesures de sécurité dans l'unité. Il faut avant tout éviter que nos bébés tombent malades.

Alice s'exécuta aussitôt et briefa tout le personnel afin qu'il multiplie les gestes de précaution, notamment en se désinfectant les mains et en portant un équipement de protection.

De plus, tout le personnel étranger à l'unité se vit refuser l'entrée. Parfois des médecins en formation passaient dans les services pour observer les procédures spécifiques employées. C'était notamment le cas pour les échographies et la kiné.

Jonas s'était attendu à ce que Cora émette des objections. Cela contrariait ses projets de formation pour les prochains jours. Mais, au lieu de protester, elle alla dans un des bureaux consulter les fiches des bébés.

Quelques heures plus tard elle réapparut, un clip-board à la main, et sourit à Jonas.

— J'ai fait une liste. Vous avez actuellement un certain nombre de grossesses suivies de près et sous moniteur. Si certaines de ces patientes accouchent plus tôt, je pense que nous devrions en profiter pour utiliser certaines techniques du programme Kensington.

Il parcourut rapidement la liste, reconnaissant plusieurs noms.

— Vous n'aurez pas le temps de former nos employés, ni d'obtenir l'accord des parents pour essayer quelque chose de nouveau.

Cora haussa les épaules.

— Ils n'ont pas besoin d'être d'abord formés. Je serai là. Je peux démarrer les procédures, parler aux parents pour avoir leur accord, et surveiller les bébés sous moniteur.

Alice s'était approchée pour suivre la conversation.

— Cela me paraît bien, dit-elle. J'ai lu vos recherches et j'aime ce que vous faites.

Cora rayonna aussitôt.

— Vraiment ?

— Bien sûr. Elias parlait souvent de vous, et cela m'a donné envie de découvrir ce que faisait la Femme Pionnière.

— Quoi ? s'étonna Cora.

Alice se mit à rire.

— C'est le surnom qu'il vous donnait. Il était très impressionné par vos travaux. Je crois qu'il espérait secrètement participer à vos prochaines recherches.

Jonas était stupéfait.

— Il ne m'a jamais parlé de vous…

C'était sorti spontanément, sans intention de la blesser, mais il la vit se raidir et détourner les yeux. Alice lui lança un regard de reproche.

— Tu sais bien qu'ici tout doit passer par notre comité d'éthique, et cela prend du temps, lui dit-elle. Elias ne t'aurait parlé qu'une fois tous ces agréments en place.

Elle donna un petit coup de coude à Cora.

— Un jour, ils ont refusé une demande de candidature juste parce qu'ils n'aimaient pas la couleur du graphique d'évolution.

Il saisit la balle au bond.

— Oh ! bien sûr… C'est vrai que notre comité d'éthique est particulier. Ils peuvent rester bloqués sur un petit détail au lieu d'avoir une vision globale. C'est certainement pour cela que nous n'avions pas encore discuté de vous.

Cora se contenta de lui jeter un regard de côté. Par chance son biper sonna de nouveau.

— Un instant, dit-il en s'éloignant avec son appareil.

Il n'était pourtant pas parti longtemps, mais à son retour il constata qu'elle avait enchaîné les procédures de dépannage les unes après les autres. Elle avait posé un cathéter central sur un bébé de vingt-six semaines, et une sonde d'alimentation délicate sur un bébé de vingt-sept semaines qui continuait à avoir des difficultés à acquérir le réflexe de succion. Avant qu'il ait eu une chance de lui parler, elle avait rejoint un des médecins de l'unité qui avait du mal à remettre une perfusion sur un prématuré. Portant des gants, un masque et une blouse, elle était en train de changer le bras du bébé de position pour mettre en évidence l'angle sous lequel il devait chercher la veine.

Elle était aimable et encourageante, donnant des instructions claires. Son ton n'était nullement autoritaire, pourtant il était persuadé qu'elle prendrait le relais sans hésiter si nécessaire. Elle leva les yeux par-dessus son masque, et leurs regards se croisèrent quelques secondes, mais son expression était indéchiffrable.

Une demi-heure plus tard, le bébé ayant été remis dans sa couveuse avec sa nouvelle perfusion, Cora le rejoignit dans la salle des infirmières.

— L'appel que vous avez reçu tout à l'heure, lâcha-t-elle. C'était un autre médecin qui est tombé malade, n'est-ce pas ?

Il lui jeta un coup d'œil soupçonneux.

— Je vais finir par croire que vous y êtes pour quelque chose…

Elle secoua la tête en se tapotant l'estomac.

— Je me porte comme un charme. Alors, avez-vous besoin de moi pour compléter des équipes ?

C'était contre les règles d'utiliser un médecin de passage pour couvrir des périodes de travail régulières. D'autant plus s'il s'agissait de quelqu'un qui était ici pour former son personnel.

— Jonas, ne m'obligez pas à vous supplier.

La situation était sérieuse, il commençait vraiment à lui manquer du monde.

Il consulta le planning mural.

— Nous avons besoin de quelqu'un pendant la nuit de mercredi et la journée de vendredi.

— C'est noté.

Aussi simple que ça. Mais de là à lui dire merci…

Il s'appuya sur le comptoir.

— Tout à l'heure vous n'avez pas pris la place du médecin, vous avez seulement supervisé son travail en lui donnant des conseils au fur et à mesure. Pourquoi ?

— Parce que c'est un bon médecin. Il a juste besoin de prendre confiance en lui. Il était capable de faire cette procédure.

— Mais vous ne le saviez pas, vous ne l'aviez jamais vu en action.

Cora le regarda d'un air surpris.

— Vous travaillez comme sage-femme depuis des années. Vous savez bien qu'il est capital de se fier à son instinct.

Il se crispa intérieurement. Cora ne pouvait pas savoir combien cela l'avait affecté dans le passé. Cet incident l'avait marqué pour la vie. L'instinct, c'était bien. Mais les règles, c'était encore mieux. Elles protégeaient réellement le personnel.

— Pourtant vous n'aviez aucune idée de ses capacités, persista-t-il.

Cora le regarda droit dans les yeux et posa la main sur sa poitrine.

— Mais je me connais. Je « sens » si quelqu'un est bon dans son travail. J'ai toujours été ainsi et le serai toujours. Si j'avais eu le plus léger doute, je ne l'aurais pas laissé faire

Vous formez bien des médecins dans votre hôpital, n'est-ce pas ? Celui-ci avait juste besoin de se sentir épaulé.

Il se rendit compte qu'il n'avait aucune envie qu'elle soutienne quelqu'un d'autre et grinça des dents. Cora Campbell commençait à lui faire un peu trop d'effet, et c'était exactement ce qu'il voulait éviter – en particulier sur son lieu de travail.

— J'aurais pris le relais en un clin d'œil si j'avais eu la moindre inquiétude, assura-t-elle en souriant paisiblement. Je fais bien mon travail. Il faut juste que vous appreniez à me faire confiance.

Il y eut un long silence. Elle le regardait comme si elle voyait chez lui des côtés qu'il ne voulait pas qu'elle connaisse. Qui était cette femme, à la fin ? Et pourquoi avait-il l'impression qu'elle était capable de se mettre à sa place ?

Une des infirmières du service pédiatrique les rejoignit et sourit à Cora.

— Juste pour vous informer que nous commençons ce week-end les fêtes traditionnelles de Noël. Vous devriez vous joindre à nous.

Le charme était rompu. Il lui sembla voir une lueur de panique dans les yeux de Cora, et cela l'intrigua.

— Je… je viens juste de donner mon accord pour couvrir certaines périodes de travail…

— Mais vous serez libre samedi soir et vous pourrez venir patiner au parc. C'est une tradition suivie par tout le personnel ici. Tout le monde se rassemble à la patinoire de Kungsträdgården – le jardin du roi – le premier week-end de son ouverture en novembre. Cela marque le début de la période de Noël.

Jonas la vit hésiter.

— Où ça ?

— En plein centre-ville, dit l'infirmière. Vous n'aurez aucun mal à la trouver. Sinon, nous enverrons Jonas vous chercher.

— Euh… c'est que je ne suis pas une très bonne patineuse. Je ferais sans doute mieux de m'abstenir.

Il ne put s'empêcher d'intervenir.

— Docteur Campbell ? Il y aurait donc une discipline dans laquelle vous n'excellez pas ? J'ai du mal à le croire, dit-il d'un ton ironique.

Cora se contenta de lever les yeux au ciel.

— Bon, je viendrai.

Mais il y avait toujours quelque chose dans son regard qu'il ne comprenait pas.

Il posa la main sur son épaule.

— Tout se passera bien, je vous le promets. Normalement nous nous retrouvons vers 18 heures. Je viendrai vous prendre à l'hôtel.

Cora avait passé une partie de la journée à tenter de trouver une excuse plausible pour ne pas aller patiner avec ses nouveaux collègues.

Comment pouvait-elle leur expliquer que Noël était pour elle une sorte de trou noir ? En Angleterre, tout le monde la connaissait et on ne lui posait pas de questions. Quand Cora se proposait pour travailler à Noël, les autres médecins se contentaient d'accepter son offre avec reconnaissance. Mais elle ne voulait vraiment pas avoir à fournir des explications à des gens qu'elle connaissait à peine. Le problème était qu'ici les festivités de Noël commençaient déjà et duraient jusqu'au jour J.

Pour Cora, c'était comme si elle avait dû tourner dans un film d'horreur. Pourtant cela n'avait pas toujours été ainsi.

Lorsqu'elle vivait dans sa famille adoptive, Cora aimait Noël comme tout le monde, au point de prévoir elle aussi toutes sortes d'activités de Noël. Mais des événements dramatiques étaient survenus durant la période des fêtes, et elle avait complètement perdu l'esprit de Noël.

Tout d'abord, sa mère adoptive qu'elle adorait était morte brusquement un 23 décembre après avoir été admise à l'hôpital pour une douleur au dos. Même si elle travaillait dans une autre spécialité, elle éprouvait encore un sentiment de culpabilité parce qu'elle n'avait vu aucun des signes de l'anévrisme aortique qui avait emporté sa maman en quelques minutes. Ce n'était pas pour rien qu'on l'appelait le « tueur silencieux ». Il sévissait presque sans avertissement et, à moins d'être détecté au scanner, était très souvent mortel.

L'année suivante, son père adoptif était mort après avoir lutté contre son cancer. Il s'était finalement éteint la veille de Noël. Cora savait que la véritable raison était qu'il avait perdu le goût de vivre après la mort de sa femme.

Alors la période de l'année qu'elle avait partagée avec les deux personnes qu'elle avait aimées le plus – ceux qui avaient complètement changé sa vie et lui avaient donné l'envie, la volonté et la détermination de devenir médecin –, avait été entachée à jamais.

L'arrivée de Noël était devenue le cruel rappel de ce qu'elle avait perdu. Son cerveau rationnel avait beau lui marteler que c'était ridicule, elle était médecin et en avait vu suffisamment dans le cadre de son métier pour savoir que Noël n'était pas une période heureuse de l'année pour tout le monde. D'autres personnes en gardaient aussi des souvenirs douloureux.

Elle avait appris à la traverser en se jetant dans le travail, permettant ainsi à d'autres d'apprécier ce moment avec leur famille comme elle l'avait fait autrefois.

Quant à elle, ses deux parents étant morts au Royal Kensington de Londres, ses collègues connaissaient les circonstances de leur décès.

Alors qu'elle était habituellement une personne positive et stimulante, la période de Noël assombrissait même son humeur. Elle enfila sa parka verte et le bonnet rouge douillet qu'elle avait acheté dans une boutique voisine, s'efforçant de chasser ces pensées moroses de son esprit. Tout ce qu'elle pouvait faire, c'était afficher un sourire de façade pendant quelques heures.

Ensuite elle retrouverait sa chambre d'hôtel et se blottirait dans son lit. En prenant ses gants, elle jeta un coup d'œil dans le square voisin. Tout le monde l'avait accueillie si chaleureusement ces derniers jours… Jonas n'avait pas souvent été là, au point qu'elle aurait pu se demander s'il ne cherchait pas à l'éviter.

Ce soir, c'était différent. Il venait la chercher.

Le crépuscule était déjà tombé, et elle voyait toutes sortes de lumières blanches briller partout. C'était vraiment joli. Il y avait de nombreuses décorations lumineuses et des flocons de neige géants étaient suspendus sur des câbles entre les lampadaires. Au milieu du square un magnifique décor avait été planté, mettant en scène un troupeau de rennes blancs et le traîneau du Père Noël. En l'espace d'une nuit, toutes les lumières avaient été installées.

Cora avait beau aimer la vue qu'elle avait de sa fenêtre, cet étalage de festivités soir après soir risquait d'être un peu trop pour elle.

Avec un soupir, elle rejoignit le hall d'entrée, lui-même rempli de sapins et de décorations diverses.

Jonas arriva par l'entrée principale et se dirigea vers la réception tout en époussetant de la main quelques flocons de neige de ses cheveux blonds. Cora remarqua plusieurs membres du personnel féminin qui lui jetaient un regard appuyé, ce qui était tout à fait normal : il était grand, beau et dégageait une certaine autorité.

Instinctivement, elle lui fit un signe et lui décocha un large sourire, pour bien montrer qu'elle était avec lui. Pourquoi faisait-elle ça ?

— Hello !

— Prête à y aller ? demanda-t-il d'un air de doute.

— Bien sûr.

— Vraiment ? Tout à l'heure j'ai eu l'impression que vous cherchiez à y échapper.

— Je n'apprécie pas spécialement les fêtes de Noël, répondit-elle avec un haussement d'épaules.

Il ne chercha pas à en savoir davantage et lui offrit le bras.

— Pourquoi ne pas vous risquer sur la glace ? proposa-t-il

en l'entraînant dehors. C'est seulement à dix minutes à pied. Le parc se trouve réellement au cœur de la ville.

Ils se retrouvèrent au milieu de joyeuses bandes qui prenaient la même direction.

— Ici, nous célébrons beaucoup cette période et vous allez probablement être invitée pour d'autres événements, ajouta-t-il. À propos des patins... Ceux qui sont en location sur place ne sont pas de très bonne qualité et ne tiennent pas bien aux pieds.

Elle lui jeta un coup d'œil incrédule.

— Dans ce cas, pourquoi n'avez-vous pas apporté les vôtres ?

— Par solidarité, répondit-il, mi-sérieux, mi-rieur. Je ne me voyais pas arriver avec mes patins de pro et vous laisser seule vous débattre au milieu de la piste...

Cette fois elle se mit à rire.

— Eh bien, Jonas, je ne vous savais pas si plein de sollicitude à mon égard.

— Ne croyez pas ça... Je veux bien louer une paire de patins avec vous, mais vous devrez payer le chocolat chaud.

— Il y a du chocolat chaud ? s'exclama-t-elle, ravie.

— Naturellement. Regardez, nous allons longer le palais royal et Gamla Stan.

— Est-ce que le roi réside ici ? demanda-t-elle en admirant l'immense bâtisse magnifiquement éclairée.

— C'est sa résidence officielle.

— Et qu'est-ce que Gamla Stan ?

— Notre vieille ville est l'une des destinations touristiques les plus populaires, avec ses rues pavées et ses bâtiments de toutes les couleurs, du XVIIe et du XVIIIe siècle. C'est l'une des cités médiévales les mieux préservées d'Europe.

Cora se promit de s'y rendre à ses moments perdus.

Ils passèrent l'entrée du parc, au design impressionnant. Il était relié au port par le principal quartier commerçant. Il y avait une magnifique fontaine, une scène pour les spectacles et, bien sûr, une grande patinoire.

Celle-ci était déjà très fréquentée. Les patineurs tournaient autour d'une énorme statue.

— Qui est-ce ? questionna Cora en désignant l'homme au milieu entouré de lions de fer.

— Karl XIII. Il a été roi de Suède.

Ils s'approchèrent de la patinoire, entourée d'une barrière en bois sur laquelle on pouvait s'appuyer pour regarder les autres patiner.

— À quoi servent les tentes ? demanda-t-elle encore.

— À se réchauffer, répondit-il. Ce sont des endroits où l'on vient se blottir les uns contre les autres quand on a trop froid. Vous y trouverez du chocolat chaud, des airelles rouges et du *glögg*, autrement dit du vin chaud, sucré et épicé à la fois. C'est très bon, juste ce qu'il faut pour un soir d'hiver.

Il fit un signe aux autres membres de l'équipe rassemblés près du stand de location de patins. Cora remarqua que presque tous avaient apporté leur propre paire. Jonas alla leur chercher des patins et les lui attacha aux pieds. Naturellement il avait raison : tous deux avaient l'air d'être sous-équipés. Alors que les autres se lançaient déjà sur la piste et s'éparpillaient dans tous les sens, elle comprit quel sacrifice Jonas avait fait pour elle, pour qu'elle ne se sente pas trop à l'écart.

Il lui tendit la main.

— Ne vous en faites pas, je vous ramasserai si vous tombez.

— Je préférerais que vous me rattrapiez avant, répliqua-t-elle en agrippant sa main.

Au premier pas qu'elle fit sur la glace, elle faillit s'étaler sur le dos. Jonas posa une main à plat sous ses omoplates et, comme elle semblait figée sur place, il la poussa doucement.

Cora chancela aussitôt et battit des bras pour tenter de retrouver son équilibre. Jonas rit doucement et se positionna derrière elle en mettant les mains sur ses hanches pour continuer à la pousser.

Au début ses jambes tremblaient, mais, après avoir effectué un demi-tour de patinoire, elle commença à se détendre et s'appuya contre lui.

— Ça va ? demanda-t-il par-dessus son épaule.

Elle se laissa aller davantage.

— C'est vous qui faites tout le travail.

— Comme ça, vous n'avez plus qu'à apprécier ce qu'il se passe autour de vous.

Les autres membres de leur groupe passaient comme des flèches sur la glace à côté d'eux, riant et leur faisant des signes.

Soudain, plusieurs filles de l'unité encadrèrent Cora et l'entraînèrent avec elles. Elle poussa un cri de frayeur, puis se mit à rire tandis qu'elles l'emmenaient faire un autre tour de piste. L'air était vif, mais le froid restait supportable et lui donnait envie de continuer à bouger.

Les filles s'arrêtèrent devant l'une des tentes, où elles retrouvèrent le reste du groupe. Jonas lui glissa dans les mains un verre rempli de chocolat chaud. Il lui tendit une cuiller, et elle s'attaqua aussitôt à la crème qui le recouvrait.

— Mmm, c'est délicieux, mais ce n'est pas le goût auquel je m'attendais.

— C'est du chocolat blanc. Leur meilleure vente. Mais si vous voulez aussi goûter le vin chaud…, dit-il en lui tendant sa tasse.

Elle prit l'air exagérément surpris.

— Donc, il vous arrive de partager…

— Que voulez-vous dire ?

— J'ai eu l'impression que vous ne teniez pas particulièrement à partager votre unité avec moi.

— Pourquoi devrais-je partager ce qui est à moi ? répliqua-t-il, visiblement amusé.

— Je pensais que vous feriez une exception pour quelqu'un que vous avez invité ici.

— C'est Elias qui vous a invitée… et sans me consulter.

— Mais je vous ai vu m'observer, aujourd'hui. Je suis un atout pour votre unité, d'autant plus si vous avez du personnel manquant.

Jonas hocha lentement la tête.

— C'est très utile d'avoir une autre personne expérimentée,

mais… vous avez l'air d'être du genre qui, quand on lui donne un doigt, vous prend le bras.

Elle sourit, puis redevint sérieuse.

— Je voudrais juste ne pas perdre de temps pour enseigner à votre équipe ce qu'Elias m'a demandé.

Elle se rendait compte que depuis l'absence de ce dernier Jonas devait assurer deux jobs : être chef du service d'obstétrique et gérer l'unité néonatale de soins intensifs. Le fait d'être aussi strict par rapport aux règles et aux pratiques habituelles devait être sa façon de rassurer les employés pendant que leur directeur était en congé maladie.

Pourquoi ne pas en profiter pour mettre un peu la pression ?

— Je suis ici pour effectuer un travail. Pourquoi ne me laissez-vous pas faire ? Demain il y a un changement d'équipe complet. Je pourrais commencer par leur expliquer la science du sauvetage neural hypothermique. C'est un des volets les plus importants de ma recherche. Je comprends qu'au début cela puisse être un peu déroutant pour le personnel. Quand on a affaire à un bébé prématuré, notre premier réflexe est de le placer au chaud dans une couveuse. Si on me laisse une chance d'expliquer cette science, je peux enseigner les techniques.

Il ne parut pas convaincu, et elle lui adressa son plus beau sourire. Bon sang, ce Jonas Nilsson était un coriace. Elle aurait bien voulu savoir pourquoi, et en même temps se disait que ce n'étaient pas ses affaires.

Mais Cora avait toujours été intéressée par la vie des autres – ce qui les faisait vibrer. Elle se montrait ouverte envers ses amis proches. Tous savaient pourquoi elle était devenue néonatalogiste. Elle avait aidé à la venue au monde de sa petite sœur, Isla, lors de l'accouchement prématuré de sa mère. Elle avait aussi dû intervenir lorsque celle-ci avait fait une hémorragie post-partum. Elle avait vécu un moment à la fois terrifiant et grisant, qui avait déterminé le choix de sa carrière.

Quand ses parents étaient morts, elle avait tenté de persuader sa sœur de venir vivre avec elle à Londres. Mais Isla n'avait nullement l'intention de quitter les Highlands écossais où elle avait grandi, et elle avait insisté pour aller vivre chez sa tante jusqu'à la fin de sa scolarité. À présent elle était à l'université d'Édimbourg, tout comme Cora avant elle, mais étudiait la physique au lieu de la médecine. Toutes deux étaient toujours proches et se parlaient souvent au téléphone.

Si les amis de Cora n'ignoraient rien des moments importants de sa vie, elle ne tenait pas à les partager avec une relation éphémère.

Elle ne connaissait Jonas que depuis quelques jours et ne pouvait s'empêcher de se poser des questions à son sujet. Il pouvait être grincheux, drôle, ou terriblement sérieux. Même si elle ne restait que jusqu'à Noël, il faudrait bien qu'elle travaille avec lui pour répondre aux exigences du Projet Kensington. Pour cela, il fallait qu'elle sache sur quels boutons appuyer. Parfois il se refermait comme une huître, et à d'autres moments il lui semblait qu'il y avait beaucoup plus en lui que ce qu'il laissait paraître.

Comme s'il lisait dans ses pensées, il hocha la tête d'un air conciliant.

— Une session d'enseignement me semble raisonnable, s'il n'y a pas d'urgences dans l'unité demain.

— Bien sûr, se hâta-t-elle de répondre. Topez là.

Elle lui tendit la main, et il la dévisagea comme si elle avait perdu la raison.

— Pourquoi ? Je viens de vous dire que j'accepte.

— Je trouve que c'est une bonne façon de sceller notre accord.

Il avança sa main gantée, et elle la saisit en le regardant droit dans les yeux.

— Voilà. Maintenant, c'est plus difficile de reprendre sa parole.

— Ce n'est pas dans mes habitudes, assura-t-il.

— Mais je ne vous connais pas très bien, dit-elle en relâchant sa main. Pas encore.

4.

Sans savoir pourquoi, Jonas se sentit le cœur léger quand il se rendit à l'hôpital le lendemain matin. Il était toujours heureux d'aller travailler, mais cette fois c'était différent.

Il ralentit le pas quand il se rendit compte que la dernière fois qu'il avait été aussi heureux, c'était le jour où il avait fait sa demande à Kristina – la dernière fois qu'il avait dit à une femme qu'il l'aimait.

Il avait fréquenté Kristina pendant plusieurs mois – une romance éclair. Il avait fini par laisser tomber sa garde, alors qu'il avait appris à contrôler ses émotions depuis l'histoire avec sa patiente. Lorsqu'il avait finalement trouvé le courage de laisser parler son cœur en disant à Kristina qu'il l'aimait, il s'était attendu à ce qu'une nouvelle vie commence pour lui.

Mais le résultat avait été désastreux. En rentrant tôt chez lui le jour suivant pour chercher l'anneau qu'il avait fait mettre à la bonne dimension, il avait trouvé une pile de factures dans sa boîte aux lettres. Tous les achats avaient été réalisés avec ses propres cartes de crédit jusqu'au montant maximum autorisé, en l'espace d'un mois – le temps que Kristina avait vécu chez lui.

Il avait rapidement réagi et rangé le bijou dans un tiroir, puis il avait eu une longue conversation avec Kristina quand elle était rentrée dans son appartement chargée de sacs de courses. Il avait voulu lui laisser le bénéfice du doute – problèmes d'argent, factures médicales à payer, dette familiale… ou n'importe quel problème pouvant expliquer qu'elle ait utilisé toutes ses cartes sans permission en peu de temps. Mais elle n'avait eu aucune excuse.

Après avoir piqué une crise de larmes, elle avait entassé ses affaires dans une valise de designer, pris ses derniers sacs de shopping et était partie en le traitant de tous les noms. Sa dernière phrase avait été pour se moquer de son absence de discernement envers les femmes, et cela l'avait touché au plus profond. En se renseignant auprès de la police, il avait appris que Kristina était connue de leurs services pour des faits similaires, ce qui ne l'avait pas empêché de se sentir vraiment stupide.

Il avait mis son cœur à nu, confié son histoire et ses côtés vulnérables à une femme qu'il avait cru aimer, pour un résultat désastreux. Cela lui avait servi de leçon. Les trois dernières femmes qu'il avait fréquentées n'étaient pas restées plus de six mois. Il faisait maintenant un blocage qui l'empêchait de dire « je t'aime », ce qui constituait un obstacle pour n'importe quelle relation. Il n'était pas du tout certain de pouvoir le redire un jour.

Quand il arriva à l'unité, son cœur n'était plus aussi léger. Il était encore tôt, mais il fut frappé de voir aussi peu d'employés dans le service et s'empressa de rejoindre Alice, qui était en train de prendre des notes auprès d'un bébé endormi.

— Que se passe-t-il ? murmura-t-il. D'habitude cet endroit déborde d'activité.

Alice désigna la petite salle de conférences à l'autre bout de l'unité.

— Il se trouve que tout le monde a entendu parler des recherches sur le sauvetage neural hypothermique que Cora présente ce matin. Tous les bébés ont reçu leurs soins, les médicaments ont été donnés, les données relevées. Comme je suis la plus ancienne qui est de service, je note mes observations pendant que les autres écoutent.

Jonas ne put dissimuler un sentiment d'horreur.

— Ils ne peuvent pas te laisser ici toute seule…

— Le Dr Campbell fait des sessions de vingt minutes. Tout le monde peut se rendre compte immédiatement que cette femme a travaillé dans une unité de soins intensifs en néonatalogie. Et il suffit que j'élève à peine la voix pour que tous les membres de mon équipe accourent aussitôt. Ils ont à peine une vingtaine de pas à faire. Regarde autour de toi, poursuivit Alice. Bien qu'il soit 7 h 30 du matin, on dirait qu'il est à peine 4 heures. L'endroit est si paisible… N'est-ce pas un changement agréable ? Il y a aussi trois couples de parents qui sont avec leur bébé, et maintenant je t'ai, toi ! ajouta-t-elle en pointant le doigt sur sa poitrine. Alors, Jonas, tu pourrais prendre le côté droit et moi le gauche, et noter tes observations en vérifiant toutes les pompes. Je pense que Bébé Raff a besoin d'avoir sa sonde alimentaire.

— Je ne crois pas avoir donné mon accord…, commença-t-il.

Il regarda du côté de la salle de formation et, voyant les visages captivés de tous les participants, se retint d'aller les rejoindre. Il avait pourtant très envie de savoir ce que Cora pouvait bien leur raconter pour passionner ainsi les membres de son équipe habituellement sceptiques.

— En effet, répondit Alice en riant, mais tu es un bon garçon et tu ne me laisseras jamais tomber.

Elle faisait partie du personnel le plus expérimenté. Levant les yeux au ciel, il poussa un soupir et jeta un coup d'œil au tableau du bébé le plus proche, la petite fille de vingt-sept semaines qui progressait de jour en jour.

Décidément, il n'aimait rien tant que la pratique – pouvoir participer directement au fonctionnement de son service, comme le jour où il avait aidé les trois bébés à venir au monde. Il prit le temps de parler à chacun des bébés qu'il contrôlait, en les manipulant doucement, les nourrissant ou les changeant. Il murmura quelques mots à l'oreille des bébés les plus malades tout en leur caressant les mains.

Un petit garçon, Samuel, était irritable. Jonas le prit contre sa poitrine et alla s'asseoir dans un des rocking-chairs jusqu'à ce qu'il se calme. Il sentit alors un léger parfum floral derrière lui.

— Ah, dit Cora. Je vois enfin le vrai Jonas.

— Je suis sage-femme, répliqua-t-il. Naturellement, j'aime

les bébés. Et pour ce qui est de calmer un prématuré perturbé, je suis un expert.

Cora s'assit dans le siège en face de lui et parcourut les données de Samuel avant de lui caresser la tête.

— Pourquoi êtes-vous devenu sage-femme ? demanda-t-elle.

C'était une question qu'on lui posait souvent – ce qui n'avait rien de surprenant puisqu'en Suède les hommes ne constituaient qu'un pour cent des sages-femmes.

Il lui donna sa réponse standard – qui avait le mérite d'être sincère.

— J'adore mettre au monde une nouvelle vie. C'est aussi simple que ça.

— C'est tout de même un choix de carrière inhabituel, pour un jeune homme. Au Royaume-Uni, les hommes sont seulement un demi pour cent. À propos… Vous n'êtes pas venu écouter ma première session. Pourtant vous étiez ici.

Il haussa les épaules.

— Vous connaissez Alice ? Elle m'a immédiatement mis le grappin dessus. Pourtant j'étais intéressé.

Cora lisait toujours le tableau de Samuel.

— Cela aurait été une bonne opportunité pour lui d'essayer ma technique. J'ai vu qu'il avait fait une asphyxie à la naissance. Combien de temps faudra-t-il avant que ses parents sachent s'il y a un dommage permanent ? dit-elle avec tristesse.

— Samuel se débrouille bien depuis qu'il est dans l'unité. Il commence à téter et arrive à respirer sans aide maintenant.

Cora hocha la tête, les yeux fixés sur le bébé.

— Mais vous n'aurez aucune certitude avant qu'il ne soit beaucoup plus grand. Laissez-moi essayer ma thérapie sur le prochain bébé prématuré. N'attendons pas.

Jonas sentit tous ses muscles se contracter.

— Vous savez que les recherches ont prouvé que l'hypothermie réduisait les dommages neurologiques chez les nourrissons ayant souffert d'asphyxie pendant l'accouchement. La prochaine fois que nous avons un bébé dans l'unité qui correspond aux critères, nous pouvons parler tous les deux aux parents, obtenir leur consentement et commencer la procédure.

Elle posa les mains sur ses avant-bras.

— Jonas, nous pourrions éviter ces dommages à un bébé. Vous vous rendez compte de la différence que cela ferait pour lui ? Si vous avez suivi mes recherches, vous savez que nous ne lui ferons aucun mal. En revanche nous pourrions changer complètement le cours de sa vie.

Cora avait raison. C'était fascinant de la voir parler du sujet qu'elle aimait avec passion et dans lequel elle s'était engagée à fond. Il savait que cela avait été l'intention d'Elias.

— Si je peux, je viendrai à vos prochaines sessions. Une fois que je serai au courant de toutes vos recherches, je prendrai une décision.

Elle parut prête à s'opposer à lui et à se battre encore pour sa cause, mais elle se contenta d'esquisser un signe de tête.

— Entendu. Mais si vous n'assistez pas aux sessions ou que vous êtes appelé pour une urgence, vous aurez droit aux sessions plus tard… après le travail. Il n'y aura pas d'excuses.

Il esquissa un sourire.

— On dirait que vous suivez l'exemple d'Alice…

— Peut-être.

Elle sourit à son tour, le fixant de ses yeux verts.

— Vous êtes tellement sur la défensive… J'ai parfois l'impression que vous regardez par-dessus votre épaule, comme si vous craigniez que quelqu'un ne s'agrippe à vous.

Un frisson le parcourut. Était-il donc si facile à déchiffrer ?

— Vous arrive-t-il de vous détendre ? ajouta-t-elle.

— Que voulez-vous dire ?

— Vous semblez toujours sur vos gardes. Comme si vous vous attendiez à ce que quelque chose se passe. Ne pouvez-vous pas nager tranquillement avec le courant ?

Un autre bébé se mit à émettre des sons derrière eux, et Jonas s'approcha rapidement de lui – sauvé par le gong. Il ne lui fallut que quelques secondes pour évaluer la situation. La petite fille, Elsa, avait des difficultés respiratoires. La plupart des prématurés étaient vulnérables aux infections, et Elsa avait eu une infection pulmonaire peu après sa naissance.

Le moniteur de saturation d'oxygène commença à biper. Le teint du bébé était légèrement plus foncé, et elle émettait comme de petits miaulements.

Jonas souleva l'écran de protection autour du berceau et se plaça à la tête d'Elsa tandis que Cora lui tendait un cathéter de succion.

Il avait des années d'expérience dans ce domaine et aspira en douceur, avec précaution. Au bout de quelques secondes il retira le cathéter, et Elsa toussa, recrachant un peu de mucus qui avait dû bloquer les voies respiratoires.

Il héla une des infirmières.

— Roz, il faudrait joindre un des médecins pour qu'il vienne de nouveau évaluer Elsa…

Roz se dirigea vers le téléphone tandis qu'il changeait le bébé de position pendant quelques minutes, gardant une main posée sur sa poitrine.

Heureusement Cora ne rebondit pas sur leur conversation interrompue. Ils n'avaient même pas eu besoin de se parler pour se dire ce qu'il fallait faire pour le bébé. Tous deux avaient saisi la situation et agi en conséquence. Il n'y avait pas eu de panique, juste deux praticiens expérimentés travaillant ensemble.

Il s'efforça d'oublier le moment de ressentiment qu'il avait éprouvé quand elle avait semblé si bien lire en lui. Elle n'avait aucune idée de la raison pour laquelle il était si attaché aux règles. Il ne voulait surtout pas qu'un autre membre de son équipe traverse la même épreuve. Jonas croyait fermement que les règles et les protocoles permettaient au personnel de travailler en toute sécurité.

Un des médecins, Mary, passa la tête dans l'encadrement de la porte.

— Vous avez appelé ? leur demanda-t-elle.

— Elsa vient juste d'avoir une alerte, elle avait du mucus

qui bloquait ses voies respiratoires. Pourrais-tu l'évaluer, s'il te plaît ?

— Bien sûr. Si c'est nécessaire, je peux lui prescrire des séances de physiothérapie pulmonaire. Je m'en occupe.

Elle se tourna vers Cora.

— J'ai entendu dire que votre première session s'était bien passée. J'essayerai d'assister à l'une des prochaines, cela m'intéresserait de participer à ce programme.

Il vit le sourire radieux de Cora, qui se lança aussitôt sur son sujet favori. Voyant qu'Elsa était entre de bonnes mains, il s'éloigna.

— N'oubliez pas, lança-t-elle derrière lui. Si vous ne pouvez pas venir, je vous retrouverai plus tard pour qu'on rattrape le temps perdu.

Des têtes se tournèrent dans l'unité, et Jonas surprit des échanges de regards. Certains risquaient d'interpréter de travers ce que Cora venait de dire.

C'était ce qu'il voulait à tout prix éviter : que l'on se fasse des idées sur lui et la néonatalogiste de passage.

Tandis qu'il avançait dans le couloir, il sentit la tension entre ses épaules se relâcher un peu. Si Elias était là maintenant, il était sûr qu'il rirait sous cape.

5.

Cora jeta un coup d'œil à la carte qu'elle avait imprimée un peu plus tôt. Elle ne l'aidait pas beaucoup – elle n'avait jamais été très douée pour lire les cartes. À son arrivée à Londres, elle s'était perdue dans le métro.

Une autre semaine s'était écoulée, et c'était la deuxième soirée du personnel à laquelle elle avait été conviée. Si elle n'y allait pas, peut-être ne s'en apercevraient-ils pas ?

— Alors, prête pour la tournée des lumières de Noël ? demanda Jonas en arrivant à sa hauteur.

Il portait des bottes épaisses et une parka noire bordée de fourrure.

— Pour être honnête, j'essaye surtout de me repérer dans les rues du quartier. Le problème, c'est que je n'ai pas le sens de l'orientation.

— Vous avez pourtant une carte ?

Elle éclata de rire.

— Je crois qu'il me manque la partie du cerveau qui sait lire les cartes.

— Si je peux vous donner un conseil, vous devriez commencer par Kungsträdgården Park, là où nous étions la semaine dernière. Gamla Stan est vraiment le cœur de la ville. Avez-vous essayé les cafés et les gâteaux ?

— Pas encore. J'ai déjà de la chance de pouvoir me rendre à pied depuis l'hôtel jusqu'à l'hôpital sans me tromper…

Une fois que les autres membres de l'équipe furent rassemblés autour d'eux, il fut décidé que tout le monde commencerait par prendre quelque chose à boire.

Cora donna un coup de coude à Jonas.

— Cette fois, c'est moi qui m'y colle.

Elle revint un peu plus tard avec du vin chaud et lui tendit sa tasse.

La première gorgée surprit ses sens avec une avalanche de parfums et d'épices. La cannelle, le clou de girofle, le gingembre et l'alcool rivalisaient de saveurs.

— Eh bien, on peut dire que ça fait de l'effet ! s'exclama-t-elle.

Jonas se mit à rire et, se sentant rougir, elle leva sa tasse fumante.

— À ma première expérience de *glögg*. Je crois que je pourrais devenir ivre rien qu'en inhalant ce breuvage.

— C'est pourquoi vous n'êtes autorisée à en boire qu'un seul, dit Jonas. Et la tournée des lumières de Noël va vous faire beaucoup de bien. Une fois que vous aurez marché pendant quatre kilomètres, le *glögg* ne sera plus qu'un lointain souvenir.

Le groupe commença à marcher dans les rues entre des rangées de boutiques décorées de guirlandes dorées, vertes et rouges. De temps en temps ils s'arrêtaient pour admirer les étalages. À l'évidence, il n'y avait pas un endroit à Stockholm qui n'avait pas été pris par le virus de Noël. Et on était encore seulement en novembre !

Ils passèrent devant un grand magasin dont chaque vitrine représentait une scène de Noël différente. Lorsqu'ils eurent fait le tour de toutes les scènes, tout le monde avait fini son *glögg*.

En arrivant au square, Jonas se tourna vers elle.

— Ici, c'est un endroit très populaire où les gens se retrouvent. On l'appelle le champignon.

Cora contempla l'étrange structure métallique. Elle ressemblait effectivement à un champignon, installée juste au milieu du square, avec plusieurs groupes de personnes rassemblées au-dessous et bavardant avec entrain.

À côté du champignon se dressait un immense arbre illuminé. Toutes sortes de boutiques de designers entouraient le square et il y avait aussi quelques restaurants.

— Je suppose que c'est le côté chic ? dit-elle.

— En effet. Si on veut manger ou faire des achats par ici, mieux vaut avoir sa carte de crédit.

Ils continuèrent à déambuler dans les rues, admirant les décorations. La tournée des lumières n'était pas pour les cœurs fragiles. Ils avaient déjà parcouru la moitié du chemin, et Cora se félicita d'avoir pris ses confortables bottes pour marcher. Elle bavarda agréablement avec deux internes en chirurgie qui s'étaient joints à eux.

Près du palais se dressaient des cerfs royaux très lumineux. Cora s'arrêta pour admirer l'édifice.

— C'est gigantesque, murmura-t-elle.

— Il a été bâti au XIIIe siècle, expliqua Ana, une des infirmières. La Bibliothèque nationale se trouve à l'intérieur et le parlement, sur la gauche.

La prenant par les épaules, Jonas lui fit faire demi-tour pour repartir en direction du groupe, qui s'était remis en marche.

— Si vous ne voulez pas vous retrouver à la traîne…

Pendant qu'ils rattrapaient les autres, Cora se dit que finalement, elle était ravie d'être là plutôt que blottie dans son lit avec du chocolat et un vieux film à regarder. Même si elle avait les joues rougies par le froid piquant, la compagnie des autres employés de l'hôpital – et celle de Jonas – la mettait d'excellente humeur.

Tous ces gens n'avaient pas besoin de connaître son passé ni ses problèmes avec Noël. Elle était juste ravie qu'ils continuent de l'inviter à toutes les activités.

— Qu'est-ce qui vous fait sourire ? demanda Jonas.

Elle lui jeta un coup d'œil interrogateur.

— On dirait toujours que vous avez des secrets que vous gardez jalousement, ou que vous complotez quelque chose.

Elle sourit et changea de sujet.

— Au fait, je vous ai cherché l'autre soir pour qu'on voie le programme de recherche ensemble. Mais vous vous étiez évanoui comme un nuage de fumée. Il y a trois femmes dans la salle prénatale, dont l'accouchement est imminent. Les trois bébés naîtront avant terme – vers la trente-sixième semaine.

Tous les trois remplissent les critères pour une thérapie de sauvetage neural hypothermique.

— Vous avez lu les notes concernant les mères ? demanda Jonas.

Elle hocha la tête.

— Et quel est votre candidat préféré ?

— Eh bien… tous les trois. Nous avons la chance de pouvoir améliorer la vie de trois petits prématurés.

— Ils ne sont pas encore nés, objecta Jonas.

— Et j'espère qu'ils resteront en sécurité dans le ventre de leur mère encore trois semaines au moins. Mais si ce n'est pas le cas, j'aimerais que nous soyons prêts.

Elle chercha son regard bleu.

— La plupart des employés le sont. Il semble que le seul point de friction, ce soit vous.

Cora était-elle trop directe ? Probablement. Mais elle ne pouvait pas laisser passer cette opportunité.

— Si vous voulez nous pouvons tout passer en revue ce soir, suggéra-t-elle.

Mais, en le voyant se raidir, elle sut qu'elle avait perdu la partie.

— Parlons-en demain, quand nous serons tous les deux retournés au travail, répondit-il.

Elle comprit que ce n'était pas le moment d'insister et fourra un morceau de chocolat dans sa bouche pour se retenir de continuer.

— Merci, dit-elle simplement.

À présent ils retournaient d'où ils étaient venus. La foule du soir commençait à être plus clairsemée. Pourtant, quand ils rejoignirent Kungsträdgården Park et longèrent la patinoire, elle remarqua qu'il y avait encore beaucoup de monde rassemblé autour du troupeau de rennes illuminé, posant et prenant des photos.

— À votre tour, proposa Jonas.

Mais elle secoua la tête.

— Non, pas pour moi.

Il lui jeta un coup d'œil curieux, et elle se sentit mal à l'aise, espérant qu'il ne lui poserait pas de questions.

Plusieurs membres du groupe allèrent se photographier mutuellement près des rennes. Cora commença à se sentir mal. À présent c'était trop. Elle avait passé toute la soirée à marcher et admirer les lumières de Noël, mais maintenant, de retour dans le parc où tout était si concentré, elle eut soudain une sensation de claustrophobie.

Elle respirait avec difficulté. Des années de souvenirs refoulés resurgirent de nulle part, et soudain le seul endroit auquel elle aspira était sa chambre d'hôtel, pour pouvoir s'enfouir sous les couvertures.

— Cora, qu'est-ce qui ne va pas ? demanda Jonas d'un air inquiet en posant les mains sur ses épaules pour la regarder en face.

Mais elle était incapable de prononcer un mot. Elle n'était pas prête à lui parler. Non seulement elle ne le connaissait pas assez pour se confier à lui, mais elle savait que si elle commençait à raconter son histoire, elle serait dans tous ses états.

Secouant la tête, elle rabattit sa capuche sur son visage pour qu'il ne voie pas les larmes briller dans ses yeux.

Elle prit une profonde inspiration.

— Désolée, j'ai un brusque mal de tête. Je vais retourner à l'hôtel.

Elle ne put empêcher sa voix de trembler. Au moment où elle s'éclipsait, Jonas la retint.

— Laissez-moi vous aider…

De sa main gantée, il lui toucha la joue et elle se figea. Elle aurait voulu presser cette main sur sa joue pour éprouver quelques secondes de réconfort.

Elle réussit à se ressaisir et refoula ses larmes.

— Ça va aller. J'ai juste besoin de quelques comprimés.

— Voulez-vous que je vous conduise à une pharmacie ?

Il avait vraiment l'air inquiet, et cela lui fit chaud au cœur. Il se faisait du souci pour elle et se montrait gentil. Mais elle ne voulait pas qu'il la plaigne. Et c'était ce qui risquait d'arriver si elle craquait maintenant et lui racontait en quoi Noël était si douloureux pour elle.

Cette fois ce fut son tour de se raidir. Elle ignora les turbulences de son estomac et afficha un sourire de façade.

— Merci, Jonas, mais j'en ai à l'hôtel. Je suis sûre qu'une bonne nuit de sommeil me fera le plus grand bien. Je vous verrai demain.

— Vous trouverez votre chemin ?

— Ce n'est pas très loin, j'y arriverai.

Il parut se résoudre à la laisser partir.

— Alors… à demain.

Il la fixa un instant, et il lui sembla qu'il voyait un peu trop bien en elle.

Enfonçant les mains dans ses poches, Cora pivota sur ses talons et s'éloigna aussi vite qu'elle le pouvait, ignorant les larmes qui coulaient sur ses joues.

6.

Jonas avait passé la plus grande partie de la nuit à s'inquiéter pour Cora. Il avait vu quelque chose dans ses yeux… quelque chose d'infiniment triste. Il lui avait semblé qu'elle se retirait à l'intérieur d'elle-même – tout en se disant que c'était probablement son imagination.

Ces dernières années, il avait perdu quelques membres de l'équipe atteints de burn out. Ils s'étaient usés à force de travailler et de s'engager émotionnellement dans les cas parfois déchirants qu'ils avaient à traiter. La vie et la mort peuplaient les hôpitaux, et le bien-être mental de tout son personnel était pour une grande part sa responsabilité.

Devait-il se soucier du bien-être mental de Cora ? Elle était capable et compétente dans son job, mais il ignorait ce qu'il y avait en dessous.

Son biper sonna. Il était demandé en salle de travail et se précipita dans l'escalier. Cora le rejoignit dans le couloir devant la salle, portant une tunique bleue.

— Bien, dit-elle. Une de nos mamans a accouché. Bébé est né la trente-sixième semaine et répond à tous les critères.

Elle compta sur ses doigts.

— Il est âgé de moins de six heures, a eu besoin d'une réanimation prolongée à la naissance et a montré une encéphalopathie néonatale à l'examen clinique.

— Je n'ai pas pu passer les dossiers en revue…

— Non, mais vous en avez eu l'occasion. C'est votre tâche. La mienne consiste à former votre personnel à ces techniques. Il reste à ce bébé…

Elle sortit sa montre de sa poche.

— … Cinq heures et trente minutes pour commencer le traitement. Voulez-vous que l'on s'assoie dans un coin le temps que vous passiez tout en revue ?

Il serra les mâchoires. Ils n'étaient pas tout seuls. Il avait bien l'intention de garder la tête froide.

— Docteur Campbell, ces nouvelles procédures doivent être soumises à nos comités d'éthique et de gouvernance pour acceptation.

— Vérifiez vos mails. Ou vérifiez ceux d'Elias. Parce qu'il a tout mis en place avant que j'arrive. La paperasserie est faite, Jonas. La seule personne qui empêche ce travail essentiel de commencer, c'est vous.

Sentant tous les poils de son corps se hérisser, il jeta un coup d'œil à la pendule murale.

— Eh bien, puisqu'il me reste un peu de temps, laissez-moi vérifier. Si je constate que les procédures correctes ont été effectuées et que mon équipe est à l'aise dans le maniement de ces techniques, je vous permettrai de commencer.

Ce fut au tour de Cora de paraître sur le point de perdre son sang-froid.

Sans attendre sa réponse, il pivota sur ses talons et se dirigea vers son bureau.

Il avait bien eu accès aux mails d'Elias en cas d'urgence, mais s'était contenté d'envoyer un message à tous les employés pour leur demander de lui envoyer leurs mails. Il n'avait pas passé en revue la messagerie d'Elias – en partie parce qu'il jugeait cela intrusif.

Cette fois, quand il parcourut ses messages, il trouva les notifications des deux comités approuvant les propositions d'Elias, ainsi que les protocoles de sécurité et les instructions générales pour le personnel. Ils étaient arrivés après le malaise d'Elias. Celui-ci avait donc installé les applications le 29 octobre – le jour où Jonas avait appris que Cora venait, et juste avant qu'il ne s'effondre.

Elisa avait donc bien préparé la venue de Cora, ce qui n'avait rien de surprenant, le connaissant. Jonas aurait tout de même apprécié qu'il lui en parle avant.

Il imprima les documents, les parcourut rapidement pour s'assurer qu'il était d'accord, puis envoya des mails aux employés concernés en leur demandant de lire, signer et lui retourner les pièces jointes en lui faisant part de leurs éventuelles remarques.

Après quoi il se dirigea vers la cafetière et se servit un café tiède. Le tout n'avait pris qu'une quinzaine de minutes. Il restait encore cinq heures pour commencer le nouveau traitement du bébé – si les parents étaient d'accord.

Le couloir était vide.

— Savez-vous où est allée Cora, le nouveau médecin ? demanda-t-il à une sage-femme qui passait.

Celle-ci sourit.

— La jolie Écossaise ? Elle est montée aux soins intensifs avec un bébé. Elle a dit qu'elle commençait une nouvelle thérapie.

Sans perdre une seconde, Jonas prit l'escalier, montant les marches deux par deux jusqu'à ce qu'il arrive au quatrième étage.

Il aperçut aussitôt Cora dans une des salles, en train de donner des instructions au personnel.

— Mais qu'est-ce que vous faites ?

Elle le regarda à peine, l'air complètement impassible. Toutes les autres têtes se tournèrent vers lui, la plupart des participants paraissant mal à l'aise.

— Dehors. Maintenant, ordonna-t-il.

— Dans une minute.

— Non. Maintenant, docteur Campbell. Ou je vous fais expulser de mon unité.

Il la vit rougir, et elle tira sur sa blouse avant de se diriger vers la porte.

— Continuez, dit-elle par-dessus son épaule.

— Ne continuez pas ! ordonna-t-il aux participants. Surveillez le bébé sous monitor comme vous l'avez toujours fait.

Cora marcha dans le couloir, et il la suivit. Elle ouvrit vivement la porte à deux battants du service et fit encore quelques pas avant de se tourner vers lui.

— Ne me reparlez plus jamais comme vous venez de le faire.

— N'essayez plus jamais de mettre le personnel de mon unité dans une position de vulnérabilité. Je vous ai dit d'attendre. Au lieu de ça, vous avez commencé une procédure dans *mon* unité, sans mon consentement.

— Nous n'avons pas beaucoup de temps. *Elle* n'a pas beaucoup de temps.

Elle parlait d'un ton passionné, les poings sur les hanches.

— Le rapport de recherche précise que la thérapie doit commencer dans les six heures qui suivent la naissance. Nous sommes toujours largement dans ce cadre.

— Chaque minute est précieuse.

Mais il n'avait nullement l'intention de s'en laisser conter par elle.

— Docteur Campbell, ceci est mon unité. Vous n'agissez pas sans mon consentement. Avez-vous seulement parlé aux parents en leur expliquant de quoi il s'agissait avant d'obtenir leur accord ?

Il vit la colère briller dans ses yeux.

— Évidemment ! Je n'en suis pas à mon premier cas, j'ai souvent eu affaire à cette situation.

— En tout cas, pas dans cet hôpital. Tous les membres de l'équipe dans cette salle doivent avoir signé les protocoles et les instructions concernant la thérapie et les soins donnés ensuite à cet enfant, *y compris vous*. Ma tâche consiste à assurer la sécurité des patients et du personnel. Je ne vous permettrai pas de faire irruption ici et de faire courir des risques à mon personnel parce que vous ignorez comment les choses fonctionnent.

Cora serra les mâchoires.

— J'ai obtenu l'accord des parents il y a quelques jours, siffla-t-elle.

— Vous avez parlé aux parents sans m'en avertir ?

— Je me suis accordé un filet de sécurité. J'ai toujours eu cette conversation avec les futures mamans de notre unité prénatale en cas de risque d'accouchement avant terme. Elles avaient ainsi le temps de me poser des questions et d'y réfléchir. Car obtenir un consentement après un accouchement difficile et quand on a un bébé très malade n'est pas chose facile. Ensuite il me suffisait de retourner les voir en salle d'accouchement et de leur demander si je pouvais faire ce dont nous avions déjà discuté, et elles acceptaient.

Poussant un grand soupir, Cora rassembla ses cheveux en désordre et refit sa queue-de-cheval.

— J'ignorais qu'il fallait que vous fassiez signer un document à chaque personne.

— Vous l'auriez su si vous aviez fait un peu plus attention au fonctionnement de l'unité, dit-il plus bas, retrouvant peu à peu son calme. Mon personnel et votre patiente restent sans protection tant que tous n'ont pas lu, compris et signé tous les documents. C'est ce que nous allons faire maintenant.

Sur ces mots, il regagna l'unité et donna des instructions claires. Deux personnes restaient avec le bébé en surveillant le moniteur et en reportant la moindre anomalie. Les autres passèrent la demi-heure suivante à lire tous les documents, posant des questions à Cora avant de signer pour indiquer qu'ils savaient ce qu'ils faisaient. Toute nouvelle personne arrivant pour s'occuper du bébé devait faire de même.

Il vit que Cora ne tenait plus en place. Elle faisait les cent pas dans l'unité, affichant un sourire quand elle répondait à une question, et attendant que tout le monde lise et signe. Lorsque Jonas tira un jeu de documents et les posa devant elle en lui tendant un stylo, elle les signa sans même les lire.

Il haussa les sourcils avant de s'éloigner. La tension était palpable dans l'unité. Tous avaient entendu leur prise de bec et semblaient déterminés à ne pas prendre parti.

Une fois que Jonas eut reçu tous les documents en retour, il put s'estimer satisfait et fit un signe d'assentiment à Cora.

— Maintenant que tout est en place, vous pouvez commencer.

Elle ne se le fit pas dire deux fois. Les instructions fusaient de sa bouche. Jonas resta debout les bras croisés, à regarder la scène.

Cora était directe. Il n'y avait aucune ambiguïté dans ses paroles, ce qui faisait d'elle un bon professeur.

— Mettez la couverture rafraîchissante en place et le bébé sous monitoring jusqu'à ce que la température atteigne trente-trois degrés centigrades. Commencez le compte à rebours pour une durée de soixante-douze heures. Le rythme cardiaque, la respiration, la tension artérielle et la température doivent être sous contrôle permanent, avec des observations cliniques de toutes les extrémités enregistrées tous les quarts d'heure. Si vous avez la moindre inquiétude, si vous notez le moindre changement, je suis là. Parlez-moi, utilisez-moi. Nous voulons faire de notre mieux pour ce bébé.

Jonas la vit rentrer toutes les instructions dans l'ordinateur et installer des panneaux visibles autour du berceau. Elle venait juste de terminer quand leurs deux bipers sonnèrent en même temps. Un des médecins qui avaient signé le protocole prit le relais pendant qu'ils couraient en direction de la salle d'accouchement.

L'infirmière en chef les retrouva à l'entrée.

— Vous n'allez pas le croire. Nous en avons un autre. Vous vous rappelez la fille de seize ans à qui vous avez parlé hier ? dit-elle à Cora.

— Celle qui n'avait pas passé de visites prénatales ?

— Oui. Elle a accouché prématurément, avec difficulté. Le bébé avait le cordon autour du cou. Si vous l'évaluez, je suis sûre qu'elle remplit les critères.

Jonas connaissait bien cette infirmière.

— Astrid, a-t-elle été vue par une assistante sociale ?

— Elle l'a rencontrée hier. La jeune maman était fermement décidée à ne pas garder ce bébé. Elle venait d'arriver avec des contractions de Braxton Hicks. Nous l'avons gardée quand nous avons su qu'elle n'avait pas eu de visites prénatales, et

Cora lui a parlé hier par précaution, au cas où elle ne tarderait pas à accoucher.

— Les circonstances sont différentes, dit-il. Dans quel état d'esprit était-elle ? A-t-elle compris ce qu'elle avait accepté ?

Cora hocha la tête.

— C'est un cas bien triste. Elle était très déterminée, mais ne voulait parler de rien d'autre. Elle voulait juste avoir le bébé, signer les papiers pour l'abandon et s'en aller.

Elle poussa un soupir en se tournant vers lui.

— Je sais ce que vous voulez dire. Quelqu'un a-t-il fait pression sur elle ? Est-elle en réalité une victime ? Est-elle capable de prendre des décisions raisonnables et rationnelles ? Eh bien, oui. Elle était très claire et précise, savait exactement ce qu'elle voulait. Quand je lui ai parlé du traitement elle a accepté immédiatement, mais sans montrer aucune émotion. Elle a juste dit que si ça donnait au bébé une meilleure chance d'être adopté, alors tant mieux.

— Bon, dit-il. Elle est maman et elle a donné son accord. En effet nous voulons donner au bébé le meilleur départ possible dans la vie. Si elle remplit les critères, nous l'emmènerons aux soins intensifs et commencerons la thérapie. Mais je veux que l'assistante sociale soit informée et je veux que quelqu'un garde un œil sur la maman.

Il allait la voir quand il s'immobilisa.

— A-t-elle des problèmes avec les hommes ?

Astrid et Cora échangèrent un regard interrogateur.

— Je ne suis pas sûre, reconnut Cora.

— Elle n'a vu que des femmes depuis son arrivée, ajouta Astrid.

— Bon. Elle vous connaît toutes les deux. Avançons avec précaution, parce que nous ne connaissons pas son passé. Cora, vous ferez l'évaluation du bébé, et Astrid, il faudrait tout contrôler et l'enregistrer au cas où il y aurait des problèmes plus tard. Quant à moi, j'attendrai ici. Si le bébé est éligible, j'aiderai à son transfert.

Tandis que toutes deux entraient dans la salle d'accouchement, Jonas prit son téléphone.

— Nous avons besoin d'une deuxième équipe pour un autre bébé. Pouvez-vous leur faire lire les instructions et les protocoles ? La nuit risque d'être animée.À un moment elle l'aurait volontiers étranglé, et l'instant d'après il montrait la maturité et le professionnalisme d'un directeur capable de vraiment comprendre une femme enceinte. Cora était frappée par sa sollicitude.

Il ne lui fallut que quelques minutes pour évaluer le nouveau-né. La petite fille répondait aux trois critères du traitement après un accouchement difficile. Elle alla parler à la jeune maman tout en se disant qu'elle ne pouvait pas laisser ses sentiments profonds affecter son devoir professionnel.

Étant enfant, elle avait été ballottée d'un foyer d'accueil à l'autre. Finalement, elle avait été adoptée par un couple qui n'avait jamais eu d'enfant et menait une belle vie. Lorsque, contre toute attente, sa mère adoptive s'était retrouvée enceinte, Cora avait craint que le couple ne veuille plus d'elle. Mais pas du tout. Elle avait même sauvé la vie de sa mère quand celle-ci avait accouché avant terme suite à un décollement placentaire. L'opérateur d'urgence qu'elle avait appelé avait donné calmement des instructions précises à l'adolescente de quinze ans paniquée qu'elle était alors. Elle les avait suivies pas à pas, et cet événement avait décidé du cours de sa vie professionnelle.

Cora ne pouvait pas se rappeler sa mère biologique, mais elle s'était souvent demandé quelles avaient été les circonstances de son abandon. Elle savait ce qu'une vie gérée par les services sociaux signifiait. Après avoir rebondi d'un endroit à l'autre elle avait eu la chance de tomber sur les Campbell, mais elle avait toujours en mémoire le sentiment d'avoir été laissée de côté et mal aimée dans certaines maisons d'accueil. Personne n'avait été violent ou cruel avec elle, mais elle avait vécu les premières années de sa vie avec la nette impression que personne n'avait réellement voulu d'elle.

Alors, avant d'entrer dans l'unité pour parler à la jeune maman, elle s'assura que toutes ses émotions et ses souvenirs étaient restés à la porte.

Cinq minutes plus tard, elle ressortit en ravalant quelques larmes. La jeune femme s'était montrée presque froide, indifférente envers son bébé. Elle avait réaffirmé son accord pour qu'il puisse suivre la thérapie et n'avait nullement l'intention de raconter son histoire ni de répondre à d'autres questions. Cora respectait sa décision et ne pouvait que l'accepter.

Elle retrouva Jonas près du berceau. Il avait déjà mis la petite fille sous moniteur.

— Elle est vraiment très malade, dit-il doucement. Est-ce qu'on l'emmène faire le traitement ?

Cora hocha la tête en essuyant furtivement une larme.

— Est-ce que ça va ? s'enquit-il en lui touchant l'épaule.

— Ne faites pas attention à moi, je deviens vieille et trop émotive. Emmenons ce bébé aux urgences pour que l'on prenne bien soin d'elle.

Ils préparèrent l'équipement portatif qui allait accompagner la petite fille.

— Quel est son prénom ? demanda Jonas.

— La maman n'a pas voulu lui en donner. Elle a dit que c'était à la personne qui l'adopterait de le choisir.

Tous deux se regardèrent, et il y eut comme un accord silencieux entre eux. Même s'ils s'étaient disputés récemment, le sort de ce bébé était trop important. Ils auraient largement le temps de confronter leurs points de vue plus tard.

Jonas caressa la main du bébé.

— Nous allons vous trouver un prénom là-haut, jolie demoiselle.

Cora ravala de nouveau ses larmes. Décidément, c'était la journée des émotions excessives.

Une fois arrivés à l'étage, ce fut Astrid qui résolut leur premier problème.

— Quelle belle petite fille ! s'exclama-t-elle en la regardant. Je trouve que Molly est un prénom qui lui irait très bien. Qu'est-ce que vous en pensez ?

Tout le monde approuva, et ce prénom provisoire fut inscrit sur son tableau. Astrid avait fait des merveilles, et tout le personnel présent dans l'unité avait lu et signé tous les documents afin de participer aux soins qui allaient être prodigués aux deux bébés. La température de Molly baissait graduellement, et le compte à rebours était commencé.

Le temps s'écoulait lentement tandis que Cora continuait à surveiller étroitement les bébés. Jonas n'avait aucune envie de rentrer chez lui. C'était une nouvelle procédure pour son unité, et il voulait être là pour soutenir son équipe.

Lorsque l'équipe de nuit arriva, personne ne fut surpris de le trouver près d'un des bébés. Il passait souvent du temps dans l'unité s'il manquait du personnel, qu'il y avait des bébés très malades ou que certains parents avaient besoin de réconfort.

Cora passa la première demi-heure à briefer tous les employés nouvellement arrivés et à obtenir leur signature. Ce fut seulement après minuit, une fois les deux bébés stabilisés, qu'elle finit par s'asseoir à côté de Jonas dans une pièce faiblement éclairée.

Sans un mot, il poussa une boîte de beignets vers elle.

— C'est parfait, soupira-t-elle. Je suis affamée.

Passant la main sous le comptoir, il en retira un café à emporter.

— Où avez-vous trouvé ça ?

— Il y a un endroit à côté qui prépare à manger pour les travailleurs de nuit, répondit-il avec un léger haussement d'épaules. J'ai donné de l'argent à l'un des gardiens pour qu'il nous rapporte quelque chose.

— Finalement vous êtes un tendre, Jonas Nilsson…

— Si vous avez l'intention de répéter ça à quelqu'un, je vais être obligé de vous enfermer dans un placard, grommela-t-il à voix basse.

Elle lui adressa un sourire las.

— Je suis trop épuisée pour me défendre. Je crois que nous avons atteint le pic de fatigue de l'équipe de nuit.

Lentement ils firent le tour de l'unité, vérifiant les moniteurs et les notes.

— Votre équipe travaille très bien, observa Cora. J'ai confiance en eux.

Jonas sourit.

— Moi aussi. Venez, il y a quelques pièces de repos à côté. Nous pourrions grappiller une ou deux heures de sommeil. Les autres sauront où nous trouver s'ils ont besoin de nous.

Elle hésita, visiblement tentée.

— Regardez, dit-il en poussant les portes de l'unité néonatale. Nous ne sommes éloignés que de quelques mètres. Mieux vaut vous reposer ici dans une de ces pièces plutôt qu'un parent vous surprenne endormie sur une chaise dans le bureau.

— Ce n'est pas faux…

Il alla chercher deux bouteilles d'eau fraîche dans le réfrigérateur de la cuisine.

— Tenez, prenez-en une. Il y a une douche dans la pièce de repos, cela peut aider à vous détendre. Vous pouvez être très irritable, parfois, ajouta-t-il d'un ton taquin.

— J'en connais un qui est maître en la matière, répliqua-t-elle sur le même ton.

Ils se toisèrent quelques secondes dans la semi-obscurité, puis elle sourit.

— Je pense que vous êtes le seul ami que j'ai en Suède actuellement.

Il crut voir une lueur de mélancolie dans son regard vert.

— Vous avez besoin d'un ami ? demanda-t-il, repoussant une mèche de ses cheveux noirs derrière son oreille.

Elle se rapprocha légèrement de lui.

— Tout le monde a besoin d'un ami, murmura-t-elle.

Sa bouche ne se trouvait plus qu'à quelques centimètres de la sienne. Il sentit son souffle chaud sur sa peau et son léger parfum floral.

— Ce n'est pas agréable d'être seule tout le temps…

Elle faufila une main légère à travers ses cheveux courts, puis attira sa tête vers elle, et il posa ses lèvres sur les siennes.

Malgré la fatigue, ce fut comme si un feu s'était allumé en lui. Il passa une main autour de sa taille tandis que l'autre se glissait derrière sa nuque.

Leur baiser se fit plus profond, plus passionné.

C'était nouveau pour Jonas. Il n'était jamais sorti avec une collègue auparavant, ayant toujours estimé que c'était plus avisé. Mais Cora était différente. Depuis qu'il l'avait rencontrée à l'aéroport, elle s'était emparée de son esprit et de ses sens. Son assurance et son comportement l'avaient à la fois rendu fou et captivé. Les instants de vulnérabilité qu'il avait perçus chez elle l'intriguaient.

Une chose était sûre : ce qu'il y avait chez Cora Campbell allait au-delà de l'apparence. Mais avait-il vraiment envie d'en apprendre davantage ? Elle n'était là que pour quelques semaines. Pouvait-il envisager une liaison avec une collègue en visite ?

Elle laissa échapper un petit grognement et posa la tête contre la sienne, mettant fin à leur baiser.

— Je m'étais posé la question, dit-elle avec un sourire.

— Quelle question ?

— Comment tu embrassais. Un homme aux talents cachés, dit-elle en s'écartant. Un dix sur dix.

Elle disparut de sa vue, et quelques secondes plus tard il entendit la porte d'une des pièces de repos se refermer.

La tentation fut grande de la suivre, mais elle ne l'y avait pas invité. Poussant un long soupir, il prit le temps de se ressaisir avant de s'emparer de sa bouteille d'eau et de rejoindre sa propre chambre.

Dans quoi venait-il de s'embarquer ?

7.

Ils ne discutèrent pas du baiser.

Pendant toute une longue semaine, ils ne reparlèrent pas de ce doux intermède passionné, se contentant d'échanger des regards et des sourires au travail.

Jonas embrassait très bien, aucun doute là-dessus. Le Viking venu du froid avait allumé en elle des étincelles dont elle avait oublié l'existence. Waouh.

En fait, tout se déroulait plutôt bien à l'hôpital de Stockholm. Les deux bébés qui avaient eu droit au traitement hypothermique s'en sortaient bien. Certes, personne ne saurait avant quelques années si cela avait fait une différence dans leur développement. Mais Cora restait confiante car tous les signes étaient positifs.

Un troisième bébé avait commencé le traitement aujourd'hui, et les membres du personnel, un peu nerveux au départ, agissaient maintenant comme des experts. Ils constituaient une bonne équipe. Ceux qui avaient assisté aux premières sessions étaient entièrement formés et se relayaient pendant la troisième session, afin qu'elle s'assure que tout le monde dans l'unité néonatale avait l'expérience requise.

Jonas avait été présent les derniers jours pour aider à la supervision des employés, vérifiant qu'ils répondaient à toutes les questions posées et avaient les compétences pour pratiquer. Il s'était acquitté de sa tâche avec diligence et sérieux.

Il était intéressant à observer. Elle voyait que certaines personnes de l'équipe appréciaient sa participation tandis que d'autres le jugeaient un peu importun. Mais Jonas connaissait son monde, et savait avec qui garder ses distances et qui avait besoin que quelqu'un regarde par-dessus son épaule.

Alors, s'il lisait en eux, pourquoi ne pouvait-il pas lire en elle ?

Elle repassait souvent la scène du baiser dans sa tête et aurait aimé la répéter. Non seulement ça, mais elle aurait aimé le connaître un peu plus. Il l'intriguait. Il lui semblait qu'il fallait soulever un certain nombre de couches pour trouver le Jonas qui se cachait dessous. Les choses auraient peut-être été plus faciles s'ils ne s'étaient pas rencontrés dans le cadre du travail. Ailleurs il pouvait certainement être quelqu'un d'entièrement différent.

Dans tout l'hôpital, tout le monde était de plus en plus d'humeur festive. Elle s'y était habituée. Mais à Noël elle avait parfois l'impression que les murs se resserraient autour d'elle, surtout à certaines dates du calendrier. Même s'ils étaient encore éloignés de quelques semaines, le 23 et le 24 décembre étaient imprimés en lettres de feu dans son cerveau – une époque où la plupart des gens étaient emportés par la frénésie des achats de dernière minute.

En ce moment, elle avait terriblement besoin que quelque chose vienne la distraire de toutes ces pensées. Si elle avait été chez elle, Cora aurait fermé la porte à clé, tiré les rideaux et entamé un marathon de films de science-fiction.

Mais à l'hôtel c'était différent. Les décorations de Noël étaient somptueuses. Elle avait même un petit arbre de Noël particulier dans sa chambre, qu'elle essayait de faire disparaître chaque soir en le recouvrant de sa robe de chambre.

Aujourd'hui, en marchant à travers la vieille ville, elle avait fait de son mieux pour ne pas regarder de travers toutes les vitrines magnifiquement décorées. Jonas et d'autres collègues l'avaient encouragée à aller explorer Gamla Stan et ils avaient eu entièrement raison.

Dans ce quartier, elle avait l'impression de se trouver dans un livre de contes pour enfants. Cafés, musées, restaurants, boutiques pour touristes, galeries se succédaient. Les façades étaient peintes de couleurs vives, dans des tons de rouge, jaune et vert, et quelques flocons tombaient sur les rues pavées. Cora s'attendait presque à voir une sorcière voler sur son balai, faisant la course avec des rennes tirant un traîneau.

Elle passa plusieurs heures dans les magasins, à acheter des objets en bois et des bijoux. Cerise sur le gâteau, elle trouva une boutique spécialisée dans la science-fiction avec des jeux de société très tentants. De merveilleuses odeurs de nourriture titillaient ses narines, et son estomac ne tarda pas à gargouiller.

Alors qu'elle étudiait la vitrine d'une boulangerie, quelqu'un lui tapa sur l'épaule.

— Je reconnaîtrais ce manteau vert n'importe où, dit une voix grave.

Elle sursauta et pivota sur ses talons. Jonas tenait un sac en papier contenant un énorme pain.

— Que fais-tu ici ? demanda-t-elle.

— Je suis en mission de récupération pour l'équipe de chirurgie. Je leur ai promis que quand je viendrais, je leur apporterais du pain.

— Tu travailles aujourd'hui ?

Il hocha la tête.

— Un de mes collègues a besoin de quelques heures de libres cet après-midi. Sa fille joue dans une pièce à l'école.

Cora sentit son cœur se gonfler. Jonas était vraiment quelqu'un de bien.

— Qu'y a-t-il dans l'autre sachet ?

— C'est la pâtisserie aux abricots préférée d'Elias. Je la lui apporterai plus tard.

Elle leva les mains, chargées de sacs de courses.

— J'ai fait du shopping toute la matinée et je cherche un endroit pour prendre un café et manger des gâteaux. As-tu un endroit à me recommander ? À première vue tout a l'air bon, ici.

— Viens, je vais te montrer.

Ils déambulèrent ensemble dans la rue, et quand ils furent

presque arrivés au château Jonas lui montra un café à la devanture accueillante.

— Est-ce que tu te joins à moi ? proposa-t-elle. À moins que tu n'aies pas le temps ?

Il était 11 heures à la grande horloge de la place, mais elle ignorait quels étaient ses projets.

Jonas sourit et poussa la porte du café.

— J'estime que c'est mon devoir de te faire connaître tous les bons gâteaux que l'on trouve à Stockholm.

Ils s'installèrent à une table près de la fenêtre. Jonas jeta un coup d'œil dans le meuble vitré rempli de pâtisseries.

— Alors, qu'est-ce que ce sera ? De délicieux croissants, des buns à la cannelle, des pains aux fruits et aux noix, ou une tarte myrtilles-framboises ?

— Je vais prendre cinq kilos rien qu'à les sentir, soupira Cora en humant le plateau chargé de pâtisseries que la serveuse faisait passer devant eux.

Jonas dit quelques mots en suédois à la jeune femme qui hocha la tête et disparut.

— Tu ne m'avais pas prévenue à quel point cet endroit était addictif, ajouta-t-elle. Il ne faut plus me laisser sans contrôle. Je serais capable de tout acheter et de tout dévorer.

La serveuse réapparut et posa deux boissons chaudes au chocolat blanc sur la table ainsi que deux parts de tarte aux fruits rouges accompagnées de crème glacée.

Cela faisait une semaine qu'ils s'étaient embrassés, et aucun des deux n'avait relancé le sujet. Elle décida de se jeter à l'eau alors qu'il attaquait sa première bouchée de tarte.

— Dis-moi… Est-ce que tu embrasses tous les médecins en visite dans ton hôpital ?

Il écarquilla les yeux et faillit s'étrangler avec sa tarte. Cora bondit et lui donna plusieurs claques dans le dos avant qu'il s'arrête de tousser. Plusieurs clients tournèrent la tête vers eux, et la serveuse lui tendit un verre d'eau.

— Est-ce que ça va ? s'inquiéta-t-elle.

Il hocha la tête.

— Désolé… J'ai été trop glouton.

Elle s'éloigna, visiblement rassurée, et Cora prit sa cuiller, se sentant coupable.

— C'est peut-être une question à poser à une autre occasion ?

Jonas avala quelques gorgées d'eau.

— Non, dit-il. Je n'embrasse pas tous les médecins en visite. Tu es la seule.

— Alors, je suis spéciale ?

Elle avait envie de plaisanter, de flirter. Envie d'être distraite de ses pensées sombres de Noël.

— Peut-être, répondit-il.

Il tourna sa cuiller dans son chocolat, l'air songeur.

— Est-ce que tu vas à la procession de Sainte-Lucie ? demanda-t-il.

— Qu'est-ce que c'est ?

— Elle a lieu la semaine prochaine. Les processions de Sainte-Lucie sont toujours en décembre. On choisit une jeune fille pour tenir le rôle de Lucie, que l'on appelle la dame de la lumière. Elle a un costume blanc et porte des bougies sur la tête, et elle est suivie d'une procession chantante. Il y en a toujours une à Stockholm, et presque tout l'hôpital y participe. Il y a aussi d'autres manifestations, comme la célébration du plus grand arbre de Noël du monde. Ou le calendrier de l'Avent animé.

Jonas se tut, s'attendant vraisemblablement à une réaction de sa part, mais Cora n'avait qu'une envie : dire non à tout.

Elle fit un gros effort pour trouver quelque chose à dire.

— Toutes ces manifestations sont-elles autour de Noël ? N'y en a-t-il pas qui concernent juste Stockholm ?

Il la fixa un moment.

— Est-ce que tu n'aimes pas Noël, Cora ? s'enquit-il doucement.

Elle se mordit la lèvre, se doutant qu'il connaissait la réponse.

— Je trouve que c'est une période un peu dure… pour des raisons familiales. Je ne demande qu'à me montrer sociable avec le reste du personnel, mais partout il n'est question que de ça.

— Tu as raison. La plupart des événements à cette période de l'année portent sur Noël. On pourrait trouver quelque chose de différent à faire. Une visite au Vasa Museum, peut-être ? Ou une excursion en bateau. La ville s'étend sur quatre îles. Tu n'en as vu qu'une petite partie.

Elle acquiesça avec reconnaissance.

— Mais si tu n'as pas de bons souvenirs de Noël, pourquoi ne pas en créer d'autres ? suggéra-t-il. Stockholm est un endroit tout nouveau pour toi.

Naturellement, il n'avait aucune idée… Il lui sembla que toutes ses peurs et ses expériences passées risquaient de se retrouver mises à nu.

Pendant un moment, ils mangèrent en silence. La porte du café s'ouvrit, laissant pénétrer une bouffée d'air glacial, et un couple s'avança main dans la main.

Quelque chose remua en elle. Ils avaient l'air si amoureux… Elle aussi avait été comme ça, tellement prise dans l'instant que plus rien d'autre ne comptait.

Levant les yeux, elle se rendit compte que Jonas aussi les regardait.

— Le privilège de la jeunesse, dit-il en haussant les épaules. On croit que le monde nous appartient.

Ses paroles étaient teintées de mélancolie. Elle savait qu'il y avait une histoire enfouie profondément en lui. Elle le sentait dans tout ce qu'il disait ou faisait, et à sa manière de réagir. Son besoin de procédures la rendait folle.

Mais elle avait vu la façon dont il communiquait avec ses patientes. Quelque part elle se demandait si un poste de directeur lui convenait tout à fait, dans la mesure où il l'éloignait de ses patientes.

Elle se risqua un peu.

— Tu n'as pas beaucoup parlé de ta famille. Est-ce que tu as des parents à Stockholm ?

— Non. Ma famille se trouve du côté de Sundsvall, à quatre heures de route d'ici. Je suis venu à Stockholm pour suivre ma formation d'infirmier et de sage-femme, et je me suis plu ici. J'y suis depuis l'âge de dix-huit ans.

— T'arrive-t-il de rentrer chez toi ?

— Parfois, quand je suis en vacances, je rends visite à mes parents et à ma sœur.

— Y vas-tu pour Noël ?

Il secoua la tête.

— Je suis généralement volontaire pour travailler afin que d'autres directeurs qui vivent en famille puissent avoir des congés. J'espère que quand mon tour viendra, quelqu'un fera la même chose pour moi.

— Tu envisages de t'installer quelque part ?

— Un jour… N'est-ce pas le cas de tout le monde ?

Les yeux de Jonas restaient posés sur elle.

— Je me demande parfois si je suis du genre à me fixer, répondit-elle après une hésitation.

— Cela dépend des priorités que tu as dans la vie, je suppose. Et du temps que tu te donnes…

— Tu n'as toujours pas connu quelqu'un avec qui tu aies envie de t'installer ?

Il changea de position, visiblement mal à l'aise, et son regard se fit lointain. Elle avait intérêt à avancer en douceur.

— Pas encore, finit-il par répondre. Je n'ai sans doute pas eu de chance, je n'ai pas encore rencontré la bonne personne.

Il y eut un silence, lourd de paroles non dites.

— Et toi ? dit-il enfin. Y a-t-il un homme parfait caché quelque part ?

Elle secoua la tête en riant.

— Beaucoup d'hommes imparfaits, voire de vrais désastres ! J'ai tendance à être trop prise par mon travail pour faire attention avec qui je sors. Je suis probablement la pire petite amie du monde.

Jonas leva son verre de chocolat.

— Buvons à sa santé.

— Es-tu aussi le pire petit ami du monde ? demanda-t-elle en tendant le sien.

— Moi ? Pas du tout !

Ils rirent en choquant leur verre et mangèrent un morceau de tarte.

— Tu as dit que tu allais rendre visite à Elias. Est-ce que tu crois que je pourrais le voir avant de repartir ?

Il fit la grimace.

— Il te reste… environ trois semaines ? Je verrai comment il est demain. Elias a sa fierté, il faudrait qu'il soit en état de converser correctement avec toi.

— Il n'en est pas encore là ?

— Peut-être. Son état s'améliore constamment. Quand je l'ai vu la semaine dernière, il arrivait à se déplacer avec une canne. Il trébuchait encore sur certains mots et il pensait avec un léger décalage. Je lui poserai la question tout à l'heure.

— Vas-tu lui parler des bébés ?

— Bien sûr. Il voudra tout savoir à ce sujet.

— Et tu lui diras que c'est un succès ? insista-t-elle.

— Je lui dirai que les procédures se sont bien déroulées, ainsi que la formation du personnel et la mise en place des systèmes de monitoring. Je ne peux pas lui dire que c'est un succès puisque nous ne le savons pas encore.

— Mais les résultats étaient évidents… On dirait que tu n'as pas envie que ce soit une réussite, soupira-t-elle. Tu es tellement contre le changement que même si cela marche bien, tu préférerais que ça ne continue pas.

Elle sentit la frustration la gagner peu à peu. Elle avait pensé qu'ils avaient fait un pas dans l'implantation de la procédure à l'hôpital de Stockholm. Un pas en avant pour les bébés atteints d'encéphalopathie hypoxique-ischémique. Mais, chaque fois qu'elle croyait qu'ils avaient progressé, ils semblaient faire un bond en arrière.

Jonas lui jeta un coup d'œil incrédule.

— Où es-tu allée chercher une idée pareille ? Je te demande seulement de ne pas tirer de conclusions trop hâtives. Nous avons utilisé le traitement sur trois bébés, Cora. *Trois*. Depuis quand cela suffit-il à faire une généralité ? Pour avoir été impliquée dans les recherches, tu sais bien comment cela fonctionne, et qu'il faut attendre des années.

Posant ses deux mains sur la table, elle se pencha en avant.

— Ici il ne s'agit pas d'une étude de recherche, mais d'un fait. Les études ont déjà été faites. Je suis ici pour enseigner, pas pour marcher sur la pointe des pieds autour de chaque personne en demandant constamment la permission de respirer !

Son cœur battait de plus en plus vite dans sa poitrine et elle avait haussé la voix, attirant les regards de plusieurs clients autour d'eux.

Manifestement, Jonas n'était pas prêt à céder d'un pouce. Il se pencha à son tour, et son ton était calme mais ferme.

— Votre recherche a été effectuée au Royaume-Uni. C'est une autre population, un autre système de santé et d'aide sociale. Tout ne se transfère pas automatiquement. Je ne devrais pas avoir à te le dire.

Cora se leva d'un bond, manquant de faire tomber sa chaise.

— Tu es impossible.

Jonas se carra dans son siège, l'air imperturbable.

— Et toi, tu es irrationnelle.

Comment osait-il ? Elle était tellement en colère qu'elle fut incapable de répliquer. De toute façon, il ne méritait pas de réponse.

Sans un mot elle enfila sa parka, s'empara de ses sacs de shopping et s'éloigna sans un regard en arrière.

L'air glacial ne réussit pas à la calmer. Elle n'avait qu'une envie : mettre le plus de distance possible entre elle et ce Viking de glace.

Elle avait un travail à faire et elle ne le laisserait pas se mettre en travers de son chemin.

8.

Cela faisait deux jours que Cora n'avait pas posé les yeux sur lui.À l'unité néonatale, elle était tout sourire, se comportant en vraie professionnelle. Elle avait écrit quelques protocoles supplémentaires pour la procédure et demandé l'aide d'Alice pour les soumettre à tous les comités concernés.

— Jonas fera tout ça pour vous, avait assuré cette dernière.

— Je préfère superviser le tout moi-même, avait-elle insisté. Et j'aime bien connaître toutes les procédures existantes partout où je vais, car chaque hôpital travaille différemment.

Sans faire de commentaire, Alice griffonna sur un papier les noms et coordonnées des personnes à contacter.

Trois quarts d'heure plus tard il y avait un appel de la salle prénatale, où une autre de leurs patientes commençait à accoucher prématurément.

Son téléphone sonna alors qu'elle courait vers l'escalier. C'était son amie Chloe. Elles avaient eu un échange de messages après la colère que Cora avait piquée contre Jonas.

J'y pense… Je ne me rappelle pas la dernière fois que tu as râlé autant contre quelqu'un. Si tu me demandes mon avis, je répondrai qu'il y a plus qu'un simple désaccord à propos du travail. Ce Jonas Nilsson est-il séduisant ?

Cora en resta bouche bée. Chloe était décidément trop maligne.

Un physique de Viking. Mais beaucoup trop arrogant pour que je me soucie de son degré de séduction.

Je parie que tu l'as embrassé.

Elle se figea.

Pourquoi dis-tu ça ? ? ? ? ? ? ? ? ? ? ?

Je le savais…

Cora poussa un soupir et rangea son téléphone dans sa poche. Chloe avait toujours su lire en elle.

En arrivant vers les salles d'accouchement, elle fut frappée par le calme qui y régnait. Il n'y avait pas une âme et le couloir était silencieux, ce qui n'était jamais bon signe.

Inquiète, elle se dirigea vers les salles d'opération et, au moment où elle atteignait les portes battantes, une sage-femme surgit dehors, son tablier en plastique taché de sang.

Elle pointa son doigt ganté vers elle.

— Médecin de l'unité néonatale ?

Cora se contenta de hocher la tête.

— Bien, avec moi. Une urgence.

Toutes deux passèrent les portes, et elle se rendit compte que presque tout le personnel était là. Quelqu'un était allongé sur le sol – une collègue médecin, qui était enceinte. Elle allait lui porter assistance quand une voix près de la table d'opération la retint.

— Non, laissez-la. On a besoin de vous ici.

Il y avait déjà trois personnes auprès d'elle.

— Elle est diabétique et a fait une crise d'hypoglycémie, expliqua un médecin. On peut s'en charger.

Cora ne reconnut pas l'obstétricien, mais il y en avait douze à l'hôpital de Stockholm et elle ne les avait pas encore tous vus.

— J'ai besoin d'une néonatalogiste, dit-il. Ce bébé va devoir être réanimé.

Sans attendre, il pratiqua une incision sur l'abdomen de la patiente.

Cora se hâta de se laver les mains dans l'évier. En se retournant elle trouva une infirmière qui lui tendait une blouse, une autre une paire de gants et une troisième posa un bonnet sur sa tête.

Elle était fin prête lorsque l'obstétricien sortit le bébé silencieux. Dès qu'elle le prit, ses gestes devinrent automatiques.

Elle les avait malheureusement effectués en de nombreuses occasions. Elle entendit une voix qu'elle connaissait et vit Jonas enfiler un masque et se glisser près d'elle.

Certains bébés avaient besoin d'encouragement pour respirer à la naissance, mais elle ne connaissait rien des circonstances de ce cas, et le bébé était un peu trop inerte pour son goût.

Elle donna des instructions claires à l'infirmière évaluant les voies aériennes, la respiration et la circulation. Jonas lui tendit un tube d'aspiration, et elle tenta de stimuler le bébé pour qu'il respire.

Rien. Entendant du bruit derrière elle, Cora tourna la tête le temps de voir sa collègue sur le sol se débattre, agitant les bras et les jambes, dans un état de confusion évident. C'était souvent le cas avec les crises hypoglycémiques. Dans des circonstances normales elle aurait été emmenée ailleurs, mais pendant quelques minutes, le sol était probablement l'endroit le plus sûr pour elle.

Cora continua son évaluation du bébé tandis que Jonas la reliait systématiquement à tous les appareils. La petite fille avait un teint sombre. Son pouls était faible, mais rapide et filant. Il n'y avait aucun effort respiratoire.

— Je vais l'intuber, décida-t-elle.

Elle se plaça à la tête du berceau, et Jonas lui passa tour à tour ce dont elle avait besoin. Elle introduisit le tuyau sans problème et commença les procédures pour relier le bébé à la machine.

Puis ce fut son tour de retenir sa respiration, jusqu'à ce que la petite fille perde sa couleur terne et commence à rosir.

L'étape suivante fut l'installation d'une perfusion. Cora voulait s'assurer que le bébé pourrait recevoir les médicaments qui l'aideraient.

Pendant qu'une infirmière attachait un bracelet d'identité à son bras, Cora leva la tête et se tourna vers l'obstétricien.

— Merci pour votre assistance.

Elle échangea un bref regard avec Jonas, puis tous deux poussèrent le berceau et le ventilateur en direction de l'ascenseur. Leur collègue médecin était maintenant assise par terre et buvait un jus de fruits.

— Que s'est-il passé ? demanda-t-elle tandis qu'ils attendaient l'ascenseur.

— Eve a perdu connaissance, dit Jonas. Elle était en train de parler normalement, et l'instant d'après elle s'est retrouvée par terre. Je t'avais déjà bipée pour l'accouchement et je savais que tu venais. C'est à ce moment-là que le cœur du bébé a eu une défaillance.

Cora frissonna d'appréhension et toucha la joue de sa petite patiente.

— Avons-nous un prénom ?

— Sa mère nous a dit avant d'entrer en salle d'opération qu'elle voulait l'appeler Rose.

— Tu étais déjà sur place ?

— Oui. Il y a eu des problèmes aujourd'hui. Deux membres du personnel de l'unité ont eu un accident de voiture ce matin, tous deux sont sévèrement touchés. Ils sont en salle d'opération actuellement.

— Oh ! non.

Jonas inspira profondément.

— J'ai dû téléphoner aux familles.

Elle lui toucha le bras.

— C'est toujours difficile…

— Ça fait partie du métier. J'ai fait appel à d'autres employés et à un autre directeur.

Lorsqu'ils furent arrivés à l'étage les portes de l'ascenseur s'ouvrirent. Deux membres de l'unité les attendaient et s'emparèrent du ventilateur portable et du berceau.

Jonas et elle passèrent la demi-heure suivante à installer bébé Rose dans l'unité. Il disparut pendant que Cora parlait avec le papa encore sous le choc, lui expliquant calmement ce qu'il se passait avec son bébé.

Quand il réapparut, Jonas avait dans les mains deux bagels au jambon. Cora ne s'était pas rendu compte que quatre heures s'étaient écoulées depuis qu'elle avait été bipée.

Il s'assit près d'elle dans le bureau et lui tendit un bagel.

— Eve va bien ? demanda-t-elle.

Jonas sourit.

— Elle se sent gênée et frustrée, mais elle va beaucoup mieux. Elle voulait te rencontrer et connaître ton travail.

— Ah, c'est super. Je serai heureuse de passer en revue les principes avec elle. Mais elle ne doit pas avoir une grossesse facile ?

— En effet. C'est un de nos meilleurs médecins et elle est diabétique depuis l'enfance. Mais depuis qu'elle est enceinte, elle a des accès d'hypoglycémie inattendus. C'est arrivé une fois alors qu'elle était en train de déjeuner avec moi et mangeait de bon appétit. Deux minutes avant qu'elle s'évanouisse, il m'a semblé qu'elle avait un regard étrange, mais elle continuait à prendre part à la conversation. Son taux de sucre dans le sang devient très bas avant qu'elle ait le moindre signe d'avertissement.

— Et on ne peut rien faire ?

— Eh bien… J'ai appelé le représentant d'une compagnie que je connais. Il y a un nouveau produit qui a été mis à l'essai. C'est un patch que l'on pose sur la peau et qui envoie une lecture constante du taux de sucre à un téléphone. Celui-ci sonne l'alarme en cas de taux trop élevé ou trop bas.

— Tu as pu en obtenir un ?

Il jeta un coup d'œil à sa montre.

— Eve est actuellement, bien à contrecœur, sous moniteur pour quelques heures en salle prénatale. Le représentant sera là dans moins d'une heure.

— Vous avez bon cœur, Jonas Nilsson, déclara-t-elle en souriant.

Il fit la moue.

— Je sais qu'elle ferait la même chose pour moi si j'étais dans son cas. Nous formons une équipe et il est normal que nous nous aidions mutuellement.

— C'est vrai. Nous sommes une équipe et nous devrions

nous aider mutuellement. Je suis entièrement d'accord, répondit-elle en lui lançant un coup d'œil appuyé.

Il soutint longuement son regard.

— Je suppose que tu n'as pas pris que des bagels ? dit-elle enfin.

Avec un soupir, il sortit deux barres chocolatées de sa poche. Cora en ouvrit aussitôt une et cassa un carré de chocolat qu'elle mit dans sa bouche.

— Tu n'as même pas fini ton bagel, observa-t-il, l'air amusé.

Elle haussa les épaules.

— J'aime bien mélanger. Mais je les finirai tous les deux, rassure-toi. N'essaye pas de contrôler ma façon de manger, poursuivit-elle en plissant les yeux. C'est le meilleur moyen de faire de moi ton ennemie.

— Je croyais que j'y avais déjà réussi…

— Le fait est que tu mets ma patience à rude épreuve. C'est ce chocolat qui te sauve…

Jonas resta un moment songeur, puis il mit son bagel de côté.

— Veux-tu que l'on parle de ce qui s'est passé entre nous ?

— La baiser ou la dispute ?

— Touché. Pourquoi pas les deux ?

Pour le coup, elle se retrouvait un peu coincée.

— Est-ce que tu t'en sens le courage ? ajouta-t-il.

Jonas en savait déjà plus sur elle que la plupart de ses connaissances. Elle n'était pas certaine de vouloir en révéler davantage.

D'un autre côté, c'était plutôt tentant d'avoir l'occasion de connaître mieux son mystérieux Viking.

— Eh bien… Je commencerai par le baiser. Cela m'a plu, je l'ai trouvé… intéressant.

Il se redressa sur sa chaise.

— Intéressant ? Pourquoi pas incroyable ? Ou excitant ? J'irai même jusqu'à brûlant.

Elle se mit à rire.

— Et toi, comment le qualifierais-tu ?

Il croisa les bras et la fixa de ses yeux clairs.

— Je crois que j'ai besoin de recommencer, pour être sûr.

— Vraiment ?

Il se pencha, et ses lèvres se retrouvèrent tout près des siennes. Elle pouvait sentir le léger parfum de son after-shave, l'odeur de sa peau.

Elle posa la main sur son torse.

— Mais on n'a pas encore abordé la dispute…

— On pourrait peut-être faire l'impasse là-dessus, murmura-t-il.

— On pourrait, répéta-t-elle, tentée, avant de le repousser légèrement. Ou bien on peut aller au cœur du sujet.Exhalant un soupir résigné, il se rassit au fond de sa chaise et ouvrit sa barre de chocolat.

— Quel est-il ?

— Que tu m'expliques pourquoi tu n'aimes pas ma recherche ni mon travail.

Il secoua la tête.

— Je n'ai rien contre ta recherche, je l'ai lue en entier. Ce sont tes méthodes que je trouve… discutables.

— Discutables ? répéta-t-elle d'un ton un peu trop aigu.

Il lui sourit, s'attendant visiblement à sa réaction.

— Tout le monde a pu se rendre compte que tu étais un grand médecin, sans peur et doué de sens pratique. Capable d'enseigner et d'apporter son aide en cas d'urgence.

— Continue. J'aime ce genre de discours.

— Mais tu n'as pas toujours une vision globale des choses. Et tu n'as pas à le faire, puisque c'est mon rôle en tant que directeur de gérer cette unité et son personnel. Je dois m'assurer que rien n'est laissé de côté.

Elle lui jeta un coup d'œil soupçonneux.

— N'aurais-tu pas déjà préparé ton discours ?

— Je me suis dit hier soir qu'il faudrait que nous ayons une explication.

Elle mangea un autre carré de chocolat.

— Qu'est-ce qui t'a fait croire que j'accepterais de te reparler ?

Il lui caressa doucement la main.

— Ceci.

Il y eut un silence, et elle sentit un long frisson la parcourir. Jonas avait toujours les yeux fixés sur elle.

— Je… je ne m'étais pas attendue à ça, bégaya-t-elle. Qu'est-ce que cela signifie… pour nous ?

— Cela signifie qu'il nous reste un peu moins de trois semaines pour nous connaître un peu mieux, répondit-il d'une voix rauque.

Ils échangèrent un sourire.

— Alors, qu'est-ce que ce sera ? demanda-t-il. L'excursion en bateau, ou la visite du Vasa Museum ?

Il s'était rappelé qu'elle n'aimait pas beaucoup Noël et voulait lui proposer quelque chose de différent.

Cela comptait beaucoup pour elle.

— C'est toi qui décides, répondit-elle avant de nouer les bras autour de son cou et de lui tendre ses lèvres.

9.

Il lui sembla qu'il était en train de perdre la tête. Et Jonas était certain que c'était la superbe femme accrochée à son bras qui en était la cause.

Cora n'était plus là que pour quelques semaines, autant prendre du bon temps ensemble jusqu'à ce qu'elle reparte pour Londres en avion la veille de Noël.

Il avait compris que cette période de l'année était plutôt triste pour elle, contrairement à tant d'autres qui étaient tout excités à l'idée de retrouver leur famille à cette occasion.

Aujourd'hui ils étaient blottis l'un contre l'autre à l'entrée du Vasa Museum, au milieu d'une longue file de touristes.

Cora leva les yeux vers lui et sourit.

— Tu m'emmènes toujours dans les meilleurs endroits, dit-elle en frissonnant dans le froid.

Il passa le bras autour de ses épaules.

— Il fera meilleur à l'intérieur. Considère cela comme ton expérience culturelle.

Elle se mit à rire.

— Pourquoi ? C'est un musée du chocolat ?

— Tu peux toujours rêver. Mais je connais une boutique de chocolats sympa où on pourra aller ensuite.

Une fois à l'intérieur du musée, il fallut un moment à Cora pour comprendre où elle se trouvait.

— Un bateau ? s'exclama-t-elle. Le Vasa Museum est un bateau ?

Il acquiesça en souriant.

— C'est un morceau d'histoire. Le seul bateau du XVIIe siècle qui ait été conservé de par le monde.

— Comment est-il arrivé ici ?

— Il a coulé, répondit-il simplement. Quelques minutes à peine après avoir été inauguré, en 1628. Après plus de trois cents ans passés au fond de l'océan, le *Vasa* a été récupéré, réparé et préservé pour le musée. Il est resté en bon état parce que Stockholm a des eaux très saumâtres, ce qui a en quelque sorte fossilisé le bateau.

— Je n'arrive pas à croire qu'il ait survécu, s'étonna Cora.

— Figure-toi que c'était un bateau de guerre, mais sa coque était beaucoup trop lourde et c'est pour ça qu'il a coulé. Comme pour le *Titanic*, ses parties métalliques ont souffert. Tous les boulons en fer se sont désintégrés. Seuls les boulets de canon et l'ancre ont résisté, ainsi que les fusils et les canons qui ont été pillés il y a longtemps.

Ils firent le tour du bateau main dans la main, avant de se rendre au restaurant tout en haut. Il y avait déjà du monde alors qu'il n'était pas encore midi.

Jonas commanda pour eux des boulettes de viande avec une sauce à la crème, une spécialité suédoise.

Cora était rayonnante aujourd'hui. Il n'avait pas décelé de tristesse dans ses yeux, et il était clair qu'elle passait un bon moment, posant de nombreuses questions dont il ne connaissait pas toujours les réponses, si bien qu'il finit par lui acheter un guide du musée.

Il la vit avec plaisir faire honneur à son plat, puis elle se laissa aller contre le dossier de sa chaise avec un soupir de satisfaction.

— Si je pouvais venir ici tous les jours pour manger ces boulettes, je crois que je serais capable de m'installer à Stockholm.

— Tu te verrais vraiment vivre ailleurs qu'à Londres ? demanda-t-il avec curiosité.

— Comme tu t'en doutes à mon accent, je viens d'Écosse. J'ai fait mes études à l'université d'Édimbourg et ma formation dans les hôpitaux de la ville. Mais dès que j'ai obtenu mon diplôme de médecin il m'a paru préférable d'effectuer ma spécialisation à Londres, où il y avait plus d'opportunités. On m'a proposé un poste à Washington l'année dernière et un autre en Allemagne l'année précédente, mais…

Elle hésita un instant.

— Je voulais me trouver dans la même partie du monde que ma sœur, Isla, quand elle était étudiante. Elle n'est qu'à une heure d'avion de Londres. Elle a son oncle et sa tante, bien sûr, mais nous sommes très proches. Je suppose que ça n'a rien d'étonnant quand on a été là à sa naissance. Je ne voulais pas être loin au cas où elle aurait eu besoin de moi.

Elle esquissa un sourire triste.

— Maintenant c'est une adulte, et elle est la fille la plus indépendante de la planète. Je ne serais pas surprise si elle m'annonçait qu'elle part en Australie pour sa dernière année d'études.

Jonas fronça les sourcils.

— Attends un peu… Tu m'as bien dit que tu avais assisté à la naissance de ta sœur ?

Il la vit rougir, mais il était trop tard pour revenir en arrière.

— C'est moi qui l'ai mise au monde, expliqua-t-elle. Maman a commencé le travail très vite, plus tôt que prévu. On habitait un coin perdu à la campagne. Mon père était à des kilomètres de là en train de vendre des moutons, et il ne restait qu'elle et moi.

Il se cala dans sa chaise, captivé.

— Tu as dû vivre un moment terrible. Quel âge avais-tu ?

— Quinze ans. On peut dire que ça a été mon baptême du feu. Le médecin des urgences que j'ai eu au téléphone a été super. Il m'a donné des instructions claires et précises, calmement. Isla est née avant terme, en quelques minutes. Elle a eu besoin d'une assistance respiratoire. Mais le plus terrifiant, c'est que maman a fait une hémorragie post-partum. Je n'oublierai jamais tout ce sang qu'il y avait par terre.

— Qu'est-ce que tu as fait ?

— Exactement ce que le médecin m'a dit. À ce moment-là ils ont décidé d'envoyer un hélicoptère.

— Cela a pris combien de temps ?

Cora fit la grimace.

— Presque trop longtemps. Évidemment je n'avais pas d'oxytocine, et j'ai passé un long moment à masser l'utérus de ma maman, pour qu'il se contracte et arrête de saigner. C'était tout ce que je pouvais faire.

— Waouh. Voilà qui est courageux.

Elle hocha lentement la tête.

— Finalement, Isla et maman s'en sont bien sorties et toutes les deux sont restées à l'hôpital pendant quelques semaines. Cet événement m'a rendue curieuse et m'a donné envie de devenir médecin, pour aider les petits bébés comme Isla. C'est ce qui a fait ce que je suis aujourd'hui.

Il la contempla un moment en silence, aimant la façon dont les rayons du soleil filtrés par la fenêtre se reflétaient dans ses cheveux, et l'éclat de ses yeux verts. Elle était belle. À l'intérieur comme à l'extérieur. Et passionnée elle aussi par son travail.

Certes ils avaient des désaccords, mais Cora l'incitait à se mettre en question. Elle était la première femme à avoir apporté de la lumière dans sa vie depuis des années. Elle le faisait rire. Elle le rendait furieux. Et il ne s'était jamais senti aussi heureux avec quelqu'un d'autre.

Cependant il se doutait que cette femme fascinante avait encore bien plus à révéler. Elle ne lui avait pas raconté pourquoi elle n'aimait pas Noël, mais il ne voulait pas se montrer indiscret. Il était encore loin d'avoir rassemblé toutes les pièces du puzzle qui composaient Cora Campbell.

Il eut un serrement au cœur. Il s'était brûlé les ailes une fois avec Katrina. Allait-il recommencer ? Tout ne risquait-il pas de lui exploser à la figure ?

Sa décision fut rapide. Il serait patient. Il savait que Cora avait encore des secrets, mais lui-même ne lui avait pas tout dit. Son cœur fondait rapidement pour cette femme et, arrivé à ce moment de sa vie, il se devait de courir sa chance et d'essayer d'être heureux.

— Je trouve que tu as l'air bizarre, dit-elle.

— Mais non.

Son regard vert s'adoucit, et elle entoura son verre de vin de ses mains.

— Bon. Je t'ai raconté ce qui a fait qui je suis. À présent tu dois m'en dire un peu plus sur toi.

Il tenta de se dérober d'un revers de main.

— Ce que tu vois est ce que je suis.

Mais elle ne voulut pas en démordre.

— Faux. Pourquoi es-tu si rigide au travail ? Pourquoi es-tu si pointilleux à propos des règlements ? Je sais qu'ils sont importants pour des raisons de sécurité. Mais d'après mon expérience, il peut nous arriver de sortir des sentiers battus.

Il ne put s'empêcher de froncer les sourcils.

— Tu vois ? Même l'expression ne te plaît pas.

Son regard se fit songeur.

— J'ai connu quelques personnes qui agissaient comme toi, et toutes avaient eu une mauvaise expérience à un moment de leur carrière, ajouta-t-elle.

Il aurait voulu nier mais, pour la première fois depuis longtemps, quelqu'un pouvait lire en lui. Et c'était Cora.

Il prit une longue inspiration avant d'avaler une gorgée de bière.

— Je plaide coupable, déclara-t-il enfin.

Il était sur le point de révéler une partie de lui dont il ne parlait pratiquement jamais.

— C'est juste comme tu l'as dit, commença-t-il. J'ai eu une mauvaise expérience, et j'en ai tiré les leçons. Dorénavant je fais de mon mieux pour qu'aucun de mes collègues n'ait un jour à vivre la même chose.

Et il raconta à Cora comment, alors qu'il avait achevé depuis peu sa formation de sage-femme, il avait été amené à agir contre le désir de sa patiente en décidant de pratiquer une césarienne.

— Certes la maman et son bébé ont survécu en pleine santé, tout au moins physiquement. Mais mentalement ? La maman a porté plainte contre moi et a fait une grave dépression post-partum, alors qu'elle voulait tant avoir ce bébé.

— Elle l'aurait peut-être faite de toute façon, observa Cora.

— Je sais. Mais je suis sûr que cet accouchement a affecté sa santé mentale. J'ai eu beau être disculpé car il a été dit que ma décision avait sauvé deux vies, je me suis senti misérable parce que je lui avais fait une promesse, celle de ne pas lui ouvrir le ventre, que je n'ai pas tenue.

— Il n'y avait pas d'autre choix, n'est-ce pas ?

Il détestait discuter de ça.

— Bien sûr que non. Mais ce qui m'a sauvé, c'est que j'avais des documents sur tout, et j'avais suivi chaque protocole à la lettre. Si je m'en étais écarté d'une quelconque façon, on ne m'aurait pas loupé.

Cora haussa légèrement les épaules.

— Tu as fait ce que toute bonne infirmière, sage-femme ou tout bon médecin ferait. Tu es un bon praticien, Jonas. Et tu n'as pas fait d'erreur médicale. Pourtant cela ne t'aide pas à te sentir moins responsable ou moins coupable, ce qui est naturel. Personnellement je me rappelle encore chaque cas qui a posé problème, chaque personne qui s'est plainte, me demandant si tout avait bien été fait correctement. C'est normal. Nous ne serions pas de bons praticiens si nous ne repassions pas nos actes en revue, de façon à tirer des enseignements des situations dont nous aurions souhaité qu'elles se présentent différemment.

Il approuva de la tête.

— Mais certains peuvent parfois être négligents. Ils ne comprennent pas toujours combien il est important de suivre jusqu'au bout tous les protocoles. Ce sont eux qui peuvent faire la différence en cas de problème.

— Je sais, je comprends, dit Cora en le regardant droit dans les yeux. Cependant, n'as-tu pas envie de mettre de côté cette mauvaise expérience maintenant que tu en as tiré des leçons, et d'abandonner ce sentiment de culpabilité que je sens toujours en toi ?

— C'est moi qui gère, c'est à moi de protéger mon personnel.

— D'accord. Mais c'est aussi la responsabilité professionnelle de chacun de se protéger soi-même. Tu ne peux pas non plus regarder par-dessus l'épaule de chacun tout le temps, ni travailler vingt-quatre heures sur vingt-quatre.

Elle pointa l'index en l'air.

— Et n'oublie pas que l'on apprend de ses erreurs… et de ses épreuves. Si tu terrifies les employés avec des règlements, ils risquent d'avoir peur de te parler de leurs erreurs, ou de celles qu'ils ont failli commettre.

Jonas réfléchit à ce que Cora venait de dire avant de hocher la tête en silence.

— À propos d'erreur à moitié commise quand j'étais plus jeune, ajouta-t-elle. Je faisais alors partie de l'équipe de réanimation et un jour j'ai été bipée pour me rendre dans une salle que je ne connaissais pas bien. L'infirmière en chef se tenait debout près d'un lit, l'air abasourdi. J'ai *supposé* que les vérifications de base – voies aériennes, respiration, circulation – avaient déjà été faites avant qu'elle donne l'alerte. En tant que membre le plus jeune de l'équipe, j'ai posé mon genou sur le lit et j'ai commencé les compressions.

— Que s'est-il passé ?

— J'en ai fait une seule, et la patiente s'est redressée et a dit : « Aïe ! »

Il porta la main à sa bouche.

— Non…

— Si. J'ai eu la peur de ma vie et j'ai appris une précieuse leçon : ne jamais supposer quoi que ce soit.

— Tout de même… Qui donne l'alerte avant d'avoir effectué les vérifications de base ?

Il resta un moment songeur. Se pouvait-il que son comportement incite certaines personnes à ne pas lui rapporter tous les incidents, ou ceux qui avaient failli se produire ? La pensée que sa manière d'imposer des règlements et des protocoles puisse être un frein pour la communication des rapports était nettement dérangeante.

— Est-ce que tu as été témoin d'incidents qui auraient dû être rapportés et ne l'ont pas été ? demanda-t-il.

Cora soupira tristement.

— Là est le problème. Avant de m'interroger, pourquoi ne t'es-tu pas d'abord dit : « Hum, il faudrait que j'y réfléchisse » ?

— J'allais y venir…

— Mais ce n'est pas ce que tu as dit en premier.

Bon sang, elle ne laissait rien passer.

Posant les coudes sur la table, il se pencha en avant.

— Entendu. Je ne veux pas que le personnel ait peur de m'informer si quelque chose ne va pas.

Cora sourit.

— Maintenant, on avance… Je pense qu'il suffit de trouver un juste équilibre.

— C'est toi qui me parles d'équilibre ?

— Que veux-tu dire ?

— La plupart de nos disputes ont été causées par ta façon de précipiter les choses. Et si tu faisais une pause et essayais de trouver un équilibre, toi aussi ?

Elle lui tira la langue en levant son verre.

— Si on buvait à cette proposition ?

— Je préférerais sceller notre accord par un baiser, répondit-il sans réfléchir.

Elle quitta sa chaise et fit le tour de la table pour le rejoindre, tandis qu'il se redressait pour l'accueillir.

— D'accord, dit-elle en plantant un baiser sur ses lèvres.

Son corps réagit immédiatement, et il posa les mains sur sa taille pour l'attirer contre lui. Les mains de Cora se nouèrent autour de son cou, et leur baiser devint plus profond. Comme ils étaient dans un espace public il ne put faire exactement ce qu'il voulait, mais son odorat fut titillé par les senteurs florales qui émanaient d'elle.

S'écartant légèrement, elle sourit.

— Parfois cela vaut la peine d'attendre, murmura-t-elle, son souffle chaud caressant sa peau.

Elle appuya son front contre sa joue, et il rit doucement.

— Tout à fait d'accord, dit-il en l'embrassant de nouveau.

10.

Cora s'étira dans son lit et sourit. La veille ils étaient allés voir un film en anglais, et elle avait mangé du pop-corn et bu du soda, la tête sur l'épaule de Jonas.

Deux jours auparavant, des fleurs avaient été livrées à sa chambre d'hôtel. Leurs boutons roses et blancs avaient commencé à s'ouvrir et dégageaient un merveilleux parfum.

Aujourd'hui ils allaient se rendre à un marché de Noël. Cela signifiait café, gâteaux et articles à acheter. Elle sauta hors du lit et s'habilla rapidement. Après avoir enfilé un pull vert mêlé de fils argentés acheté dans le quartier, un jean et ses bottes, elle noua une écharpe autour de son cou et venait de revêtir sa parka quand on frappa à la porte.

— Prête à faire du shopping ? demanda Jonas, emplissant l'encadrement de la porte de sa haute silhouette.

Il se pencha pour l'embrasser.

— Un nouveau pull ?

— N'est-il pas superbe ? Il est parfaitement assorti à la parka que tu m'as offerte.

L'attirant contre lui, il l'embrassa de nouveau.

— Il faut dire que j'ai très bon goût.

— Allons-nous d'abord prendre le petit déjeuner quelque part ? demanda-t-elle en saisissant son sac.

— Oh non ! répondit-il en riant. Au marché il y a à manger en abondance.

Ils n'eurent que quelques pas à faire pour se trouver au square où se tenait le meilleur marché de Noël de la ville. Il y avait une quarantaine d'étals, tous en bois peint en rouge, offrant une grande variété de produits. Touristes et locaux s'y mêlaient déjà allègrement.

— Où commençons-nous ?

La prenant par la main, Jonas l'entraîna parmi la foule et s'arrêta devant un marchand de crêpes, qui les servit dans de petites assiettes en carton et leur tendit un café. Les mains pleines, ils continuèrent à déambuler dans les allées.

Cora poussa une exclamation d'horreur en découvrant que des saucisses de renne étaient en vente.

— Ne me dis pas que vous mangez Rudolf ?

— Et Dasher, et Prancer, et Vixen ainsi que tous les autres, dit Jonas, imperturbable. Ces saucisses sont très appréciées.

Elle secoua la tête, indignée, et poursuivit son chemin. Mais il y avait trop de tentations autour d'elle, entre les fromages, les amandes caramélisées, le miel, la pâte d'amandes, les buns au safran, les confitures faites maison, les bonbons et les biscuits au gingembre.

— Emmène-moi loin de toute cette nourriture et montre-moi des choses qui ne risquent pas de me ruiner la santé, marmonna-t-elle.

Il rit et lui montra des étals différents, où l'on jouait des cantiques de Noël. Certains furent même chantés. Mais Cora était complètement distraite par le grand blond à son bras. Tout le reste paraissait terne à côté de lui.

De temps en temps, des gens venaient lui parler. Il y avait des mamans avec leur jeune enfant dans les bras. L'une d'elles l'embrassa sur les deux joues, parlant rapidement en suédois et lui montrant ses jumelles dans leur poussette double. Cora fut impressionnée qu'il se rappelle immédiatement les noms de la mère et des enfants. Il se montrait chaleureux et détendu avec elles.

— Une autre patiente ? questionna-t-elle quand la maman se fut éloignée avec sa poussette.

— Des patientes de longue durée, expliqua-t-il, passant le bras autour de ses épaules. Les jumelles sont nées très prématurées. Elles font toujours partie de notre programme de monitoring, comme les bébés qui ont bénéficié de l'hypothermie thérapeutique. Nous soignons ces patients depuis longtemps. Je m'intéresse toujours beaucoup aux résultats sur le long terme.

— Et je suis sûre qu'au fond de toi bat un cœur bon, dit-elle avec un petit sourire.

Ils flânèrent longuement. Cora acheta des mitaines tricotées main, de la verrerie rouge et blanche et des bougies de Noël parfumées.

— Je vais les emporter chez moi. Elles me rappelleront mon séjour ici.

Elle eut un pincement au cœur. Même si elle adorait Stockholm, elle y avait trouvé cette période de l'année difficile, comme toujours. Mais la pensée de devoir retourner dans son appartement vide de Londres ne la remplissait pas de joie. Certes, ce serait agréable de dormir de nouveau dans son lit. Mais celui de l'hôtel était aussi très confortable. Le personnel était adorable et accueillant, et elle avait vraiment un faible pour la ville.

Quand elle reprendrait l'avion on serait presque le jour de Noël. Elle arriverait dans un appartement froid et vide de nourriture. Elle avait toujours décliné l'invitation de son oncle et sa tante des Highlands, en partie parce que le voyage serait trop compliqué.

— Est-ce que ça va ? demanda Jonas en posant la main sur son bras.

Sa voix douce fut comme un baume autour de son cœur.

— Bien sûr, répondit-elle en souriant. On fait encore un peu de shopping ?

De nouveau il y eut cette expression étrange qui traversa furtivement son visage, puis il passa de nouveau le bras autour de ses épaules. Il commençait à faire froid. Derrière eux la chorale de l'école entamait un chant de Noël.

Jonas l'emmena devant une boutique uniquement consacrée au chocolat. Dès qu'il poussa la porte, son odorat fut assailli par toutes sortes d'odeurs alléchantes et elle sourit jusqu'aux oreilles. Conseillée par une vendeuse, elle ne put faire autrement que céder à la tentation.

— En fin d'année c'est permis, estima Jonas, la voyant chargée de petits paquets.

— Oh ! mais la plupart sont pour l'unité néonatale. Ils sont tous super et j'adore travailler avec eux.

— Dans ce cas, pourquoi ne restes-tu pas ?

Il eut l'air presque aussi choqué qu'elle d'avoir prononcé ces paroles et inspira longuement avant de poursuivre.

— Je m'attends à ce que l'hôpital de Stockholm recherche un nouveau chef de néonatologie dans les prochains mois.

— Tu ne crois pas qu'Elias reviendra ?

Il poussa un soupir, et son expression se fit douloureuse.

— Franchement ? J'adorerais qu'il revienne, mais je ne suis pas certain qu'il en ait envie. Son fils et sa fille vont essayer de le persuader de prendre sa retraite. Peut-être voudra-t-il retravailler quelques jours dans la semaine, mais je crains que la gestion de l'unité ne soit trop lourde pour lui désormais. Aussi je pense que tôt ou tard, nous allons devoir chercher un nouveau chef, conclut-il en la fixant du regard.

— Je ne suis pas certaine d'être la meilleure personne pour le job, répondit-elle, ses mécanismes de défense se mettant automatiquement en place. Pour commencer, je ne maîtrise pas bien le suédois.

— Il faut tenter une thérapie immersive. Tu t'installes quelque part et tu parles constamment la langue. Il paraît que c'est le meilleur moyen. Ou on peut essayer d'autres thérapies immersives, si tu veux, ajouta-t-il avec un coup d'œil coquin.

Cora se mit à rire.

— Stockholm est une belle ville, mais je ne la connais pas encore bien. Je ne sais pas où il faut louer ou acheter, ni quel est le coût de la vie…

— On dirait que tu essayes de te trouver des raisons pour refuser.

— C'est juste que… je ne suis pas sûre. Il faut que je pense à Isla. Ce n'est pas très loin en avion, mais la Suède est tout de même un pays complètement différent. Et puis, on ne sait même pas s'il va y avoir un poste à pourvoir.

Jonas lui jeta un regard étrange.

— En réalité, on m'en a parlé hier, et on m'a soumis quelques noms que le conseil d'administration trouvait intéressants et demandé ce que j'en pensais.

Elle haussa les sourcils.

— Mais je n'étais pas l'un d'eux ?

Il y eut un silence qui lui parut interminable.

— Non, mais je pense que tu devrais.

— Toi-même, tu n'avais pas pensé à moi, avoue-le ?

Il soupira en l'entourant de ses bras.

— À vrai dire, j'ai pensé uniquement à des médecins déjà à la tête d'unités néonatales… en Suède.

— Mais le monde existe aussi au-dehors.

Cora lui sourit, se sentant plus à l'aise. Pendant un instant, elle avait cru qu'il lui demandait beaucoup plus que de rester pour le travail.

— Pense à toutes les personnes merveilleuses à côté de qui tu risques de passer, ajouta-t-elle d'un ton taquin.

Il frôla sa joue de ses lèvres.

— Et toi, pense à toutes les opportunités que tu risques de rater si tu n'envisages de travailler qu'au Royaume-Uni.

— Bien dit.

Elle sourit de plus belle, plongeant dans ces yeux bleu clair qui la faisaient fondre. Et si elle vivait et travaillait ici ? Jonas était le premier homme capable de la faire frissonner d'un seul regard et qui l'incitait à se questionner souvent. Il y avait parfois des étincelles quand ils étaient ensemble, mais elle aimait qu'il ne soit pas toujours d'accord avec elle. Naturellement il avait tort la plupart du temps, mais cela importait peu.

Le doute s'insinua de nouveau profondément en elle. Celui qui était là depuis l'enfance. Qui lui disait qu'elle n'était pas assez bien, qu'elle n'était pas assez aimée pour rependre un poste comme celui-ci. Jonas lui-même n'avait pas pensé à elle en premier, alors qu'il avait travaillé à ses côtés pendant des semaines.

Elle repoussa cette idée chagrine. Il avait pensé à elle *maintenant*, c'est ce qui était important. Même si elle n'était pas certaine de vouloir le job.

— À quoi songes-tu ? demanda-t-il.

— AÀ toutes sortes d'opportunités, répondit-elle gaiement.

Elle prit une longue inspiration.

— Je commence à avoir froid. Tu veux rentrer à l'hôtel avec moi ?

— J'ai cru que tu ne me le demanderais jamais, susurra-t-il à son oreille, glissant sa main dans la sienne.

Ils hâtèrent le pas jusqu'à l'hôtel, et dès que les portes de l'ascenseur se furent refermées sur eux, Jonas l'embrassa à en perdre haleine. Maintenant, ils n'étaient plus en public.

— Reste ici cette nuit, dit-elle quand ils furent arrivés.

— Enfin, murmura-t-il en ouvrant la porte de la chambre avec la carte qu'elle lui tendait.

Puis il la souleva dans ses bras et referma la porte derrière eux du bout du pied.

11.

Ils avaient rapidement adopté une sorte de routine. Ils passaient une nuit à l'hôtel de Cora, et la suivante ils se réveillaient ensemble dans l'appartement de Jonas.

Jonas fut surpris de constater avec quelle rapidité elle semblait s'intégrer dans sa vie. Il trouvait tout à fait normal de la voir blottie au bout de son canapé gris clair, ou sous les couvertures blanches de son grand lit. Au bout de quelques jours, elle laissa sa brosse à dents dans sa salle de bains et lui en acheta une autre pour sa chambre d'hôtel.

— Alors, comment ça va au pays de l'amour ?

Il réprima un sursaut. Alice se tenait près de lui, un paquet de notes à la main, et elle le regardait d'un air renseigné, comme si elle savait exactement ce qui s'était passé ces dernières semaines.

— Je ne vois pas du tout de quoi tu parles, Alice, répondit-il, s'efforçant de paraître impassible.

— Bien sûr que si.

Elle sourit en lui tapotant la main avant de s'approcher de l'ordinateur.

— Tu la regardes chaque fois qu'elle passe, tu tournes la tête quand elle rit, et tu remarques aussi chaque fois qu'elle parle à un autre médecin. Apparemment elle fait exactement la même chose avec toi. Le courant a changé d'intensité entre vous.

Jonas ne savait que répondre. À cet instant l'alarme se déclencha, et toute l'équipe de réanimation se mit en mouvement sans difficulté vers la salle d'accouchement, de façon coordonnée. Il la rejoignit avec Alice, et ils effectuèrent de minuscules compressions du cœur au bébé en détresse en lui administrant des médications d'urgence, jusqu'à ce que le moniteur cardiaque se mette à biper de façon rassurante. Quelques secondes plus tard, la poitrine du petit garçon commença à se soulever et s'abaisser rapidement, et sa tension monta.

Une heure plus tard, alors qu'Alice et lui étaient de retour en salle des infirmières, le téléphone sonna et il répondit.

— Jonas, nous avons un autre bébé qui arrive et qui répond à tous les critères, dit Cora. Pouvez-vous vous préparer ? Je serai là dans cinq minutes.

— On a un autre bébé pour le traitement d'hypothermie, annonça-t-il à Alice. Cora est en train de monter.

— Oh ! vraiment ? dit Alice avec un petit sourire en coin.

Il poussa un soupir et la suivit dans le couloir.

— Est-ce qu'il faut maintenant que je m'attende à ce type de réaction au travail tous les jours ?

Alice prit une perfusion.

— Tu n'as pas idée comme cela me fait plaisir, dit-elle, tandis qu'il installait le berceau. Jonas, tu as l'air si heureux quand elle est là. Parfois furieux, parfois ravi… Je te préviens, si tu laisses celle-là s'en aller, je te rendrai la vie impossible.

Il se figea en regardant l'infirmière, qui le toisait du haut de ses trente ans d'expérience professionnelle. Elle avait l'air à la fois sincère et enjoué. L'honnêteté de ses paroles le touchait profondément tout en lui faisant l'effet d'une douche froide. Il se rendait compte combien Cora comptait pour lui.

— Est-ce que tu lui as parlé ? demanda Alice.

Généralement il aimait sa façon terre à terre d'envisager les choses. Elle était imperturbable et allait droit au fait – une vraie professionnelle, avec toujours une petite étincelle dans les yeux.

Le plus inquiétant était qu'il savait qu'elle tiendrait parole et ferait de sa vie un enfer s'il ne se décidait pas à abattre ses cartes et à parler à Cora.

Il préféra donc être tout à fait honnête avec elle.

— Évidemment, je ne lui ai rien dit. Elle doit rentrer chez elle à Londres dans deux semaines.

Pourtant, en disant cela il se rendit compte que l'attitude de Cora ne lui donnait pas l'impression qu'elle était réellement « chez elle » quelque part…

— On dirait que tu n'as plus beaucoup de temps, Jonas.

— Mmm. N'insiste pas lourdement, Alice.

— Tu ne diras pas que je ne t'avais pas prévenu.

Néanmoins, il se demanda comment il pourrait avoir cette conversation avec Cora après ce qu'il s'était passé avec Kristina. Il n'avait jamais rien soupçonné d'alarmant avec cette dernière. Peut-être son jugement n'était-il tout simplement pas fiable ?

Mais il avait raconté à Cora l'événement qui l'avait le plus marqué dans sa vie professionnelle, et elle en avait discuté avec lui en faisant preuve de compréhension et d'empathie. Elle n'avait pas mis en doute sa pratique une seule seconde, et cela signifiait beaucoup pour lui. Pourrait-il lui dire « les mots », alors que la seule fois où il avait déclaré son amour cela avait tourné au désastre ? Aurait-il le courage de recommencer ?

Les portes de l'unité s'ouvrirent à deux battants, et Cora entra avec son petit patient. Toute l'équipe se mit au travail pour faire baisser la température du bébé. Une fois que les procédures furent terminées, le rythme de l'activité devint plus régulier. Dans la corbeille à papier, il remarqua les restes d'une boîte de chocolats que Cora avait apportée. La première boîte avait disparu en une journée. Puis il y en avait eu une deuxième, et celle-ci était vraisemblablement la troisième.

Il était sensible au fait qu'elle appréciait ses collègues, qui avaient désiré apprendre d'elle et l'avaient très bien accueillie. Mais lui, que ressentirait-il si Cora était ici en permanence ?

Saisissant son blouson, il décida d'aller faire un tour. Il avait largement dépassé ses horaires de travail et avait besoin de prendre l'air pour s'éclaircir les idées.

La neige craquait sous ses pas. Il se dirigea vers le centre-ville et, sans l'avoir cherché, se retrouva devant l'hôtel de Cora. Il savait qu'elle était encore dans l'unité. Il y avait des arbres illuminés partout. Quant à lui, il n'en avait toujours pas installé un chez lui. Il était habituellement d'humeur plus festive mais, comme il savait que Cora n'aimait pas beaucoup Noël, il avait trouvé préférable de ne pas décorer son appartement. Il avait remarqué qu'elle tirait fréquemment les rideaux de sa chambre d'hôtel pour ne pas voir les illuminations.

Il aurait sincèrement voulu créer de nouveaux souvenirs pour Cora. Mais au fond de lui il savait que ce serait à elle de décider, en fonction de la gravité de ce qu'elle avait vécu.

Il s'étonnait de voir la rapidité avec laquelle il s'était attaché à elle. Pourtant, il y a encore peu de temps, il n'avait pas envisagé la possibilité qu'elle puisse rester. Mais, quand il lui avait posé la question sans vraiment y penser, cela lui avait paru tout naturel et son cœur avait fait un bond dans sa poitrine.

Certes des doutes subsistaient. Mais, même s'il était tenté de comparer Cora et Kristina dans sa tête, il savait dans son cœur que Cora n'avait rien de commun avec Kristina. Ce qu'il ressentait pour elle était beaucoup plus fort, plus profond.

C'était de l'amour pur.

En passant devant une boutique, quelque chose à l'intérieur attira son regard. Sans réfléchir davantage, il entra et, cinq minutes plus tard, ressortit avec son cadeau en poche. Est-ce que ça lui plairait ?

Il avait hâte de le savoir. Son cœur savait ce qu'il ressentait pour Cora. Mais était-il capable de le lui dire ?

Cora fit le tour de l'unité. Le petit bébé, Sam, était stabilisé. Elle avait eu de sérieuses inquiétudes à son sujet et elle espérait que le traitement l'aiderait.

À présent, elle avait besoin de trouver Jonas. Quelque chose s'était passé dont elle voulait lui parler pour avoir son avis.

— Est-ce que quelqu'un sait où Jonas est allé ? demanda-t-elle à une infirmière.

— Il a dit qu'il allait marcher un peu. Ça faisait près de douze heures qu'il était là. Il a dû avoir besoin de s'aérer la tête.

Quand elle s'était réveillée ce matin Jonas était déjà parti en lui laissant un petit mot gentil, mais elle n'avait pas compris qu'il commençait à travailler si tôt.

Une fois dehors, elle partit à sa recherche en direction du centre-ville. Il faisait nuit, mais les rues semblaient encore plus animées que d'habitude.

Soudain Jonas surgit au milieu de la foule et l'enlaça.

— Tu n'as pas oublié que je t'avais promis une excursion en bateau ?

— Mais il fait noir, on ne verra rien…

— C'est une excursion spéciale, parfaite pour la nuit. Nous allons passer sous douze différents ponts et voir presque toute la ville. Il y a même du *fika* suédois à bord, murmura-t-il à son oreille.

— Du café avec des petits gâteaux à la cannelle ? Tu sais trouver les mots qu'il faut.

Ils embarquèrent à Strömkajen. Cora resta debout contre la passerelle à regarder le bateau blanc s'enfoncer dans les eaux sombres. Tout autour d'eux des lumières brillaient, encadrant les bâtiments et créant une aura lumineuse au-dessus de toute la ville. On entendait de la musique douce, et un guide racontait l'histoire liée à chaque pont. Ils passèrent même l'écluse qui reliait la mer Baltique au lac Mälaren.

Quand ils eurent un peu froid, ils entrèrent à l'intérieur et se servirent en café et petits gâteaux.

Jonas lui proposa de s'asseoir, mais elle secoua la tête.

— En fait, j'apprécie beaucoup cette excursion. Si nous emportions notre collation dehors ?

Ils retournèrent à la passerelle. Cora aperçut l'intérieur de la cité, la Vieille Ville, Södermalm et Lilla. Elle avait chaud au cœur et posa la tête sur l'épaule de Jonas. La buée causée par leur respiration et celle de leurs cafés créait une sorte de halo rendant l'air froid nocturne encore plus spécial.

Elle commençait à beaucoup aimer cette ville et les gens qui la peuplaient. Pour la première fois depuis des années, la pensée de Noël ne la remplissait pas de tristesse et d'appréhension.

Jonas avait suggéré – sans poser de questions indiscrètes –

qu'il serait peut-être temps de se créer de nouveaux souvenirs. Le fait de se trouver dans un endroit entièrement nouveau, avec un homme merveilleux et une super équipe professionnelle rendait la chose beaucoup plus facile. Le moment était peut-être venu.

C'était comme si le nuage sombre qui entourait habituellement ses épaules à cette époque de l'année avait oublié où elle était.

Elle se blottit contre lui.

— Hé, que se passe-t-il ? murmura-t-il en frôlant sa tempe de ses lèvres.

Elle se tourna vers lui et glissa les mains autour de sa taille.

— Rien, dit-elle en souriant. Je suis juste heureuse.

— Heureuse ?

Il l'attira contre lui.

— C'est plutôt une bonne nouvelle.

— Un des directeurs de l'hôpital est venu me voir aujourd'hui. Il m'a dit qu'on pensait à moi, parmi d'autres candidats, pour le poste de chef de la néonatalogie.

Elle se rendit compte que sa voix tremblait.

— Qu'as-tu répondu ?

— J'ai écouté attentivement… et j'ai dit merci beaucoup… que j'attendrais de leurs nouvelles.

Levant la tête, elle planta un baiser sur ses lèvres.

— À ton avis, se pourrait-il que quelqu'un ait parlé en ma faveur ? Et cette personne ne risque-t-elle pas de manquer un peu d'objectivité ?

Jonas rit franchement.

— Aucune importance si je ne suis pas objectif. Le conseil consulte beaucoup de gens. Ils auront parlé à tes collègues du Royal Kensington et interrogé les autres professionnels avec qui tu as travaillé ici ces dernières semaines. Ils veulent quelqu'un qui s'entende bien avec l'unité. Quelqu'un qui nous aide à maintenir notre niveau et notre réputation.

Elle glissa les doigts dans ses cheveux courts.

— Tu crois que quelqu'un comme moi, qui t'échauffe parfois le sang, peut faire ça ?

Il rit doucement et passa une main sous sa parka.

— Il arrive que mon sang soit échauffé pour d'autres raisons…

Cora se laissa aller contre lui.

— Cet endroit est surprenant. Je n'avais jamais réellement envisagé de déménager auparavant. Même quand on m'a proposé un poste à Washington, il y a quelques années.

— Et maintenant ?

Elle hocha lentement la tête.

— Si on me le demande…

— Vas-tu d'abord en parler à ta sœur ?

— Absolument. Mais j'ai le sentiment qu'Isla me dira de réaliser mes rêves.

— Et quels sont tes rêves ?

La question tourna dans sa tête. Elle faillit répondre qu'elle ne savait pas. Mais quelque part, tout au fond, elle le savait. Jonas la rendait folle et elle adorait ça. Elle n'avait jamais autant voulu être avec quelqu'un. Quand elle marchait près de lui chaque matin, elle avait l'impression d'être complètement à sa place.

Mais pouvait-elle lui faire confiance avec son cœur ? C'était son souhait le plus cher.

12.

— Alors, comment ça va ?

Jonas se pencha et, prenant Elias par les épaules, l'embrassa sur les joues quand il vint lui ouvrir la porte.

Il n'avait pas l'air très solide sur ses jambes et s'appuyait sur une canne.

— Comment va mon unité ? questionna-t-il à son tour.

— Plutôt bien, répondit-il en suivant Elias qui avançait en clopinant.

Son cœur se serra quand il vit quelques cartons empilés dans un coin. C'était suffisamment parlant. Mais il fit comme s'il n'avait rien vu et marcha lentement à sa suite jusqu'à la grande cuisine, où Elias s'assit à la table.

Jonas remarqua que le café était déjà prêt. Il posa un sac sur la table et entreprit de le vider.

— Confiture préférée, pain, biscuits, et ces chocolats à la crème de menthe que tu cachais dans le tiroir du haut de ton bureau, énuméra-t-il.

Elias sourit, et Jonas réprima un soupir de soulagement. Les deux côtés de son visage se soulevaient dans une parfaite symétrie.

La main d'Elias trembla un peu quand il servit le café. Ces mains qui avaient inséré des milliers de cathéters centraux dans de minuscules veines ne le feraient plus.

Il s'efforça de ne rien laisser paraître de son émotion. Elias devait avoir le cœur brisé. Le travail avait tenu une immense place dans sa vie après le décès de sa femme. Et maintenant il lui était retiré aussi.

— Comment travaille le nouveau médecin ? demanda Elias.

Son regard brillait toujours. La plus grande partie d'Elias était complètement intacte.

Jonas ne put se retenir de sourire.

— Elle est très bien. Du genre fougueux. Elle ne s'en laisse pas conter, mais est sans aucun doute un excellent médecin.

— J'espère que tu es déjà sorti avec elle ?

Il faillit s'étrangler en buvant son café.

— Pardon ?

— Une femme brillante, intelligente et belle de surcroît ? Qu'est-ce qui ne va pas chez toi ? À la seconde où je lui ai parlé, j'ai pensé que tu irais très bien avec elle.

Jonas ne pouvait pas le croire.

— Tu as invité un médecin dans ton hôpital parce que tu as pensé qu'on serait bien assortis ?

— Bien sûr que non. Je l'ai invitée pour sa recherche, qui est remarquable, et j'espère que tu as tout mis en place pour que l'on continue après son départ. C'est grâce à la vidéoconférence que l'idée m'est venue que vous vous entendriez très bien. Elle a cette passion pour son métier, et puis cet accent écossais… Elle n'est pas mariée, n'est-ce pas ? Elle serait parfaite pour toi. Je regrette seulement de n'avoir pas pu jouer les entremetteurs pour m'en accorder tout le mérite, ajouta Elias en trempant un des biscuits de Jonas dans son café.

— Espèce de vieux filou…

Les yeux d'Elias brillèrent de fierté.

— Je le savais. Donc, elle te plaît.

Il s'appuya contre le dossier de sa chaise et poussa un soupir de satisfaction. Puis son expression changea, et son regard se remplit de tristesse.

— J'ai donné ma démission la semaine dernière. Mais tu le savais, je suppose.

— Je m'en doutais. Le conseil d'administration m'a consulté sur d'éventuels candidats qui pourraient être à la tête de la néonatalogie.

— Qui as-tu recommandé ? interrogea Elias, visiblement intéressé.

— Franz Kinnerman de Lindesberg, Ruth Keppell de Lund, Adtra Peniker de Kalmar… et Cora Campbell de Kensington.

Elias tapa du plat de la main sur la table.

— J'en ai aussi recommandé deux sur les trois. Mais j'ai demandé aux membres du conseil d'accorder une attention toute particulière à la performance de notre consultante en visite. Si je comprends bien, mon projet d'assortiment a quand même bien fonctionné ? ajouta Elias en souriant.

Il ne sut trop quoi répondre.

— Allons, Jonas. Dis-moi que tu as mis cet avatar avec Kristina aux oubliettes. Il est temps pour toi de regarder vers de nouveaux horizons et de ressaisir ta chance en amour.

Elias était une des très rares personnes à qui il s'était confié.

— Je ne me rappelle pas t'avoir demandé des conseils, répondit-il en prenant un biscuit.

— Mais je risque de ne plus être là très longtemps pour t'en donner. Mon fils m'a persuadé de vendre ma maison et d'emménager près de lui et sa femme.

Le regard d'Elias alla vers les larges fenêtres ouvrant sur la campagne qui l'entourait.

— Quarante ans que je vivais ici. Mais les meilleures choses…

Il se tourna vers Jonas.

— C'est la bonne solution. Mais qui sera là pour veiller sur toi et te donner des conseils avisés ? Il faut que je te laisse entre de bonnes mains. Et je pense que ces mains sont écossaises. Tu aurais dû amener Cora avec toi aujourd'hui. J'aurais aimé vous voir tous les deux ensemble et vérifier qu'il y a bien des étincelles entre vous.

Jonas devint sérieux.

— Elle voulait venir, elle désirait te voir « en vrai ». Je lui ai dit d'attendre que j'aie constaté comment tu allais.

— Eh bien, amène-la quand elle voudra en savoir plus sur

la façon de diriger une unité. Je lui donnerai tous les tuyaux nécessaires. Ou alors…

Une lueur espiègle brilla dans ses yeux.

— Vous pourriez juste m'inviter à votre mariage.

— Elias !

— Quoi ? s'exclama-t-il d'un air innocent. Quand on a trouvé la bonne personne, on ne la laisse pas repartir. Noël est la période de l'année idéale pour faire sa déclaration. C'est à ce moment-là que j'ai demandé la main d'Ann, sous le sapin géant de Skeppsbron.

— Justement, Noël n'est pas la période de l'année qu'elle préfère. J'ignore pourquoi et je ne veux pas insister. J'ai juste suggéré que, puisqu'elle était dans un nouvel endroit, elle pouvait peut-être se créer de nouveaux souvenirs.

Elias approuva de la tête.

— Avec une nouvelle personne ? Voilà un homme avisé. Mais tu devrais faire ta demande. Il ne faut pas craindre de poser les questions difficiles. Ainsi, elle saura que tu tiens à elle. Et que tu veux tout d'elle, le bon comme le mauvais…

Il lui sourit affectueusement.

— Mais tu sais tout ça, pas vrai ? Il ne te reste plus que quelques jours. N'attends pas trop longtemps.

Jonas hocha lentement la tête.

— Disons que… j'ai un plan. Il faut que je me dépêche, dit-il en consultant sa montre. Je suis de service à l'hôpital cet après-midi.

Tous deux s'étreignirent affectueusement.

— La prochaine fois, promis, j'amènerai Cora avec moi.

— Je compte sur toi.

Une fois dehors, Jonas prit le temps d'inspirer longuement. Elias avait raison : il lui restait très peu de temps.

Et c'était le moment de regarder vers le futur.

13.

La dernière fois que Cora avait consulté un calendrier, il lui restait encore près de deux semaines à passer à Stockholm. Et voilà que cette période s'était écoulée en un clin d'œil.

Chaque nuit avait paru plus brève que la précédente. Chaque réveil auprès de Jonas était devenu plus pénible, parce qu'elle s'était rendu compte que bientôt cela n'arriverait plus.

Elle avait appelé Isla, qui lui avait dit qu'elle passait Noël avec leur oncle et leur tante et n'irait pas à Londres.

Ce qu'elle n'arrivait pas à sortir de sa tête, c'était ce nuage sombre qui lui semblait entourer ses épaules à cette époque. Cela avait recommencé, malgré tous ses espoirs. Peut-être devait-elle accepter que, quoi qu'il se passe dans sa vie, elle ne viendrait jamais à bout de ces émotions en lien avec Noël.

Ajouté à cela le fait qu'elle n'avait pas réussi à démêler tout à fait ses sentiments envers Jonas – ni les siens envers elle –, et elle commençait à perdre le sommeil. Elle aurait pourtant dû être aux anges quand elle passait du temps avec lui. Mais en fait elle sentait un double compte à rebours peser au-dessus de sa tête : celui des mauvais souvenirs qu'elle associait à Noël qui était bientôt là, et celui de son proche départ en laissant Jonas derrière elle.

Elle n'avait pas entendu parler du poste, on avait donc probablement préféré un autre candidat. On ne l'aurait sans doute pas laissée rentrer à Londres sans lui en parler.

Certes elle n'était pas venue à Stockholm pour ça, mais après être tombée amoureuse de la ville, du personnel de l'hôpital et de Jonas, elle était remplie de sentiments contradictoires à propos de son retour.

Elle était en train de lacer ses bottes quand ses mains s'immobilisèrent. Plus de doute. Elle *aimait* Jonas. C'était soudain comme une évidence.

On était en début de soirée et Jonas serait bientôt là, mais elle avait besoin d'air frais. Enfilant sa parka, elle enfonça son bonnet sur la tête et prit ses gants. Dès qu'elle atteignit le hall de l'hôtel, la réceptionniste l'appela. Tous les membres du personnel la connaissaient par son prénom.

Il y avait un grand plateau de petits gâteaux sur le comptoir de la réception, et elle fut aussitôt alléchée par l'odeur.

— Servez-vous, Cora. Ils viennent juste de la cuisine, ils sont encore chauds.

— Ils sentent délicieusement bon. Merci, dit-elle en souriant.

— Vous allez nous manquer quand vous rentrerez en Angleterre. Reviendrez-vous nous voir ?

Ce fut comme si une petite lumière s'allumait dans sa tête. Elle avait été tellement obnubilée par l'idée de son retour qu'elle n'avait même pas envisagé l'éventualité de revenir en vacances. Elle ne devait vraiment pas avoir les idées claires.

— J'adorerais revenir, et dans ce cas je vous promets de séjourner ici.

Sa démarche était légère quand elle partit en direction du square. Les vitrines des boutiques lui étaient maintenant toutes familières, et elle avait quelques préférées. Longeant la rue, elle s'arrêta pour acheter un pull gris en laine douce et un bracelet pour Isla.

L'air était glacial. Plusieurs étals étaient rassemblés au milieu du square. Elle décida de prendre encore une tasse de *glögg* chaud et s'assit sur un banc, regardant les gens autour d'elle.

Maintenant c'était davantage eux qu'elle voyait que les décorations de Noël : les familles et les couples qui déambulaient dans la joie et les rires. Elle refoula ses larmes en voyant un homme et une femme s'avancer avec une adolescente et un bébé dans une poussette. Cette image lui rappela instantanément sa propre famille, qui avait ressemblé à ça.

Et soudain elle fondit en larmes.

— Cora !

Cet appel joyeux provenait de l'autre côté du square. Elle essuya rapidement ses joues tandis que Jonas se hâtait de la rejoindre. Il avait l'air vraiment heureux. Il se pencha pour l'embrasser et elle lui répondit aussitôt, car son contact lui était aussi naturel que l'air qu'elle respirait.

Quand ils se séparèrent, il garda le bras autour de ses épaules.

— As-tu pris une décision ? demanda-t-il.

— À propos de quoi ?

— De l'endroit où nous allons dîner ce soir.

Elle se sentit envahie par la déception. Stupidement elle s'était attendue à ce qu'il lui pose une tout autre question. « As-tu décidé si tu restais ici ? As-tu décidé quand tu allais revenir ? As-tu décidé ce qui allait arriver ensuite pour nous deux ? »

Peut-être exagérait-elle les liens qui les unissaient. Après tout, elle-même venait juste de se rendre compte qu'elle aimait cet homme. Ils n'avaient jamais parlé d'amour, jamais évoqué ce qu'ils feraient une fois son séjour autour du Projet Kensington terminé. Si Jonas avait éprouvé les mêmes sentiments qu'elle, ne lui en aurait-il pas déjà parlé ?

Sans qu'elle puisse les contrôler, les larmes coulèrent de nouveau sur ses joues et elle fut submergée par les émotions qui se mêlaient en elle.

Et s'il ne la trouvait pas assez bien pour lui ? Peut-être ne voulait-il pas d'elle de la façon qu'elle espérait. Peut-être qu'elle serait de nouveau l'enfant laissée seule à Noël. Ces émotions prenaient toute la place et elle ne parvenait pas à les raisonner, au point qu'elle commençait à avoir du mal à respirer.

— Cora ?

Jonas la regardait d'un air inquiet.

Elle se leva en secouant la tête, s'efforça d'avaler une grande bouffée d'air.

— Je… je ne me sens pas en état de… de dîner ce soir, bégaya-t-elle. Il vaut mieux que je rentre à l'hôtel.

Il parut stupéfait et tendit la main vers elle.

— Non. Ne pars pas. Je voulais que cette soirée soit spéciale. Je voulais te parler. Qu'est-ce qui ne va pas ?

Ce fut comme si ses paroles jaillissaient de son ventre.

— Rien. Tout. Je ne sais pas.

Elle regarda les gens autour d'elle et tous les signes de Noël omniprésents dans le square. Elle avait beau savoir qu'ils étaient dehors, c'était comme si des murs l'entouraient, se rapprochant de plus en plus. Elle ne pouvait plus respirer… Pas question de rester ici.

Pivotant sur ses talons, elle se mit à courir. Si elle avait eu les idées claires elle serait retournée à l'hôtel, mais rien n'avait plus de sens pour elle. Les lumières et les décorations de Noël ne lui avaient jamais été aussi insupportables que maintenant.

Des images de son enfance se bousculaient dans sa tête – celles de son père diminué par la maladie. Son cancer s'était déclenché peu de temps après la mort de sa mère, et elle avait toujours pensé qu'il n'avait pas eu la force de lui survivre parce que son cœur était brisé.

Ces souvenirs étaient toujours là, et au lieu de s'estomper peu à peu ils avaient pris plus de place, effaçant de sa mémoire les jours heureux et la remplissant de culpabilité.

Haletante, Cora atteignit le port et s'arrêta, ne sachant où aller. Elle n'entendit même pas les pas derrière elle, mais reconnut aussitôt son bras quand il l'enlaça. Ils restèrent ainsi un moment sans parler, son torse contre son dos, ses bras autour d'elle, sa respiration rapide s'accordant avec la sienne.

— Je déteste te voir comme ça, Cora. Dis-moi ce qui ne va pas. Je veux t'aider.

Elle se tourna lentement vers lui. Elle se sentait si épuisée qu'elle ne trouvait pas les mots.

— Je voulais que cette soirée soit belle pour nous deux. Je voulais te parler de ce qui va se passer ensuite.

— Je prends un avion et je rentre chez moi, voilà ce qui se passe ensuite. N'est-il pas un peu tard pour parler de nous ? lâcha-t-elle d'un ton plus amer qu'elle le souhaitait.

Mais effectivement, si Jonas avait voulu parler de leur avenir ensemble, ne l'aurait-il pas fait depuis longtemps ?

— J'attendais, répondit-il prudemment.

— Tu attendais quoi ?

Elle le vit déglutir lentement.

— Je pensais qu'on t'offrirait le poste aujourd'hui.

Mais ils n'avaient pas voulu d'elle. Sans doute n'était-elle pas assez bien pour le job.

— Bon, ils ne l'ont pas fait. Et alors ? Qu'est-ce que cela a à voir avec nous ? répliqua-t-elle en s'écartant de lui. Je vois bien que tu n'es pas à l'aise. Et moi, qu'est-ce que je suis censée ressentir ? Je n'ai peut-être été qu'une commodité pour toi, le temps que j'étais là ? Mais ce n'était pas le cas pour moi. Et maintenant, je découvre l'importance que j'ai réellement dans ta vie. Je ne travaillerai pas ici, je vais rentrer à Londres. Je suis restée ici quelque temps, Jonas. On a eu des tas d'occasions d'avoir cette conversation.

Les mots sortaient à toute vitesse.

— Et avoir choisi aujourd'hui pour me parler ? Ce soir ?

Elle laissa éclater un rire désabusé.

— Ça ne pouvait pas plus mal tomber. Tu as failli me faire croire que je pouvais me créer de nouveaux souvenirs de Noël. Mais comment ? Quel que soit l'endroit du monde où je me trouve, je finis toujours par me sentir seule.

Elle ferma les yeux une seconde, irritée contre elle-même de lui déverser ainsi tout en vrac.

— Tu n'as pas idée à quel point je déteste cette date, dit-elle d'une voix tremblante. C'est ce jour-là que ma mère est morte d'un anévrisme aortique après avoir été admise à l'hôpital avec des douleurs dans le dos. Un an et un jour plus tard, mon père mourait d'un cancer la veille de Noël. Et cela ne fait que me hanter à cette période. Comment créer de nouveaux souvenirs quand les anciens prennent toute la place ?

Elle se mit à trembler, et Jonas fut immédiatement près d'elle, la soutenant de ses bras.

— Laisse-moi t'aider, Cora. Nous pouvons traverser ça

ensemble. Tu aurais dû m'en parler, je n'imaginais pas combien c'était dur pour toi.

Son regard glissa sur les sacs de shopping qu'elle avait à ses pieds. Voilà qu'il recommençait.

Et ses paroles ne l'avaient pas apaisée, ne faisant que la rendre encore plus déterminée. Il n'avait pas prononcé les mots qui comptaient le plus, et elle n'avait plus envie qu'il le fasse. Pas pour *la* satisfaire. Elle aurait voulu que cela vienne de lui. Mais il ne lui avait jamais laissé entendre qu'il voulait une relation durable avec elle.

Son cœur se serra. Elle aimait cet homme, mais à l'évidence il n'éprouvait pas des sentiments aussi forts pour elle. Il était préférable d'en finir maintenant et de s'éloigner avec encore un peu de dignité.

— Pourquoi fais-tu ça ? demanda-t-elle sèchement.

— Quoi ? s'étonna-t-il.

— Chaque fois que tu me vois avec des sacs de shopping, tu as un drôle de regard. Je sais que tu n'aimes pas faire les courses, Jonas, mais il faut te faire une raison, le monde entier fait du shopping !

L'expression de Jonas changea, et ses yeux se remplirent de tristesse et de regret.

— Je suis désolé, dit-il lentement. Ces sacs me rappellent une mauvaise expérience passée.

— Quelle expérience ?

— Une ex très dépensière, qui m'a quitté en me laissant couvert de dettes. Chaque fois que je te voyais chargée de sacs, cela réveillait des souvenirs.

— C'est ridicule. Pourquoi moi, je ferais une chose pareille ? J'ai bien assez d'argent de mon côté.

Et si c'était la mystérieuse ex à laquelle ses collègues avaient fait allusion une fois ? Jonas avait paraît-il prévu de la demander en mariage.

Son cœur se serra. Il ne lui avait jamais parlé de son ex, ne s'était jamais confié à elle, sans doute parce qu'il n'avait pas pris leur relation très au sérieux.

— C'est surtout que je me blâmais d'avoir eu un aussi mauvais jugement, ajouta Jonas. Je n'avais rien soupçonné.

Décidément, rien n'avait été ce qu'il semblait être, se dit Cora. Peut-être que la connexion qu'elle avait sentie entre eux n'avait existé que dans sa tête ?

Elle se raidit en le contemplant.

— Je vais rentrer chez moi, Jonas. Je suis désolée qu'on ne m'ait pas offert ce job, mais après tout c'est mieux ainsi. Parce que maintenant, je sais que cela n'aurait jamais marché entre nous.

Lui tournant le dos, elle marcha d'un pas rapide en direction du centre.

Il fut près d'elle en un instant.

— Cora, arrête, laisse-moi te parler ! Ne t'en va pas. Je ne veux pas que ce soit comme ça entre nous.

S'arrêtant une seconde, elle le regarda dans les yeux.

— Mais *c'est* justement comme ça entre nous, Jonas. Et c'est la raison pour laquelle je dois partir.

Elle leva la main et prit une profonde inspiration.

— Laisse-moi seule. Je ne peux plus supporter d'être près de toi. Je vais continuer à marcher, et toi, tu vas me laisser partir.

Elle s'éloigna le plus vide possible, les yeux remplis de larmes et le cœur lourd.

Tout ce qu'il lui restait à faire, c'était de rentrer à Londres. Elle avait voulu donner son cœur, mais de toute évidence elle ne le pouvait pas.

14.

Il n'était qu'un fieffé imbécile. Jonas avait eu *les mots* sur e bout de la langue hier soir – avant même d'avoir remarqué u'elle pleurait – et il aurait dû lui dire « je t'aime » dès qu'il 'avait rejointe.

Au lieu de cela, il avait été distrait par le tas de sacs de shop-ing qu'elle avait à ses pieds et avait laissé passer l'occasion.

La façon dont Cora l'avait regardé hier soir avait été comme n coup de couteau dans le cœur. Se serait-il trompé sur toute a ligne ? Elle avait été presque froide. Avait-elle toujours eu intention de rompre avec lui parce qu'elle n'avait jamais pris ur histoire au sérieux ?

Quand elle lui avait tourné le dos il avait eu envie de courir errière elle, mais ce qu'elle lui avait raconté sur les chagrins u'elle avait eus à cette époque l'avait désarçonné. Avoir perdu on père et sa mère si près de Noël et à un an d'intervalle aurait risé le cœur de l'homme le plus endurci.

À présent il était rempli de doutes. Peut-être Cora n'avait-elle oujours vu en lui qu'une aventure provisoire, même avec la otentielle offre de poste. Une sorte de distraction, avant de etourner à sa vie londonienne.

Il ne comprenait toujours pas que le poste ne lui ait pas été roposé. Hier soir il avait eu l'impression qu'elle lui en voulait ussi pour ça, à moins qu'il ait été trop rempli d'émotions onflictuelles pour pouvoir réfléchir correctement.

Alors il l'avait laissée partir. Si elle ne l'aimait pas, c'était ieux ainsi.

Mais la nuit avait été longue car il n'avait pas dormi une eule minute, tournant et retournant chaque pensée dans sa tête. Et s'il avait agi différemment ? S'il avait couru derrière elle et lui avait déclaré son amour ?

Il était allé travailler à 6 heures du matin après avoir envisagé de passer à son hôtel, puis y avoir renoncé. Il l'attendrait ici, à l'hôpital. C'était le dernier jour de Cora en Suède. Il la laisserait dire au revoir aux amis qu'elle s'y était faits puis il lui demanderait de lui consacrer un peu de son temps.

Alors il lui laisserait voir ses sentiments et lui dirait qu'il était fou d'elle, et qu'hier soir il avait eu un cadeau spécial dans sa poche qu'il pensait lui offrir au restaurant, en lui demandant de passer le reste de sa vie avec lui.

Pourvu qu'elle consente à l'écouter.

L'heure avançait, et Cora n'était toujours pas là. Il traversa l'unité, passa près de la salle d'accouchement et de la salle de pédiatrie, mais elle n'était nulle part. Il interrogea tout le monde ; personne ne l'avait vue.

Il la chercha partout. Il voulait aussi lui dire que si elle était décidée à retourner à Londres – et si elle était d'accord – il la rejoindrait là-bas.

Mais il devait d'abord la trouver. Il tomba sur Alice dans le couloir. Son visage était triste.

— Elle n'est pas ici, dit-elle.

— Je le sais bien, j'ai cherchée partout.

Alice poussa un soupir.

— Lui as-tu envoyé un message ?

— Bien sûr, et même plusieurs, répondit-il d'un ton un peu trop nerveux. Aucune réponse.

Elle pinça les lèvres.

— Cora m'a envoyé un texto.

Il redressa la tête.

— Alors ? Que disait-elle ? Où est-elle ?

— À l'aéroport, dit doucement Alice. Son avion décolle dans deux heures.

— Quoi ?

La panique s'empara de lui.

— Il faut que tu fasses vite, ajouta-t-elle.

Jonas n'hésita pas une seconde. Prenant ses clés de voiture et son blouson, il partit en courant.

C'était le milieu de la journée, le trafic n'était pas trop important à Stockholm. Il dut faire un gros effort pour ne pas dépasser la limite de vitesse autorisée sur la route menant à l'aéroport d'Arlanda.

Une fois arrivé, il se retint de bouillir dans la queue des voitures se rendant au parking. Après s'être enfin garé, il courut vers l'entrée de l'aéroport et chercha les avions pour Londres sur le panneau des départs.Aucun signe de Cora nulle part. Quand il s'approcha du portail de sécurité, un des gardiens lui jeta un coup d'œil soupçonneux.

— Votre billet ? demanda-t-il.

Évidemment. Il ne pouvait pas passer sans billet. Le cœur serré, il rejoignit la foule des gens qui flânaient dans l'aéroport comme s'ils avaient toute la vie devant eux et se dirigea vers la billetterie.

— J'ai besoin d'un billet, dit-il en posant d'un geste nerveux sa carte de crédit sur le comptoir.

— Pour où ? demanda l'employée.

— N'importe où.

Elle lui jeta un regard étrange, et il se dit que ce n'était pas le moment d'attirer l'attention de la sécurité, au risque de se faire éjecter de l'aéroport.

— L'amour de ma vie est en salle de départ, lâcha-t-il, toute réserve l'ayant abandonné. Il faut que je la rejoigne tout de suite et pour ça j'ai besoin d'un billet.

— L'amour de votre vie ? répéta l'employée en le regardant plus attentivement.

— C'est juste que… je n'ai pas encore eu le temps de le lui dire.

La femme haussa un sourcil.

— Si vous saviez le nombre d'histoires que j'entends, de pauvres malheureux qui n'ont pas été capables de passer à l'acte à temps…

Jonas resta figé une seconde.

— Bon. Donnez-moi un billet pour London Heathrow, s'il vous plaît.

Elle hocha la tête d'un air approbateur, prit sa carte de crédit et son passeport – que par chance il gardait toujours avec son portefeuille – et une minute plus tard elle lui tendit une carte d'embarquement et un reçu.

— Et ne fichez pas tout en l'air, soupira-t-elle.

— Merci.Il se mit à courir derechef en direction de la zone de sécurité. Ce qui devait être le vol de Cora était annoncé, avec la mention *Embarquement immédiat.* Un nouveau poste de contrôle s'ouvrit au moment où il arrivait, ce qui lui évita d'attendre dans la file. Il posa tout ce qu'il avait sur le plateau devant être scanné, leva les mains et se laissa palper le corps avant de récupérer ses affaires et de tout remettre dans ses poches en enfilant ses chaussures.

Il repartit en courant vers le portail d'accès où quelques personnes faisaient la queue et se démancha le cou pour apercevoir celles qui avançaient dans le tunnel d'embarquement. Pas de parka verte en vue. Il regarda du côté des boutiques hors taxes et de souvenirs, en vain.

Le haut-parleur grésilla.

« Dernier appel pour le vol G654 pour London Heathrow. Les derniers passagers sont priés d'embarquer maintenant. »

Jonas n'avait pas d'autre choix que de s'exécuter. Et si Cora avait changé d'avis et était retournée à Stockholm ? Mais il ne pouvait pas courir le risque de la laisser partir seule en avion. Dans le pire des cas il prendrait un vol de retour.

Il monta à bord où une hôtesse de l'air souriante l'accueillit et remonta vers l'arrière de l'avion, scrutant les visages des voyageurs déjà installés. Il n'apercevait de cheveux noirs nulle part.

Arrivé tout au fond, il vit quelqu'un lever la tête. Quelqu'un avec des cheveux noirs. Cora, qui avait dû fourrager dans son sac qu'elle avait calé sous son siège. Il n'y croyait plus.

Jonas se glissa aussitôt sur la place d'à côté. Elle se redressa d'un bond et lui lança un regard choqué.

— Qu'est-ce que tu fais ici ?

Les portes de la cabine s'étaient refermées, et l'avion commençait à rouler sur le tarmac.

— Je suis venu pour toi.

Il la vit se contracter.

— Mais pourquoi ?

— Parce que je n'avais pas pu te dire tout ce que j'aurais dû…

Cora resta silencieuse quelques secondes.

— Et qu'est-ce que tu aurais dû me dire ?

— Que je t'aime, que je suis fou de toi et que je veux être là où tu es. Peu m'importe que ce soit à Londres, à Stockholm ou ailleurs.

Elle secoua lentement la tête.

— Je suis en train de repartir pour Londres, Jonas. Pourquoi me le dire maintenant ?

— Parce que je suis un imbécile. Parce que j'avais peur. Parce que je me suis laissé enfermer dans des expériences passées. Parce que je n'arrivais pas à croire que tu pourrais être avec moi…

— Et il a fallu que tu prennes un avion pour me le dire ?

Sa voix était encore tendue, et il ne voulait pas la bouleverser. Mais cette fois il devait aller jusqu'au bout.

— Je t'ai attendue toute la matinée à l'hôpital pour te parler…

Elle esquissa un bref sourire.

— Je suis restée à Stockholm pendant sept semaines, nous sommes devenus de plus en plus proches, et tu ne m'as jamais dit que tu m'aimais et ne m'as jamais parlé d'avenir… - tu n'as fait que tourner autour du sujet.

Il posa sa main sur la sienne au moment où l'avion décollait.

— Tu as raison, et j'en suis désolé. Mais ne t'en va pas comme ça. Si tu pars, je pars. Je ne peux pas imaginer ne plus me réveiller près de toi. Ce matin a été pire que tout, quand je me suis retourné pour trouver un espace vide à côté de moi. Mais j'espérais te voir à l'hôpital et que tu me laisses une chance de m'expliquer… de te dire tout ce que j'avais prévu de te dire hier soir. Et puis Alice m'a dit que tu lui avais envoyé un texto.

— Mais toute ta vie est à Stockholm, Jonas. Que viendrais-tu faire à Londres ?

— Toute ma vie est là où tu seras, Cora, dit-il gravement. Si tu veux bien de moi. Je n'avais pas compris à quel point tu étais mal à Noël. Ce que tu m'as raconté hier soir m'a profondément touché, et je voulais juste être là pour toi.

Cora ferma brièvement les yeux.

— Et je t'ai repoussé, soupira-t-elle. C'est ce que j'ai toujours fait. Je n'en parle à personne et demande toujours à être d'astreinte pour Noël. Tout le monde le sait et personne n'a osé me demander pourquoi. Hier soir… je me suis laissé submerger par l'émotion. Tu m'as dit d'essayer de me créer de nouveaux souvenirs et c'est ce que j'avais commencé à faire. Avec toi. Et puis je me suis sentie coupable. J'avais l'impression de trahir ma mère et mon père rien qu'en envisageant de m'installer ailleurs qu'en Angleterre.

D'un geste tendre, Jonas essuya une larme qui coulait sur sa joue.

— Nous n'avons pas besoin de fêter Noël, Cora. Nous pourrons très bien prendre quelques jours de congé à cette époque, loin de tout. Aller par exemple dans une cabane de montagne éloignée où nous n'aurons rien d'autre à faire qu'être nous-mêmes et grelotter, ajouta-t-il gaiement.

Elle prit une profonde inspiration.

— Non, Jonas. Je vais faire ce que j'aurais dû faire depuis des années. Je vais aller voir un psychologue et suivre une thérapie pour me libérer de tout ça. Je ne me sentirai pas forcément mieux, mais je me dois d'essayer. Peut-être qu'alors je pourrai vraiment me créer de nouveaux souvenirs, déclara-t-elle avec un doux sourire.

Il lui caressa la joue du bout du doigt.

— Et je veux être à tes côtés. Quelle que soit ta décision, elle me conviendra. Ce qu'il se passe entre toi et moi est si spécial que je ne peux pas imaginer ma vie sans nous deux ensemble. Je n'ai jamais aimé quelqu'un comme je t'aime.

Cora regarda par le hublot. L'avion avait pris sa vitesse de croisière.

— Alors tu m'accompagnes à Londres ? Aujourd'hui, la veille de Noël ?

— Justement, c'est un jour où tu ne devrais pas rester seule. Mais si tu le souhaites je peux te laisser de l'espace et me fondre dans le paysage… ou bien te serrer longuement dans mes bras.

Sans répondre, Cora posa la tête sur son épaule.

— J'espère qu'une femme au cœur tendre me laissera squatter chez elle cette nuit, murmura-t-il en embrassant ses cheveux noirs. Et peut-être beaucoup plus longtemps.

— Tu ne veux vraiment pas retourner à Stockholm ?

— Je peux être sage-femme n'importe où, assura-t-il.

— Et je peux aussi être médecin n'importe où, répondit-elle simplement.

— Alors le monde est à nous.

Une hôtesse de l'air déposa des boissons devant eux. Puis Jonas fouilla dans sa poche.

— Je suis un peu en retard sur mon planning, mais j'ai quelque chose pour toi, annonça-t-il en souriant. Je l'ai acheté il y a deux semaines, mais je voulais te le donner la veille de ton départ – sans me rendre compte de ce que je faisais.

Cora avala une gorgée de vin et plissa le nez.

— Qu'est-ce que c'est ?

— Les coutumes sont un peu différentes en Suède, dit-il en ouvrant un petit écrin de velours. Autrefois, chez nous, c'était considéré comme une bague de fiançailles.

Elle se pencha, et ses yeux s'arrondirent quand elle vit un simple anneau d'or et un autre plus épais à côté.

— On le porte tous les deux, expliqua-t-il.

Elle ne dit rien, et il se sentit devenir nerveux.

— Je te promets que je t'achèterai un diamant plus tard, mais habituellement on le réserve pour le mariage.

Cora se tourna vers lui.

— Que me demandes-tu exactement ?

— Je te demande de m'épouser, Cora. Parce que je t'aime. J'ai été un imbécile de ne pas t'en parler plus tôt, mais je veux passer le reste de ma vie à me faire pardonner.

Elle caressa les anneaux d'or du bout du doigt.

— Quand les as-tu achetés ?

N'y tenant plus, il poussa un grognement.

— Veux-tu bien répondre à ma question ? Tu me mets au supplice…

On n'imaginait pas combien c'était éprouvant pour les nerfs d'un homme de poser à la femme qu'il aimait la question la plus cruciale du monde et d'attendre sa réponse.

Cora laissa courir ses doigts dans ses cheveux et attira son visage près du sien.

— Oui, murmura-t-elle avant que leurs lèvres ne se rejoignent en un baiser qui leur fit oublier le reste du monde.

Épilogue

— Bientôt prêt ?

Cora sourit à Jonas qui se débattait avec le kilt qu'elle l'avait persuadé de porter.

— C'est censé être confortable ? grommela-t-il.

— Pas du tout, répondit-elle, imperturbable. Tu es censé passer toute la soirée dans la peur que tu te retournes trop vite et que le monde entier découvre ce qu'il ne devrait pas voir.

Il poussa un soupir.

— Je me demande si ce n'est pas toi qui as inventé cette prétendue « coutume écossaise » qui veut qu'un homme ne porte rien sous son kilt. Je peux t'assurer que n'importe quel homme du nord porterait un caleçon.

Elle glissa les mains sous le revers de sa veste des Highlands.

— Mais ce soir, mon cher époux, tu es un Écossais honoraire. Et je te signale que tu as perdu ton pari, ajouta-t-elle en clignant de l'œil.

— Jamais je n'aurais cru que tu arriverais à me convaincre de porter cette chose.

— Je te trouve plutôt beau en Écossais. Tu devrais essayer plus souvent…

Marmonnant dans sa barbe, il lui prit la main.

— Allons-y, sinon cette fête de Noël va commencer sans toi.

Cora jeta un dernier coup d'œil au miroir qui reflétait sa longue robe de satin rouge et, prenant son petit sac, se dirigea vers le couloir de l'hôtel avec son tout nouveau mari.

Ils avaient échangé leurs consentements très simplement quelques jours plus tôt, avec sa sœur pour demoiselle d'honneur et un ami de Jonas pour garçon d'honneur. La réception se tiendrait en Suède, après les fêtes. Tous les amis et collègues de l'hôpital de Stockholm avaient dû recevoir leur faire-part.

À peine avaient-ils atterri à Londres l'année dernière que Cora avait reçu l'appel de Stockholm lui demandant de devenir le chef de l'unité néonatale de soins intensifs.

Elle avait accepté immédiatement et avait passé les jours suivants à fêter cet événement avec Jonas avant d'empaqueter ses affaires. Elle avait mis son appartement en location pour aller s'installer à Stockholm de façon permanente.

Ce soir avait lieu une double célébration. Leur mariage, et la fête de Noël de l'hôpital du Royal Kensington pour mettre en avant les bons résultats de tout le personnel qui avait pris part au Projet Kensington ces dernières années. L'organisation logistique avait été un cauchemar, mais Cora avait relevé le défi avec fierté puisque Chris Taylor le lui avait demandé.

Ses premiers appels avaient été pour les trois collègues bénéficiaires du Projet Kensington de l'année. Apparemment ce projet avait eu un réel impact sur leur vie. Ce soir, elle allait revoir certains d'entre eux pour la première fois depuis un an.

La grande salle de bal de l'hôtel était décorée de rameaux verts agrémentés de nœuds en tissu rouge. Des photos de tous ceux ayant participé au Projet Kensington depuis des années étaient accrochées aux murs.

Quand elle entra au bras de son mari, elle vit Chloe, Scott et Stella et se demanda si, pour les quatre personnes qui venaient d'être honorées, leur vie allait changer autant que pour elle et ses collègues.

Un serveur leur offrit des coupes de champagne sur un plateau d'argent. Cora avait seulement fait quelques pas quand Chloe courut derrière elle et jeta les bras autour de son cou. Elle portait une magnifique robe verte et ses cheveux bouclés étaient rassemblés en un élégant chignon.

— Qu'est-ce qui vous a retenus ? demanda-t-elle.

— Mon mari avait besoin d'aide pour mettre son kilt. Il n'est pas habitué à porter une jupe… Tu es superbe ! s'exclama-t-elle. Toujours d'accord pour que je voie ton merveilleux bébé demain ?

Chloe sourit, et ses yeux brillèrent de fierté. Son bébé était né en juillet.

— J'ai hâte ! Nous nous retrouverons à St. James' Park.

Un gros rire éclata derrière elles, et Sam, le chirurgien général de Kingston Memorial qui avait ravi le cœur de Chloe, embrassa Cora sur la joue et taquina Jonas.

— Surtout, ne te penche pas trop en avant.

Stella, leur collègue du service d'orthopédie, les rejoignit dans une robe gris argenté.

— Tu es éblouissante, dit Cora en l'embrassant. Je n'étais pas certaine que tu voudrais faire le voyage depuis Toronto.

Comme elle, Stella avait décidé de déménager après avoir rencontré Aiden et son petit garçon, quand elle était partie au Canada dans le cadre du Projet Kensington.

Cora serra la main d'Aiden. Scott, leur beau collègue cardiologue américain, se fraya un chemin vers eux en entraînant derrière lui sa femme, Fliss. Tous choquèrent leurs verres ensemble.

Les filles commencèrent à rire et plaisanter et commandèrent une bouteille à un serveur avant d'aller s'asseoir à une table.

Lorsque les premières notes de l'orchestre s'élevèrent un peu plus tard, les quatre hommes apparurent et entraînèrent chacun sa partenaire sur la piste.

Cora noua les bras autour du cou de son mari tandis qu'ils entendaient une chanson de Noël.

— Heureuse ? demanda Jonas.

— Ravie, murmura-t-elle. Et cette année, je vais passer ma première veille de Noël à Stockholm. J'ai hâte de rassembler beaucoup de nouveaux souvenirs que je conserverai toujours.

Elle voyait régulièrement un psychologue à Stockholm et commençait lentement à se défaire de ses sentiments de culpabilité et de chagrin. Jonas la soutenait constamment, et elle n'avait jamais été aussi heureuse.

— Alors, qu'y a-t-il de prévu pour demain ? s'enquit-il.

Ils n'avaient plus que quelques jours à passer à Londres avant de rentrer chez eux.

— Nous allons faire la connaissance d'un magnifique bébé, et ensuite…

Elle lui adressa un sourire coquin.

— J'ai quelques idées sur ce que nous pourrions faire.

Il sourit à son tour.

— C'est-à-dire ?

— Que penses-tu de cette robe ? interrogea-elle en se pressant contre lui.

Il jeta un coup d'œil appréciateur à la somptueuse robe rouge qui épousait parfaitement son corps.

— Je l'adore.

— Eh bien, je vais tout faire pour ne plus pouvoir rentrer dedans l'année prochaine. Mais j'aurai besoin d'aide…

Il l'enlaça tout en évoluant sur la piste.

— Oh ! je crois que je peux t'apporter une aide précieuse. Il ne faut pas tarder à nous entraîner. Nous allons faire de notre mieux pour agrandir notre famille.

Cora se dressa sur la pointe des pieds et planta un baiser sur les lèvres de son mari pour sceller ce nouvel engagement.

Vous avez aimé ces romans ?
Retrouvez en numérique l'intégrale de votre série
« Le projet Noël » :

1. *La saison des surprises*, Ann McIntosh
2. *L'infirmière de Central Park*, Deanne Anders
3. *L'hiver du Dr Stella*, Allie Kincheloe
4. *Coup de foudre à Stockholm*, Scarlet Wilson

Retrouvez prochainement, dans votre collection

BLANCHE

Irrésistible rivalité, d'Amy Ruttan - N°1641

SÉRIE : SAGES-FEMMES DE PORTLAND - 1/2

Depuis sa rencontre avec le Dr Caleb Norris, Hazel ne se reconnaît plus. Cet homme l'exaspère parce qu'il a fait retarder l'ouverture du centre de naissance qu'elle a créé, et pourtant il l'attire follement ! Chaque fois qu'ils se croisent c'est la même chose : les battements de son cœur s'accélèrent tandis qu'elle imagine qu'il l'embrasse. Jusqu'à ce que le fantasme devienne réalité et que Hazel tombe amoureuse de son rival…

La sage-femme du passé, de Julie Danvers

SÉRIE : SAGES-FEMMES DE PORTLAND - 2/2

Quand Eliot est appelé au bloc pour une césarienne en urgence, il est stupéfait de découvrir la sage-femme chargée de l'assister. Bria n'est autre que son ex-fiancée, l'héritière dont il est autrefois bêtement tombé amoureux alors qu'ils n'appartenaient pas au même monde. Aujourd'hui devenu un chirurgien reconnu, Eliot n'a plus à se soucier de ses origines modestes. En revanche, l'attrait qu'il éprouve encore pour celle qui l'a quitté a de quoi le troubler !

Le docteur des Maldives, d'Annie Claydon - N°1642

Maintenant que sa fille est adulte, le Dr Mel Murphy se résout à prendre enfin un peu de temps pour elle… aux Maldives. Seulement voilà, quand une tempête éclate, l'île paradisiaque se transforme en dangereux huis clos. Fini les vacances, Mel propose aussitôt son concours à Rafe, le médecin local. Un homme mystérieux que le feu de l'action rend plus irrésistible encore…

Pour le cœur d'un urgentiste, de Susan Carlisle

Chad, médecin urgentiste et papa d'un petit garçon, se consacre à sa carrière et à son fils. Pour lui, la romance n'est pas à l'ordre du jour ! Il sent pourtant ses résolutions vaciller lorsqu'une nouvelle infirmière arrive à l'hôpital pour enfants d'Atlanta. La bienveillance qu'Izzy témoigne à leurs patients et la douceur dont elle fait preuve envers l'enfant de Chad ajoutent à son charme indéniable… Serait-elle la femme qui manquait à sa vie ?

Leur mission : sauver des vies.
Leur destin : trouver l'amour.

BLANCHE

Un mystérieux vétérinaire, de Rachel Dove - N°1643

Colère, tristesse, frustration. Voilà les sentiments qui habitent le vétérinaire Chris Jennings quand il s'installe à Puddle Lake, un petit village du Yorkshire. Mais sa rencontre avec Susannah, une jeune femme aussi belle qu'exubérante, chasse bientôt sa morosité, sans même qu'il s'en rende compte. Auprès d'elle et malgré leurs différences, Chris se prend à envisager la vie sous un jour nouveau. Jusqu'à risquer son cœur pour être enfin heureux ?

Le bébé secret de Rio, de Luana DaRosa

Lorsque de passage à Rio de Janeiro la chirurgienne Eliana rencontre Diego Ferrari dans un bar, il n'est encore qu'un inconnu pour elle. Un homme avec lequel elle décide d'oublier ses soucis le temps d'une nuit inoubliable. Mais, un mois plus tard, elle est stupéfaite de le retrouver au Santa Valeria General, l'hôpital dont elle est l'héritière. Plus fou encore, Diego sera bientôt le papa de son bébé !

Un pacte à honorer, d'Alison Roberts - N°1644

SÉRIE : MÉDECINS EN MISSION - 1/2

« Faisons un pacte. Si nous sommes encore célibataires à trente-cinq ans, marions-nous. » Lorsque Luke Anderson, après lui avoir ravi un baiser passionné, lui demande d'honorer sa promesse d'adolescente, Kate est bouleversée. Car Luke – qu'elle vient à peine de retrouver, lors d'une compétition entre équipes médicales, après des années de silence – lui fait toujours autant d'effet qu'autrefois…

Des jumeaux pour le Dr Martini, d'Alison Roberts

SÉRIE : MÉDECINS EN MISSION - 2/2

Elle, enceinte ? Georgia peine à y croire. Elle, qui a fui au plus vite le lit du Dr Matteo Martini juste après leur brûlante étreinte, bien décidée à ne jamais s'engager, attend aujourd'hui non pas un mais deux enfants ! Or, si le désir de donner la vie l'habite depuis toujours, il n'a jamais été dans ses plans de s'encombrer d'un père. Ni même d'un homme au charme ravageur…

HARLEQUIN

eur mission : sauver des vies.
eur destin : trouver l'amour.

HARLEQUIN
www.harlequin.fr

BLANCHE

Un héritier à chérir, de Marion Lennox - N°1645

Ellie lui a menti ! Marc explose de colère lorsqu'il apprend que cette femme, avec laquelle il a eu une brève liaison neuf ans auparavant, a eu un enfant de lui. Bien sûr, à l'époque, il avait été contraint de mettre fin à sa relation avec Ellie. Mais servir le royaume de Falkenstein n'était-il pas plus important qu'une simple amourette ? À présent qu'il doit monter sur le trône, Marc se le promet : il fera du jeune Felix son héritier...

Le médecin qui avait peur d'aimer, de Kate Hardy

Lorsqu'elle fait la connaissance de son nouveau collègue, le Dr Marc Bailey, Laurie est troublée. Cet homme visiblement tourmenté éveille bientôt en elle de profonds sentiments – sentiments dont elle a bien conscience qu'ils sont réciproques, malgré la réserve de Marc. Si seulement elle réussissait à le soulager du fardeau de son passé, alors peut-être pourraient-ils envisager un avenir ensemble... ?

HARLEQUIN

Leur mission : sauver des vies.
Leur destin : trouver l'amour.

HARLEQUIN
www.harlequin.fr